TEACHING MISTER OXFORD

ELLA MCQUEEN

Copyright © 2022 by Ella McQueen

1. Auflage November 2022

Ella McQueen

c/o JCG-Media

Freiherr-von-Twickel-Str. 11

48329 Havixbeck

An die Adresse können nur Briefe gesandt werden. Für Pakete bitte gesondert via Email anfragen: ellamcqueenwrites@gmail.com

Lektorat: Leonie Ritz, www.leonies-lektorat.de

Korrektorat: Leonie Ritz, www.leonies-lektorat.de

Illustrationen Cover: Olexandra Sirko, https://www.behance.net/olexandra_sirko

Cover: Saskia Renner, Kommunikation und Design

Alle Rechte vorbehalten. Nachdruck - auch auszugsweise - nur mit schriftlicher Genehmigung der Autorin. Personen und Handlung sind frei erfunden, etwaige Ähnlichkeiten mit real existierenden Menschen sind rein zufällig und nicht beabsichtigt. Markennamen sowie Warenzeichen, die in diesem Buch verwendet werden, sind Eigentum ihrer rechtmäßigen Eigentümer.

Herstellung und Druck über tolino media GmbH & Co. KG, Albrechtstr. 14, 80636 München. Printed in Germany. Fragen zu Produktsicherheit an: gpsr@tolino.media.

For those who love Christmas as much as I do.

1

KIAN

»Mutter«, sage ich in den Hörer und hoffe, die Frau am anderen Ende der Leitung wird mir meine nächsten Worte nicht übelnehmen. »Ich habe gerade wirklich wenig Zeit und muss mit meinen Korrekturen weiterkommen. Können wir nicht ein anderes Mal telefonieren?«

Für einen Augenblick höre ich nichts und meine Gesprächspartnerin schweigt. Dann nehme ich wahr, dass meine Mutter tief einatmet.

»Kian, das sagst du immer«, ruft sie, wie erwartet, empört aus und ich halte den Hörer einige Zentimeter weit von meinem Ohr entfernt, denn ihre schrille Stimme ist nicht zu unterschätzen. »Du speist mich mit so einem Satz ab und dann höre ich wieder tagelang nichts von dir. Ist das die Art und Weise, wie man mit seiner Mutter umgeht?«

»Natürlich nicht, bitte entschuldige. Aber mein Schreibtisch quillt über.«

Als wäre ihr das vollkommen egal, setzt sie noch einen drauf.

»Wer weiß, wie lange du mich noch hast. Dir sollte es wichtig sein, mit deiner Mutter zu sprechen.«

»Mutter, ich bitte dich«, erwidere ich und verdrehe parallel dazu meine Augen. Ich habe gerade nicht die Muße, mich über solche Dinge zu unterhalten. Vor allem, wenn sie an den Haaren herbeigezogen sind. »Du bist gerade einmal neunundfünfzig Jahre alt. Das ist doch kein Alter. Wir haben noch sehr lange etwas voneinander.«

»Das sagst du jetzt«, antwortet sie und ich ignoriere das Schniefen, das sie immer aufsetzt, wenn sie sich davon etwas erhofft. »Außerdem bin ich fast sechzig.«

Ich atme tief durch, lege meinen Stift auf die lederne Unterlage auf meinem Schreibtisch und schiebe ein paar der Blätter vor mir zusammen. Dann lehne ich mich in meinem großen Stuhl zurück.

»Nun gut, ein paar Minuten habe ich noch. Aber danach muss ich wirklich an die Essays der Studenten. Was gibt es denn so Wichtiges, das du mir erzählen möchtest?«

»Charlotte heiratet«, ruft sie im nächsten Moment aus und umgehend bereue ich es, nicht sofort aufgelegt zu haben. Dass von ihrer Niedergeschlagenheit von vorhin nichts mehr zu spüren ist, lasse ich unkommentiert.

»Wir werden die Verlobung in zwei Wochen feiern, wenn wir zu Weihnachten alle zusammenkommen. Ist das nicht einfach wunderbar?«

Ich kann die Begeisterung meiner Mutter nicht teilen. Um ehrlich zu sein, hat mir das gerade noch gefehlt. Nicht dass ich meiner Schwester nicht alles Glück dieser Erde wünsche, aber mir ist bewusst, was diese Neuigkeit für unsere Mutter bedeutet. Es ist wieder ein Aspekt auf ihrer gesellschaftlichen To-do-Liste, den sie abhaken kann.

Und wenn wir es genau nehmen, fällt der Apfel nicht weit vom Stamm. Wie meine Mutter überlässt Charlotte ungern etwas dem Zufall. Sie hat ihre Hochzeit bereits minutiös geplant, seit sie ein kleines Mädchen war. Es gab dafür sogar einen Ordner, den sie immer vor meinem Bruder William und mir versteckt hat. Immerhin haben wir uns mehr als ein Mal darüber lustig gemacht, wenn sie wieder ein Bild aus einem Hochglanzmagazin ausschnitt, um es entweder in die Kategorie *Hochzeitsfrisur*, *Hochzeitsdeko* oder *Hochzeitslocation* zu packen. Gemacht haben wir uns nie etwas aus diesem Ordner, und wenn ich ehrlich bin, habe ich ihn immer als so ein Mädchending abgestempelt. Aber da sich meine Schwester so gut damit aufziehen ließ, haben mein Bruder und ich natürlich nie aufgehört. Dass sie mit ihren gerade einmal vierundzwanzig Jahren jemanden dazu gebracht hat, ihr einen Ring an den Finger zu stecken, ist vielleicht auch als eine Art Leistung zu betrachten.

Nein, ich klinge nicht verbittert. Zu heiraten steht einfach nicht sonderlich weit oben auf der Liste der Dinge, die ich in meinem Leben erreichen möchte.

»Wie schön«, verstelle ich mich daher schnell. »Hat sie also endlich ihren langersehnten Antrag bekommen.«

»Oh, ja. Und es war wunderbar romantisch. Samuel ist der perfekte Ehemann für sie. Klug, gebildet und aus gutem Haus. Was will eine Mutter mehr? Hach, wenn doch alle meine Kinder endlich heiraten würden.«

»Mum«, wiederhole ich und knirsche innerlich mit den Zähnen. »Ich weiß gar nicht, was du hast. William ist verheiratet, Charlotte tut es ihm jetzt gleich. Die beiden sind also in der Überzahl und alles ist in bester Ordnung.«

»Nichts ist in bester Ordnung, mein Sohn. Was bringt es mir, wenn mich mein jüngstes und mein ältestes Kind glücklich machen und das mittlere aus der Art schlägt? Du bist dreißig.«

»Sei doch froh, dass immerhin zwei deiner drei Kinder deinem Wunsch folgen. William hat die Tochter von Vaters Geschäftspartner geheiratet und Charlotte hat jemanden gefunden, der perfekt in die Familie passt. Es tut mir leid, wenn ich dich enttäusche, Mutter, aber ich habe tatsächlich noch andere Ziele im Leben, als nur zu heiraten. Außerdem bin ich erst dreißig und habe somit noch alle Zeit der Welt.«

»*Nur* zu heiraten? So wie du das darstellst, fühlst du dich deinen Geschwistern überlegen und zu etwas Besserem berufen.«

»Das habe ich nicht gesagt«, antworte ich frustriert und muss mich bemühen, nicht sauer zu klingen. »Ich habe mich bewusst dazu entschieden, damals zum Studium nach Oxford zu gehen, um meinem Interesse zu folgen.«

»Literatur«, höre ich sie stöhnen. »Lass das deinen Vater nicht hören.«

»Ich weiß. Ich bin eine Enttäuschung für die Familie, weil ich eine brotlose Kunst studiert habe.«

»Niemand hat jemals gesagt, dass du eine Enttäuschung bist«, dringt die leicht schroffe Stimme meiner Mutter an mein Ohr und ich kann hören, wie sie bei sich auf und ab geht.

»Doch, du gerade, Mutter.«

»Wie kommst du denn auf so etwas? Ich liebe dich, mein Sohn, und will nur dein Bestes.«

»Du willst, dass ich heirate und am besten auch für die Kanzlei und die Familie arbeite.«

»Letzteres habe ich zwar nicht gesagt, aber es wäre so wunderbar, euch alle in meiner Nähe zu wissen. Du hast in der Schule auch immer ein wahnsinniges Gespür für Zahlen gehabt. Du könntest deinen Vater und William so gut unterstützen. Kian, in erster Linie will ich, dass du nicht allein bist und umsorgt bist.«

»Ich fühle mich in Oxford sehr wohl«, sage ich deutlich betont und schlage die Mappe mit den Essays der Studenten wieder auf, die neben mir auf dem Schreibtisch liegt.

»Außerdem bin ich nicht einsam und man muss sich auch noch nicht um mich kümmern.«

Dass meine Mutter es irgendwann noch schaffen wird, mir wegen ihrer Art einen Herzinfarkt zu bescheren, verschweige ich.

»Wirklich wohl kann man sich so allein doch gar nicht fühlen«, setzt sie dann im nächsten Moment noch einen drauf. »Du bist im besten Alter, Kian. Du bist ein toller Mann und hast viel zu bieten. Du bist intelligent und gutaussehend. Außerdem kommst du aus gutem Hause. Du würdest eine Frau so glücklich machen. Lass mich dir doch einfach jemanden aus dem Club vorstellen. Das hat bei Charlotte auch wunderbar funktioniert.«

Ich kann nicht glauben, dass meine Mutter wirklich zum wiederholten Mal versucht, mich mit jemandem aus ihrem High Society-Kreis zu verkuppeln. Jedes Mal, wenn ich die Familie in Sevenoaks in der Grafschaft Kent besuche, tauchen plötzlich und völlig unerwartet wildfremde Frauen im heiratsfähigen Alter während des Familiendinners auf, oder Mutter hat spontan Freunde zum Tee eingeladen, die ihre Töchter mitbringen. Mehr als einmal waren das sehr unangenehme Stunden bei Tee, Kaffee und Kuchen. Mir graut jetzt schon vor diesem Weihnachtsfest und der anstehenden Verlobungsfeier.

Ich bin noch nie der Typ Mann gewesen, der sich viel aus dem Ruf und Ansehen der Familie gemacht hat. Während mein Bruder auf der Sevenoaks-School, einer der angesehensten Schulen des Landes mit hervorragendem akademischem Maßstab, vor allem das sehr starke Sportangebot genutzt hat, um mit seinen Freunden das Segeln, Tennis oder Hockey zu genießen, schlug mein Herz für das weitere Forte der Schule - die darstellenden Künste rund um Musik, Theater und Literatur. Eine Tatsache, die meinen Eltern nie sonderlich gefallen hat, denn mein Bruder hing mit den Söhnen einflussreicher Familien der Region zusammen, während ich meine Nase in Bücher steckte. Vielleicht erklärt das auch, warum mein Bruder und ich nicht mehr sonderlich viel miteinander zu tun haben. Er hat sich schon früh entschieden, ins Familienunternehmen einzusteigen, und inzwischen sind wir uns fast fremd. Die Gesprächsthemen, an denen wir uns bei Zusammenkünften entlanghangeln, beschränken sich häufig auf das Wetter, unsere Eltern oder irgendwelche Sportergebnisse.

Zwar waren meine Eltern damals stolz, als ich zum Studium nach Oxford ging, aber sie haben wohl nie damit gerechnet, dass ich hierbleiben würde, und jetzt tatsächlich eine Professur für englische Literatur innehabe. Eine Sache, die ich mir hart und vor allem ohne die Hilfe meiner Familie erarbeitet habe.

»Was möchtest du jetzt von mir hören?«, richte ich das Wort wieder an meine Mutter, denn es ist zu befürchten, dass sie so schnell nicht klein beigeben wird.

»Sag, dass du zur Verlobungsfeier deiner Schwester kommen wirst und ich ein paar interessante Frauen einladen darf. Ein paar von Charlottes Freundinnen, oder ein paar Töchter aus dem Club.«

»Selbstverständlich werde ich zur Verlobungsfeier von Charlotte kommen und selbstverständlich wirst du keine Frauen einladen, vor denen ich mich den ganzen Abend verstecken muss. Es ist Weihnachten, Mutter. Bitte lass das nicht unerträglich für mich werden. Ich hatte mich eigentlich darauf gefreut, mal wieder nach Hause zu kommen.«

Meine Mutter stöhnt und ich könnte mich dafür verfluchen, sie vorhin nicht direkt abgewürgt zu haben.

»Kian, ich würde auch darauf achten, dass sie aus gutem Hause ist und du dich mit ihr sehenlassen kannst.«

Die Bemühungen meiner Mutter in allen Ehren, aber wenn es um Oberflächlichkeiten geht, ist sie ganz vorn mit dabei. Vor allem, wenn es um das Ansehen der Familie und die Außenwirkung geht.

»Ich bin mir sicher, dass du das tun würdest, aber danke, nein. Ich möchte dich bitten, das zu akzeptieren. Ich möchte den Feierlichkeiten nicht fernbleiben, weil ich mich zu Hause unwohl fühle.«

Mir sehr wohl bewusst, dass der letzte Satz ein wenig harsch klingt, lausche ich gespannt auf die Antwort meiner Mutter. Es dauert einen Augenblick, bis sie wieder spricht, und aus ihrer Stimme ist heraus zu hören, dass sie mit meiner Entscheidung nicht einverstanden ist, sie für den Moment aber akzeptiert. So wie ich meine Mutter kenne, wird sie trotzdem versuchen, an anderer Stelle noch einmal zu intervenieren. Zumindest habe ich ihr für heute den Wind aus den Segeln genommen, denn als sie die nächste Frage an mich richtet, scheint das Thema Frauen vorerst ad acta gelegt zu sein.

»Ich weiß, dass du während des Semesters immer viel zu tun hast, aber für die Familie nimmt man sich Zeit. Ich gehe also davon aus, du hast das eh in deinem Terminkalender bedacht und ich muss dich nicht gesondert daran erinnern?«

Wie immer hat meine Mutter keine Ahnung, wie meine Zeitverteilung und mein Arbeitspensum tatsächlich aussehen. Doch eine Erklärung erspare ich mir, das ginge bei ihr bei einem Ohr rein und beim anderen wieder raus.

»Mach dir keine Gedanken. Zwar habe ich viel zu tun, aber ich werde es einrichten und mir das jährliche Weihnachtsfest zu Hause mit der Familie nicht entgehen lassen.«

»Das ist schön«, dringt es durch den Hörer und ich starre auf den Kalender, der aufgeschlagen auf meinem Schreibtisch liegt.

Natürlich passt dieser Termin nicht im Geringsten in meine Planung, aber den Kommentar verkneife ich mir. Zwei oder drei Tage werde ich mir schon zwischen meinen Vorbereitungen, den Korrekturen und meinen Recherchen für den anstehenden wissenschaftlichen Artikel, für den ich angefragt worden bin, einrichten können. Gott sei Dank liegt Sevenoaks nur knapp zwei Stunden mit dem Wagen von Oxford entfernt, sodass ich notfalls noch nicht einmal über Nacht wegbleiben muss. Weihnachten sind letztlich auch nur ein paar festliche Tage, an denen man versucht, sämtliche Streitigkeiten mit der Familie zu umgehen, und sich nicht nonstop den Bauch vollzuschlagen.

»Du kommst also?«

Meine Mutter lässt nicht locker und scheint doppelt und dreifach Bestätigung zu brauchen.

»Das sagte ich bereits. Wird die Feier bei uns auf dem Anwesen stattfinden oder sind wir außer Haus? Jetzt, da es neben Weihnachten auch noch eine Verlobung zu feiern gibt.«

»Charlotte hat sich gewünscht, dass wir alles bei uns ausrichten. Es wird ein großes Zelt im Garten aufgebaut, das winterlich geschmückt werden soll und natürlich beheizt sein wird. Hach, ich muss noch so viel organisieren und mit dem Caterer sprechen. Seitdem der Besitzer gewechselt hat, läuft dort alles etwas anders ab. Stell dir vor, Charlotte hat sich sogar für die Verlobungsfeier ein Farbkonzept überlegt. Weiß und Gold.«

»Wunderbar passend in der Winterzeit, oder?«, frage ich amüsiert. Ich wette, die Idee dazu stammt auch aus dem ominösen Ordner.

»Oh, ja! Die Blumen und die Tischdekoration werden auch aufeinander abgestimmt sein«, fährt sie fort.

»Ich muss mich aber vom Outfit jetzt nicht an das Farbschema anpassen? Ich besitze keinen weißen Anzug.«

»Ein schwarzer Anzug ist traditionell und schick. So wie ich deine Schwester verstanden habe, bezieht sich das Farbschema auf die Dekoration. Von den Gästen wird elegante Kleidung erwartet. Schwarz ist also erlaubt.«

»Natürlich, Mutter«, antworte ich und mache mir sofort eine Notiz, dass ich den Anzug und ein paar Hemden noch einmal vorab in die Reinigung gebe, damit alles frisch gewaschen und gebügelt ist.

Letztendlich kenne ich es von zu Hause nicht anders, als dass man dauerhaft adrett gekleidet ist.

Zwar renne ich in Oxford nicht jeden Tag in Joggingklamotten herum, aber tatsächlich kann ich mich nicht daran erinnern, meine Eltern jemals in legerer Kleidung gesehen zu haben. Selbst am Sonntag trägt mein Vater stets Hemd und eine passende Stoffhose, während meine Mutter zu Bluse oder Kostüm greift.

»Kian«, sagt mein Vater immer, »du musst jederzeit darauf vorbereitet sein, dass jemand zu Besuch kommt. Es schickt sich nicht, auszusehen, als würde man den Tag über nur schlunzen und nichts tun.«

»Mutter«, ich werfe einen kritischen Blick auf die Uhr, »ich muss mich ranhalten und diese Essays fertig korrigieren. Ich habe noch Termine außer Haus.«

Der zweite Teil meiner Aussage ist gelogen, aber das muss Mutter ja nicht wissen.

»Aber natürlich, Kian. Ich will dich auch gar nicht weiter stören. Wir legen auf. Und wenn du es dir noch einmal überlegst, was deine Begleitung für die Feier angeht, dann lass es mich wissen. Ich schaue mich gern nach jemandem für dich um.«

»Das weiß ich«, antworte ich und bin froh, dass sie meinen genervten Ausdruck nicht sieht. »Aber ich werde so einen Abend auch allein überstehen. Da mache ich mir keine Sorgen. Es wäre nicht das erste Mal.«

»Wenn du wüsstest, welche Sorgen ich mir um dich mache.«

»Nun, spätestens jetzt weiß ich es.«

»Du machst dich lustig über mich.«

Vom empörten Ton in der Stimme meiner Mutter lasse ich mich nicht beirren.

»Das tue ich nicht, Mutter. Du musst dir keine Sorgen um mich machen. Mir geht es hervorragend. Ich freue mich darauf, euch in zwei Wochen zu sehen. Grüß mir Vater, Charlotte und William, wenn du sie siehst.«

»Natürlich sehe ich sie. Wir essen wie immer zweimal in der Woche gemeinsam zu Abend. Schade, dass du da nie dabei sein kannst.«

»Das ist es«, antworte ich und sage damit wieder nur die halbe Wahrheit, aber ich habe keine Lust auf weitere Diskussionen. »Ich melde mich ein, zwei Tage, bevor ich zu euch komme. Hab noch einen schönen Abend.«

»Du auch, Junge«, sagt sie und hat Augenblicke später auch schon aufgelegt.

Erleichtert atme ich auf. Ich liebe meine Mutter, aber sie ist ein Stück Arbeit und hat ihren eigenen Kopf. Mir der Sache vollends bewusst, werde ich äußerst achtsam für den Fall sein, dass verdächtig viele Singlefrauen auf Charlottes Verlobungsfeier auftauchen werden. Dass sie sich nämlich noch nicht geschlagen gibt, rieche ich auf achtzig Meilen gegen den Wind.

2

KIAN

Mein Blick fällt auf das Chaos vor mir. Normalerweise bin ich ein sehr ordentlicher Mensch, der selbst alles auf seinem Schreibtisch minutiös aufräumt, aber derzeit bin ich kurz davor zu sagen, dass mir alles über den Kopf wächst.

Warum noch mal habe ich zugestimmt, einen weiteren Forschungsartikel über George Eliot zu schreiben, damit er zusammen mit anderen in einer neuen Ausgabe zur Literatur des neunzehnten Jahrhunderts erscheinen kann? Zwar gehören vor allem die weiblichen Autorinnen der Zeit zu meinem Spezialgebiet, aber gerade George Eliot, oder Mary Anne Evans, wie sie eigentlich hieß, ist besonders vielschichtig, gehört sie doch zu den bedeutendsten Autorinnen des viktorianischen Zeitalters.

Parallel dazu bereite ich mich auch schon wieder auf das nächste Semester vor, das in wenigen Wochen startet. Als würde es nicht schon reichen, Charlotte Brontë in meinem Seminar in den Mittelpunkt zu rücken, biete ich zusätzlich noch einen Creative Writing-Kurs an, der nicht nur für Studierende geöffnet ist, sondern auch für jeden anderen, der sich einmal schriftstellerisch austoben möchte. Der Kurs für die Möchtegernautoren der Zukunft.

Es ist nicht so, dass ich nicht genug von meinen Studenten und generell der Literatur bekommen kann, nein, aber ich schulde dem Dekan meines Instituts einen Gefallen. Vielleicht auch einen größeren, denn so ganz wird er es mir wohl nie verzeihen, dass ich seine Tochter damals versetzt habe, als ich meine Stelle im Institut angenommen hatte. Wobei, das stimmt nicht. Ich habe sie nicht versetzt, sondern bin brav mit ihr essen gewesen, doch habe ich mich auf kein weiteres Treffen eingelassen, denn ich hatte genug. So schön sie auch ist, aber wer meint, mit mir in den Ring steigen zu müssen, was mein Fachgebiet angeht, sollte schon mehr draufhaben als die Namen der Schauspielerinnen, die in Jane Austen-Verfilmungen mitgewirkt haben. Nicht dass ich von einer potenziellen Partnerin erwarte, dass sie sich mit Literatur auskennt, aber wenn man mich beeindrucken will, dann nicht mit vorgegebenem Scheinwissen oder der Information, dass in der Verfilmung aus dem Jahre 1995 von Jane Austens *Sinn und Sinnlichkeit* die eigentlich neunzehnjährige Elinor von der vierunddreißigjährigen Emma Thompson gespielt wurde.

Es gibt Wichtigeres.

Zum Beispiel die Tatsache, dass ich dringend etwas essen muss. Ich sitze schon den ganzen Tag am Schreibtisch und starre zum wiederholten Mal auf das Datum meiner Deadline für den Artikel. Noch zwölf Tage. Die Abgabe ist genau zwei Tage vor Weihnachten. Es wird Zeit, sich in die Recherche zu stürzen. Wenn doch nicht diese elendigen Korrekturen der Studenten hier lägen. Wären sie wenigstens alle einfach zu lesen, wäre mir schon sehr geholfen, aber tatsächlich sind die wenigsten von wirklicher Qualität.

Ich mag Menschen um mich herum, doch wenn ich in meiner Arbeit versunken bin, entwickle ich einen Tunnelblick.

Man könnte dann auch »Eremit« zu mir sagen. Zu dieser Jahreszeit, in der die Menschen näher zusammenrücken, mache ich genau das Gegenteil.

Für einen Augenblick schalte ich das Radio an und alsbald dringen die ersten Töne von *All I want for Christmas is You* an mein Ohr. Es ist nicht so, dass ich mit Weihnachten gar nichts anfangen kann, aber wie so oft frage ich mich, ob dieser übertriebene Heckmeck, der mehr und mehr von den Leuten zelebriert wird, überhaupt sein muss. Noch dazu bedeutet dieses Jahr Weihnachten für mich, dass die Deadline immer näher rückt, und ich mich mit tödlicher Sicherheit mit dem einen oder anderen Verkupplungsversuch meiner Mutter auseinandersetzen muss. Auch wenn sie mir hoch und heilig verspricht, keine potenzielle Partnerin für mich zu Charlottes Verlobungsfeier einzuladen, möchte ich meine Hand dafür nicht ins Feuer legen.

Ich schalte das Radio wieder aus, stehe auf und schiebe den Schreibtischstuhl zurück. Dann mache ich mich auf den Weg in die Küche. Mein Blick wandert an mir hinunter. Zwar habe ich nicht die Kontrolle über mein Leben verloren, wie mein Vater es formulieren würde, aber es hat schon etwas zu bedeuten, wenn ich beim Jogginghosenlook angekommen bin. Am Schreibtisch wohlgemerkt. Jetzt, da die Vorlesungen vorbei sind, verlasse ich das Haus lediglich zu Recherchezwecken.

Ich trotte in die Küche und öffne die Tür meines großen Kühlschrankes. Wie zu erwarten, begegnet mir gähnende Leere. Von ein paar wenigen Zutaten mal ausgenommen, aber ich bezweifle, dass man daraus ein nahrhaftes Essen zaubern kann. Wie war das noch mal mit dem Haus verlassen? Ich muss dringend einkaufen. Wäre mein Kühlschrank ein Western, flöge mir jetzt ein kugelrunder vertrockneter Busch entgegen, natürlich begleitet vom Klang des heulenden Windes. Steppenläufer nennt man das wohl. Noch dringender müsste ich mir endlich mal wieder etwas Vernünftiges zu essen machen. Fast Food ist definitiv keine Option mehr, wenn ich an Weihnachten noch in meinen Anzug passen will, denn mein Sportprogramm fällt derzeit auch etwas dürftiger aus als sonst. Lediglich für die ein oder andere Laufrunde frühmorgens oder spätabends verlasse ich das Haus. Außerdem bin ich ein Fan von gesundem Essen, besonders wenn das Hirn funktionieren soll. Die Zeit für Fertigprodukte ist lange vorbei. Ich mag zwar immer noch zur Universität gehen, jedoch habe ich den Studentenjob gegen den eines Professors eingetauscht.

Ich höre die Stimme meiner Mutter, die mich schon diverse Male darauf angesprochen hat, dass ich mir ein Hausmädchen anschaffen soll. Zuhause hätten wir schließlich auch immer eins gehabt. Bisher habe ich das immer vermieden, denn ich mag es, meine Ruhe zu haben und nicht gestört zu werden. Auch wenn viele Hausangestellte diskret arbeiten, habe ich bisher nicht den Sinn darin gesehen, mich bekochen zu lassen. Auch eine Waschmaschine kann ich noch selbst bedienen. Lediglich Mrs Hallborn ist bisher immer einmal in der Woche vorbeigekommen, um zu putzen, aber nach ihrem Sturz vor zwei Wochen fällt sie jetzt erstmal aus. Perfektes Timing. Nicht.

Ich erwische mich bei dem Gedanken, dass es schon schön wäre, wenn jemand für mich kochen würde und ich alles nur noch warmmachen müsste, wenn ich Zeit zum Essen finde. Es müsste nicht von Dauer sein. Nur so lange, bis ich den Artikel fertig habe und das neue Schuljahr vorbereitet ist. Quasi ein privater Koch auf Zeit, der für mich einkauft und kocht. Und jetzt, da Mrs Hallborn ausfällt, vielleicht auch mal eine Waschmaschine anstellt und durchsaugt. Vielleicht sollte ich mir das kleine bisschen Luxus gönnen. Quasi als vorgezogenes Weihnachtsgeschenk an mich selbst.

Mit den wenigen Zutaten, die sowohl mein Kühlschrank als auch der Vorratsschrank noch hergeben, mache ich mir ein

Sandwich und koche mir im Anschluss einen Kaffee. Dann gehe ich zurück in mein Arbeitszimmer und widme mich erneut dem Stapel Klausuren. Ich nehme die oberste vom Stapel und als ich den Mantelbogen öffne, der um die beschriebenen Blätter liegt, fällt mir ein kleiner Zettel entgegen.

Bitte lass das kein Spickzettel sein. Das fehlt mir noch.

Auch wenn es ein Einfaches ist, die Klausur als Mangelleistung zu bewerten, ist der Verwaltungsaufwand, den ein Täuschungsversuch innehat, immer umständlich. Genervt nehme ich den Schnipsel, der auf meinen Schreibtisch gefallen ist, in die Hand und wende ihn. Augenblicklich verdrehe ich meine Augen. Okay, vielleicht wäre ein Spickzettel angenehmer gewesen. In meiner Hand halte ich die Telefonnummer einer meiner Studentinnen, die sich wohl gedacht hat, dass sie entweder jetzt privaten Kontakt zu mir aufbauen könnte, da das Semester vorbei ist, oder ihre Note verbessern könnte. Wie auch immer, es ist eine unnötige Aktion, auf die ich nicht im Geringsten stehe. Ich beschränke den Kontakt zu meinen Studenten auf das Nötigste. Ich bin freundlich und fordere sie, vermeide es jedoch, engere Bindungen zuzulassen. Nicht nur finde ich das unpassend und vor allem unprofessionell, ich bin auch nicht auf der Suche nach einer Freundin. Und für den Fall, dass ich einmal Lust auf menschliche Wärme habe, suche ich die sicherlich nicht unter meinen Studentinnen. So etwas kann nur nach hinten losgehen.

Ich blicke auf mein Handy, das zu meiner Rechten liegt. Natürlich sind mir die zwei Nachrichten nicht entgangen, die schon vor einer ganzen Weile bei mir eingegangen sind, aber Gabriel kennt mich. Er weiß, dass die Stunde geschlagen hat, wenn ich nicht sofort antworte. Ich tippe auf das Display und schon geht der Anruf zu ihm durch.

»Er lebt«, vernehme ich seine Stimme keine zehn Sekunden später und lache kurz auf.

»So ähnlich könnte man das bezeichnen. Sehr beruhigend zu wissen, dass man mich erst Tage später finden würde, weil mein bester Freund sich nicht wirklich Sorgen um mich macht.«

»Hey, das ist unfair. Ich rufe nicht an, weil ich dich nicht stören will. Du hast zwei Nachrichten bekommen, Alter. Lies den Subtext, der da lautet: *Melde dich*!«

»Was ich hiermit getan habe. Es ist schon wieder passiert.«

Ich höre, wie Gabriel eine Autotür zuwirft.

»Was jetzt genau? Ich kann zwar viel, aber hellsehen leider noch nicht.«

»Man hat mir schon wieder eine Telefonnummer in einer Arbeit hinterlassen.«

»Man? Du meinst eine Studentin. Zumindest gehe ich jetzt mal davon aus, da die Anzahl der männlichen Studenten in deinen Vorlesungen arg beschränkt ist.«

Ich verdrehe die Augen.

»Ja, ja.«

»Die stehen halt alle auf Professor Sexy.«

»Alter, hör mit dem Namen auf. Ich hätte dir nie diese Notiz zeigen dürfen.«

Mit dieser Notiz meine ich übrigens den kleinen Zettel, den mir eine Studentin vor einem halben Jahr nach einer Vorlesung zugesteckt hat. Darauf stand in fein säuberlicher Handschrift: »Professor Sexy, wenn Ihnen mal nach mehr als nur Büchern und Literatur ist, melden Sie sich. Wir würden Victoria und Albert in den Schatten stellen.«

Ich bin mir ziemlich sicher, dass sie auf die Tatsache hinweisen wollte, dass Victoria und Albert als das königliche Traumpaar des neunzehnten Jahrhunderts galten. Ihre Beziehung hatte den Ruf, besonders leidenschaftlich gewesen zu sein, und noch heute wird ihnen nachgesagt, dass sie große Lust an Sex hatten. Wie auch immer, Gabriel hatte sich natürlich hauptsächlich eins gemerkt: Professor Sexy.

»Ich wollte dich fragen, ob du mit was trinken gehst«, unterbricht mein bester Freund im nächsten Augenblick meinen Gedankengang. »Ich muss mal dringend vor die Tür. In der letzten Woche kam ein Auftrag nach dem anderen und ich kann keine Kunden mehr sehen. Ich brauche Alkohol.«

»Du klingst wie zu unseren besten Studienzeiten.«

Ich lache und erinnere mich an die ein oder andere Nacht, die Gabriel und ich uns damals um die Ohren geschlagen haben. Im Gegensatz zu mir hat es ihn jedoch in den kreativen Bereich geführt und so arbeitet er inzwischen für eine große Agentur hier in Oxford und kümmert sich um alles, was mit Werbung und Texten zu tun hat.

»Du weißt, dass ich eine Deadline habe.«

»Und? Die ist auch morgen noch da, wenn wir heute etwas trinken gehen.«

»Gerade von dir sollte ich doch erwarten, dass du das Konzept von Deadlines verstanden hast. Ich kann heute nicht. Verrate mir lieber eins: Kennst du einen guten Service, der Privatköche entsendet, die auch einkaufen gehen und sich ein bisschen um den Haushalt kümmern?«

»Immer noch keinen Ersatz für Mrs Hallborn gefunden?«

»Um ehrlich zu sein, habe ich mich nicht darum gekümmert. Ich sitze ja auch nur am Schreibtisch.«

»Lass mich raten, dein Kühlschrank sieht schlimmer aus als zu Studienzeiten.«

»Ich dachte, du könntest nicht hellsehen?«

»Kian, ich kenne dich jetzt wie lange? Es ist jedes Mal das gleiche Elend mit dir. Aber na gut, dann lasse ich dich heute noch einmal vom Haken, aber übermorgen entkommst du mir nicht. Da gehen wir aus. Koste es, was es wolle. Ich habe sturmfrei, weil Justine mit ihren Freundinnen unterwegs ist. Das muss ich ausnutzen. Mit dem Service horche ich mich morgen mal in der Agentur um. Vielleicht weiß dort jemand was. Ich melde mich.«

»Super, danke«, erwidere ich und mache mir eine mentale Notiz, dass ich heute und morgen besser viel geschafft bekomme, denn ein Abend mit Gabriel bedeutet immer eins: wenig Schlaf und das ein oder andere Bier zu viel.

3

SKYE

Ich recke mein Kinn nach oben und setze alles daran, diesem Mann, der vor mir steht, in die Augen zu blicken. Ihm bleibt nichts anderes übrig, als sein Gesicht zu senken. Sein Blick ist brennend. Als er seinen Mund verzieht, ist da plötzlich dieses Grübchen, das seine Lippen umspielt. Ich schlucke schwer. Wie kann ein Mann nur so selbstsicher sein? Wenn ich nicht aufpasse, erliege ich seinem Charme und nichts wäre gerade unpassender in dieser Situation. Schließlich habe ich nicht vor, meinen mir mühselig erkämpften Job wegen reiner Begierde innerhalb von zwei Wochen wieder zu verlieren. Wie hätte ich denn auch ahnen können, dass sich mein One-Night-Stand von neulich als mein neuer Chef entpuppt?

Sein Gesicht ist nur wenige Zentimeter von meinem entfernt.

»Komm rein«, raunt er mir zu und lässt eine Hand hinter mich gleiten, um die Bürotür zu öffnen.

»Ich glaube nicht, dass das so eine gute Idee ist«, flüstere ich mit bebender Stimme und senke den Blick.

Doch ich habe das Spiel ohne Marcus gemacht, denn er legt seine Hand unter mein Kinn und zwingt mich so, ihn anzusehen. Er verschlingt mich buchstäblich mit seinen Augen und meine Beine drohen, ihren Dienst zu quittieren. Dann senkt er seine Lippen auf meine und mir wird bewusst, wie sehr ich mich nach diesem Kuss gesehnt habe. Wie sehr meine Lippen sich nach ihm verzehrt haben und ich nichts anderes will, als seinen Körper an meinem zu spüren. Marcus zieht mich an sich und lässt seinen Kopf runter in meine Halsbeuge gleiten. Kurz spüre ich seine Lippen auf meinem Hals und seinen warmen Atem auf meiner Haut.

»Du willst also, dass ich dich gleich hier auf dem Flur nehme? Ich kann nicht garantieren, dass niemand mehr im Gebäude ist.«

Auch wenn in mir eine Kraft tobt, die pures Verlangen ist, weiß ich, dass es alles anderes als gut wäre, entdeckt zu werden. Wer will schon gern in flagranti mit seinem Chef entdeckt werden?

Ich gehe ein Stück zur Seite und beobachte Marcus, wie er die Tür öffnet. Dann schiebt er mich in sein Büro und verschließt die Tür hinter uns. Als sich der Schlüssel im Schloss umdreht, halte ich für einen Moment die Luft an. Marcus gibt mir keine Zeit nachzudenken, denn schon presst er seinen Mund erneut auf meinen. Seine Lippen sind weich, seine Zunge fordernd. Mindestens genauso fordernd sind unsere Hände, die den Körper des jeweils anderen erforschen. Immer wieder schauen wir uns an und unsere Blicke sagen mehr als Worte. Fast automatisch presst sich mein Körper an ihn und er umschlingt mich. Seine rechte Hand greift in meine Haare, während er mich leidenschaftlich küsst. Im nächsten Augenblick wandert seine Hand runter zu meinem Hintern, packt fest zu und schiebt sich dann unter mein Kleid. Unser beider Atem geht stoßhaft und schier berauscht drücke ich mich fester an ihn. Seine Finger gleiten in meinen Slip und krallen sich in meinen Po.

Wie im Rausch streife ich mir die Träger meines Kleides runter und öffne meinen BH. Sofort umschließt seine Hand meine Brust und sein Daumen umkreist meine bereits aufgerichtete Brustwarze. Ich stöhne, presse mich gegen ihn und natürlich entgeht mir die Beule in seiner Hose nicht. Deutlich spüre ich seine Erregung und kann nicht anders, als meine Hände auf seinen Hintern zu legen und ihn immer wieder gegen mich zu ziehen. Ein Raunen entfährt ihm und dann hebt er mich ruckartig hoch und trägt mich zu seinem Schreibtisch. Er streift mir das Kleid ganz ab und hebt mich auf die Tischplatte. Als mein Po das kalte Holz berührt, atme ich scharf ein. Marcus lässt mir keine Zeit durchzuatmen, denn sofort senkt sich sein Mund auf meine Brustwarze und er beginnt, gierig mit ihr zu spielen. Mir bleibt nichts anderes übrig, als laut aufzustöhnen und meinen Kopf in den Nacken fallen zu lassen. Ich habe nicht damit gerechnet, dass mein Körper so auf seine Berührungen reagieren könnte. Meine Erregung steigert sich noch mehr, als er plötzlich an meiner Brustwarze saugt und die andere Brust mit seiner Hand umfängt. Meine Hände fahren in seine Haare und ich ziehe seinen Kopf zurück. Als sich unsere Blicke treffen, spricht aus ihnen reinste Begierde. Ich keuche auf. Nicht nur, weil seine Augen lodern, sondern auch, weil er seine Hand von meiner Brust löst und meine Schenkel entlangwandern lässt. Ehe ich mich versehe, schiebt er seine Finger in mein Höschen und zieht es mir mit einem Ruck herunter. Als der kühle Luftzug meine empfindliche Mitte trifft, ziehe ich die Luft ein und stöhne im nächsten Moment auf. Meine Hände krallen sich in sein Jackett, streifen es ihm ab und meine zitternden Hände knöpfen ihm sein Hemd auf. Als meine Finger seine nackte Haut berühren und über seine Muskeln fahren, lässt er seine Stirn gegen meine sinken.

»Du machst mich tierisch an«, raunt er mir zu und entledigt sich rasch seines Hemdes.

Bewundernd fährt mein Blick über seinen trainierten Oberkörper. Sein Brustkorb hebt und senkt sich im Rhythmus seines Atems und er zuckt zusammen, als sich meine Finger auf seinen Bauch legen. Ich erkenne das Lodern in seinen Augen.

»Ich will ...«, stottere ich und ringe nach Worten, nicht sicher, wie ich mein Verlangen nach ihm ausdrücken soll.

»Shhhh«, erwidert er und legt einen Finger auf meine Lippen, bevor er sie im nächsten Moment mit einem sanften Kuss verschließt. »Ich will dich auch.«

Ich nicke heftig und dann geht auf einmal alles unfassbar schnell. Marcus öffnet seine Hose und befördert sie binnen Sekunden auf den Boden. Er streift sich seine Boxershorts von den Hüften und ich schnappe nach Luft, als ich seine heftige Erregung sehe. Da ich immer noch auf der Tischplatte sitze, drückt er mit seinen Händen meine Beine auseinander und positioniert sich zwischen ihnen. Augenblicklich gleitet seine Hand zwischen meine Beine und ich stöhne auf, als sich sein Finger auf meine Scham legt. Er beginnt mich zu streicheln und ich drücke ihm mein Becken entgegen, während ich gleichzeitig erneut den Kopf in den Nacken fallen lasse. Himmel, was geschieht hier gerade? Aus halbverschlossenen Augen nehme ich wahr, wie Marcus vor mir auf die Knie geht, meine Beine weit auseinander drückt und Sekunden später spüre ich seine Zunge, wie sie über meine empfindliche Mitte streicht. Ich glaube, zu zergehen.

»Mehr«, presse ich hervor und genieße seine Liebkosungen, lasse mich mit jedem Schlag seiner Zunge mehr fallen. Mein ganzer Körper zittert und als er zusätzlich mit seinem Daumen meine Klit stimuliert, entfährt mir ein lustvoller Schrei. Ich keuche, gebe mich ihm hin und will mehr. Mehr von ihm.

»Gib es mir«, stoße ich gepresst hervor und nehme seinen männlichen Duft wahr, der mich benebelt. Er riecht nach Holz, nach Wald, Leder ... und Lebkuchen.

Lebkuchen?

Völlig entgeistert zucke ich zusammen und starre auf das Blech vor mir, auf dem fein säuberlich zwei große Lebkuchen-Kuchen liegen, die nur darauf warten, in die Auslage gepackt zu werden.

»Was soll ich dir geben?«, höre ich Bens Stimme neben mir und ich schrecke ein weiteres Mal zusammen.

»Ich ... Ähm«, stottere ich und blicke ihn leicht panisch an, als mir bewusst wird, dass ich mich eigentlich gerade auf der Arbeit befinde und sich in meinem Kopf ein Film abgespielt hat.

Ein verdammt heißer Film. Man kann nicht behaupten, dass es mir an blühender Fantasie fehlen würde. Definitiv nicht.

Dass die jedoch gar nicht hierhergehört, wird mir klar, als mein Boss eine Augenbraue hebt und sich neben mir an die Arbeitsfläche lehnt.

»Du hast gesagt, dass ich es dir geben soll und ich weiß nicht was.«

Er lacht und schaut mich dabei ratlos an.

»Schon gut«, stammle ich und wische meine schwitzigen Hände an der Schürze ab. »Ich war in Gedanken.«

Gott sei Dank hat er keine Ahnung, was sich in meinem Kopf gerade abgespielt hat.

»Sei froh, dass es nicht so voll ist, sonst müsste ich dich dafür rügen, dass du während der Arbeit in Tagträumen versinkst.«

Ich werde meinem Boss sicherlich nicht sagen, dass ich gerade in meinem Kopf eine imaginäre Sexszene für mein Buch geschrieben habe. Das Buch, mit dem ich noch nicht einmal begonnen habe und es wohl auch nie tun werde. Schließlich ist es eine Sache, Liebesromane zu lesen. Es ist eine ganz andere, diese auch zu schreiben. Aber es wird ja wohl noch erlaubt sein, davon zu träumen, wie es wohl so als Autorin wäre. Nicht dass dieser Traum jemals in Erfüllung gehen könnte.

»Sorry, Boss«, sage ich zu Ben und räume den Kuchen in die große Theke. »Kommt nicht wieder vor.«

»Schon okay. Viel um die Ohren?«

Obwohl Ben und ich nicht wirklich befreundet sind, werde ich ihm auf ewig dankbar sein, dass er mir damals, und obwohl ich noch so jung war, diesen Job gegeben hat. Mit der kleinen Summe, die meine Eltern mir hinterlassen haben, kam ich in Oxford an und fand wie durch ein Wunder recht schnell eine WG, in die ich einziehen konnte. Ich wollte mich für einen Studienplatz bewerben, wollte Literatur studieren, um meinem Traum ein Stückchen näher zu kommen. Aber ich hatte es unterschätzt, was es bedeuten würde, seine gesamte Familie zu verlieren und sich in einer fremden Stadt allein durchzuschlagen und gleichzeitig ein Studium aufzunehmen. So geschah es, dass ich die Bewerbung nicht abschickte. Bis heute nicht. Nie den Aufnahmetest bestritt, für den ich mich in meinem letzten Schuljahr vorbereitet hatte. Auf einmal war mein Ziel nicht mehr das Studium, auf einmal wollte ich einfach nur noch überleben. Mitten in diesem Gefühlschaos stolperte ich förmlich über Ben und wir kamen ins Gespräch. Er erzählte mir von seinem Diner und bot mir an, dort zu jobben, um überhaupt erst einmal in der Stadt Fuß zu fassen.

Tatsächlich habe ich mir damals alles ein bisschen anders vorgestellt, und auch wenn ich den Traum von einem Studium inzwischen ad acta gelegt habe, will der Traum, irgendwann mal erfolgreich als Autorin arbeiten zu können, einfach nicht verschwinden. Aber zum Schreiben brauche ich Zeit, die ich nicht habe, weil ich so viel arbeite, um Geld zu verdienen, das ich noch weniger habe, aber brauche, um irgendwann mal aus meiner WG ausziehen zu können, um ein geregeltes Leben leben zu können. Und mir vielleicht mal das Schreibseminar leisten zu können, das ich online entdeckt habe. Vielleicht irgendwann. Ein gottverdammter Teufelskreis.

»Du hast nicht zufällig eine Idee, wie ich noch ein bisschen mehr Geld verdienen könnte? Kann ich vielleicht noch eine Schicht zusätzlich übernehmen? Ich dekoriere dir auch liebend gern den ganzen Tag das Diner. Weihnachtsstimmung kann man nie genug haben. Ich wäre dir sehr dankbar, weil ich das Geld gut gebrauchen könnte.«

Bens Reaktion ist ein herzhaftes Lachen, als er sich im Diner umschaut, das bereits sprichwörtlich in weihnachtlicher Deko versinkt. Direkt neben dem Eingang steht ein bunt geschmückter Tannenbaum, unter dem ein paar Geschenkboxen liegen. Die Fenster zieren Schneesterne und auf jedem Tisch steht ein kleines weihnachtliches Gesteck. Neben der Kasse befindet sich ein Weihnachtsmann, der mit dem Hintern wackelt, wenn man an seinem langen weißen Bart zieht. Ein bisschen kitschig ist es vielleicht, aber so kommt wenigstens weihnachtliche Stimmung auf. Was könnte es Schöneres geben?

Bens Diner liegt am Rand des Covered Markets und somit fußläufig von den Colleges, die sich in der Stadt befinden. Tatsächlich wird es vor allem von den Studierenden gut angenommen, da man hier nicht nur gemütlich einen Kaffee trinken kann, sondern wir auch leckere Snacks und Pizza zubereiten und Kuchen servieren. Gegen Abend wird der Kaffee dann häufig gegen das ein oder andere Bier eingetauscht. Ich mag die Klientel, denn neben den Studierenden finden sich hin und wieder auch Professoren hier ein und eine große Menge an Touristen aus aller Welt, die die Stadt erkunden oder eine Führung durch das Balliol College oder das Trinity College gebucht haben. Oxford ist eine bemerkenswerte Stadt und jedes Mal bin ich aufs Neue fasziniert, welche Persönlichkeiten diese Hochschule hervorgebracht hat.

Zu wissen, dass Jonathan Swift, Oscar Wilde und J.R.R. Tolkien die gleichen Wege beschritten haben wie ich, erfüllt meine literaturverliebte Seele mit unsagbarem Stolz. Auch wenn ich schon eine ganze Weile hier lebe, bleibe ich immer wieder gern bei kleinen Touristengruppen stehen, die eine Führung gebucht haben, und lausche den Ausführungen der einzelnen Stadtführer. Hin und wieder ertappe ich mich dann bei dem Gedanken, wie es wohl wäre, doch noch zu studieren. Vielleicht wäre ich mit meinen fünfundzwanzig Jahren nicht mehr die Jüngste und somit deutlich älter als andere Studierende. Aber sollte man sich davon beirren lassen? Letztendlich fehlen in Oxford jegliche Altersgrenzen. Was bei der Bewerbung zählt, sind Leistung und Talent. Dann fällt mir wieder ein, dass ich mich um finanzielle Unterstützung bewerben müsste, was hieße, dass Geld wieder zum Thema würde. Allein der Gedanke daran bereitet mir ein unangenehmes Gefühl in der Magengegend.

»Um ehrlich zu sein, Skye, sind die Schichten gerade gut besetzt. Man merkt schon, dass das Semester vorbei ist und einige bereits für die Weihnachtszeit abgereist sind. Ich schaue gern noch einmal, ob sich etwas machen lässt, aber ich befürchte, viel kann ich nicht für dich tun. Tut mir leid. Du solltest auch ein bisschen auf dich achten. Du arbeitest doch im Prinzip schon rund um die Uhr.«

»Na ja, ich arbeite nicht jeden Tag bei dir im Diner. Aber schon okay,« antworte ich und versuche, mir meine Enttäuschung nicht allzu sehr anmerken zu lassen. »Ich bin schon dankbar, dass ich die freigewordene Schicht von David noch zusätzlich übernehmen konnte.«

»Wobei«, beginnt Ben dann erneut und ich horche auf.

»Wobei was?«

Hat er etwa doch eine Schicht noch nicht abgedeckt? Ich spitze die Ohren.

»Dass du recht gut kochen kannst, weiß ich. Wie steht es mit deinen Putzkünsten?«

Irritiert blicke ich ihn an.

»Ähm. Wie meinst du das?«

»Nun, vielleicht hätte ich da noch etwas für dich. Mein Cousin hat mich heute Morgen angerufen und gefragt, ob ich jemanden kenne, der als eine Art Private Chef für einen Hochschulprofessor fungieren kann. Zumindest bis Weihnachten, weil dieser mitten in der Recherche steckt und jemanden braucht, der kocht, einkauft und ein paar Dinge im Haushalt erledigt.«

»Dir ist schon klar, dass Private Chef dann der falsche Begriff ist und du lieber mit Hausmädchen arbeiten solltest?«

Ben verzieht den Mund zu einem Grinsen.

»Das habe ich meinem Cousin auch gesagt. Aber ich finde den Begriff Hausmädchen so furchtbar altbacken.«

»Und du meinst, Private Chef mit Facility Management-Qualifikationen klingt besser?«

Er zwinkert mir zu.

»So in der Art.«

»Weißt du, ob das gut bezahlt wird?«

»Ich gehe davon aus, aber ich würde dich da einfach an meinen Cousin verweisen, wenn das interessant für dich ist. Tut mir leid, dass ich nicht sofort an dich gedacht habe. Hätte mir auch in den Sinn kommen können, dass der Job etwas für dich sein könnte. Du bist zwar nicht gelernte Köchin, aber dass du in der Küche durchaus Talent hast, steht außer Frage. Irgendwann erweitern wir unsere Karte deinetwegen.«

Unwillkürlich muss ich an meine Großmutter denken, denn meine Leidenschaft fürs Kochen und Backen habe ich definitiv von ihr. Während andere shoppen, wenn sie Stress haben, nervös sind oder einfach nur Frust abbauen müssen, verkrieche ich mich in die Küche, was schnell damit endet, dass sich meine WG über drei Sorten Muffins freuen kann oder ein leckeres Curry, mit dem man eine ganze Wagenladung Menschen verköstigen könnte. Es stimmt also, ich bin hinter dem Herd nicht ganz ungeschickt, und von daher klingt es gar nicht so abwegig, den

Job in Erwägung zu ziehen. Auch wenn er zeitlich begrenzt ist, wäre es auf jeden Fall eine weitere Einnahmequelle.

Vielleicht rückt das Schreibseminar doch ein bisschen näher? Und was kann so ein alter Hochschulprofessor schon wollen, wenn er am Schreibtisch sitzt? Solange er keinen Gänsebraten und Ähnliches erwartet, bekomme ich das schon hin. Und notfalls, wofür gibt es Google?

»Ich hoffe, das überschneidet sich dann nicht mit meinen Schichten hier bei dir?«

Unsicher blicke ich zu meinem Boss, der aber lediglich mit den Achseln zuckt.

»Das bekommen wir schon hin. Ich weiß ja, dass du das Geld gut gebrauchen kannst. Vinny tauscht notfalls sicherlich was mit dir. Der ist froh, wenn er nicht die späten Schichten übernehmen muss und auf Achse gehen kann. Ich gehe schwer davon aus, dass sich deine Arbeit in erster Linie auf den Vormittag bei diesem Professor beschränken wird. Meal Prep, oder wie man das heutzutage neumodisch nennt, macht man ja sicherlich vormittags.«

Ich zucke mit den Schultern, da ich keine Ahnung habe, aber wenn ich es so legen kann, dass es mit meinen Zeiten im Diner passt, dann wüsste ich nicht, was dagegenspräche, mich um den Job zu bewerben.

»Cool, dass du so auf meiner Seite bist, Ben. Das rechne ich dir hoch an.«

»Klar«, antwortet er und klopft mir freundschaftlich mit der Hand auf die Schulter. »Wenn du also willst, gebe ich dir Gabriels Nummer und du rufst meinen Cousin an, damit er alles in die Wege leiten kann.«

Auch wenn ich weiß, dass Ben dann meinetwegen noch einmal an den Dienstplan muss, bin ich ihm schrecklich dankbar, dass er mir das ermöglichen würde und so viel Flexibilität zeigt. Ich habe nichts zu verlieren und daher nicke ich.

»Gern. Das würde mir sehr helfen.«

»Kein Problem«, erwidert Ben und winkt zwei Gästen zu, die hereingekommen sind und sich an einen der freien Tische neben dem Eingang gesetzt haben. »Sobald du deine Arbeitszeiten kennst, schauen wir einfach. Vielleicht kannst du deine Facility Management-Qualitäten dann demnächst auch hier anbringen.«

»Wenn du glaubst, dir damit das Geld für die Putzfrau sparen zu können, vergiss es«, antworte ich amüsiert und nehme Ben den Zettel aus der Hand, auf den er die Nummer seines Cousins gekritzelt hat.

Skye Andrews. Private Chef. Klingt gar nicht so schlecht.

»Ich hoffe, der Job macht dir nicht so viel Spaß, dass du mich später verlässt«, höre ich Ben sagen, als ich mich umdrehe, um noch ein Tablett aus der Küche zu holen.

»Würde mir nie einfallen«, säusle ich und stecke den Zettel mit der Telefonnummer in meine Hosentasche.

Ich habe vor Jahren aufgehört, an Wunder zu glauben. Vor allem an Weihnachtswunder, und das, obwohl ich diese Jahreszeit so liebe. Aber wer weiß? Vielleicht klappt das mit dem Job tatsächlich und statt Skye Andrews, Private Chef, steht irgendwann Skye Andrews, Autorin, auf meiner imaginären Visitenkarte.

4

SKYE

»**W**ichtig ist, dass Sie alle Dinge erledigen, wenn Professor Durnham außer Haus ist.«
Ich nicke, während ich der Frau folge, die auf Krücken vor mir durch den Flur in Richtung Küche geht. Mrs Hallborn, so viel habe ich inzwischen herausgefunden, arbeitet sonst für den Professor, ist aber aufgrund eines Unfalls momentan krankgeschrieben. Trotzdem lässt sie es sich nicht nehmen, mir eine Führung durch das Haus zu geben, in dem mein neuer Auftraggeber lebt. So viel also zum Thema Krankschreibung. Ich habe das Gefühl, da gibt jemand ungern die Kontrolle aus der Hand.

»Selbstverständlich, das ist kein Problem«, antworte ich schnell, sehr wohl darauf bedacht, ihr nicht in die Hacken zu laufen, denn tatsächlich gleicht ihr Gehen eher einem dezenten Schleichen. In Zeitlupe.

»Professor Durnham hat sehr viel zu tun. Er sitzt über Korrekturen und hat eine Deadline für seinen nächsten wissenschaftlichen Artikel im Nacken. Er wünscht, nicht gestört zu werden.«

»Verstanden«, antworte ich knapp und schaue mich in der Küche um, die wir just in diesem Moment betreten.

Das Wohlergeben des Professors scheint Mrs Hallborn definitiv am Herzen zu liegen.

»Dies wird, denke ich, Ihr Hauptarbeitsbereich sein. Bitte sorgen Sie dafür, dass der Professor jeden Tag eine warme Mahlzeit bekommt, und bereiten Sie etwas für Zwischendurch vor. Um das Frühstück wird er sich selbst kümmern, dafür müssen Sie lediglich einkaufen.«

»Das ist kein Problem.«

Mrs Hallborn blickt an mir auf und ab.

»Sie haben Erfahrung in diesem Bereich?«

»Sie meinen mit Einkaufen?«

»Als Hausbedienstete zu arbeiten. Ich konnte Ihren Unterlagen keine entsprechenden Hinweise entnehmen.«

»Das ist richtig. Ich arbeite in einem Diner, verfüge aber über ausreichend Kenntnisse, um meine Aufgaben hier angemessen und zur Zufriedenheit zu bewerkstelligen.«

Wieder schaut Mrs Hallborn mich an und scheint einen Moment an meiner Aussage zu zweifeln.

»Das hoffe ich. Hauptsache, Sie stören …«

»Professor Durnham nicht«, beende ich ihren Satz.

»Exakt. Bitte bereiten Sie alles so vor, dass er sich das Essen nur noch warmmachen muss. Der Professor ist vormittags außer Haus, sodass Sie bitte in dieser Zeit alles erledigen. Ich gehe davon aus, das stellt keine Schwierigkeit dar?«

»Absolut nicht«, erwidere ich und stelle die kleine Dose mit den Weihnachtsplätzchen, die ich zum Einstand gebacken habe, auf die Anrichte.

So langsam habe ich das Gefühl, Mrs Hallborn wiederholt sich gern. Ich habe es ja verstanden. Scheinbar traut sie mir nicht zu, mir die Aufgaben bereits beim ersten Mal zu merken.

Natürlich beobachtet Mrs Hallborn jede meiner Regungen,

scheint sich aber einen Kommentar zu ersparen. Ich blicke mich in der großen Küche um. Tatsächlich habe ich nicht mit einer so modernen Einrichtung gerechnet, aber sie ist mit den neusten Elektrogeräten ausgestattet und komplett hell gehalten. Sämtliche Schränke und auch die Arbeitsplatte glänzen in strahlendem Weiß. Die Küche im Haus meiner Eltern ist gemütlich und klein gewesen. Die in meiner WG hingegen ist ein Sammelsurium aus Einzelstücken, die bunt zusammengewürfelt und eher praktisch als schön sind. Funktional würde ich das Ganze nennen und eben typisch für Küchen, die man in Wohngemeinschaften so findet.

Auch wenn diese Küche hier sehr modern wirkt, kommt sie mir, wie ein Großteil des Hauses, furchtbar steril vor. Unpersönlich und weit davon entfernt, einen Hauch von Weihnachten zu versprühen. Der Mensch, der hier lebt, scheint sich aus der besinnlichen Zeit nichts zu machen.

»Mr Durnham hat wohl keinen Bezug zu Weihnachten?«, wende ich mich an Mrs Hallborn, die sich auf einen Küchenstuhl gesetzt hat und froh scheint, ihrem verletzten Fuß eine Pause zu gönnen.

»Professor Durnham«, korrigiert sie mich und schüttelt anschließend den Kopf. »Nein. Ich arbeite nun seit drei Jahren für ihn und nicht ein Mal habe ich es erlebt, dass das Haus saisonal geschmückt wurde. Der Professor hat keine eigene Familie und macht sich nicht sonderlich etwas aus den Festtagen.«

»Ich verstehe«, antworte ich und schaue mich erneut in der Küche um. »Meinen Sie, er hätte etwas dagegen, wenn ich hier ein bisschen für die Weihnachtstage dekorieren würde? Vielleicht ein paar Tannenzweige hole und eine Lichterkette in den Eingangsbereich hänge.«

»Ich bezweifle, dass Professor Durnham so etwas besitzt. Machen Sie sich also nicht unnötig Gedanken darüber.

Außerdem sollen Sie für ihn kochen und Dinge im Haushalt erledigen. Dekorieren steht nicht auf Ihrem Dienstplan.«

Ich nicke und mache mir eine mentale Notiz, dass ich trotzdem nach einem kleinen Tannenbaum Ausschau halten werde, der sich sicherlich ganz wunderbar im Eingangsbereich machen wird. Wie kann man denn bitte schön die Weihnachtstage ohne Dekoration verbringen?

»Wenn Sie keine weiteren Fragen haben, würde ich Sie dann jetzt allein lassen. Wie bereits erwähnt, ist Professor Durnham außer Haus. Bitte erledigen Sie die Einkäufe und bereiten etwas zu essen für ihn vor. Geld finden Sie in der Schale dort auf der Anrichte.«

Sie zeigt mit ihrem Finger in Richtung der schwarzen Schale, die steril auf der hellen Anrichte steht. Dann steht sie auf, verabschiedet sich und kurze Zeit später bin ich allein.

Das Erste, das ich tue, ist einmal laut zu seufzen. Worauf habe ich mich hier bloß eingelassen? Und warum spielt sich in meinem Kopf gerade eine Szene ab, in der ein Hausmädchen in einem sexy Outfit den Staub von den Regalen wedelt, während ihr Boss hinter ihr steht und seine Hand auf ihren Po legt?

Ich wische die Gedanken weg und konzentriere mich wieder auf meine Aufgaben, die für den Tag anliegen. Wenn nach dem Einkauf und dem Kochen noch Zeit bliebe, wäre es gewünscht, im Flur noch einmal über die Regale zu wischen, sollte es aber schon zu spät sein, könnte ich diese Aufgabe auch morgen erledigen. Schließlich dürfe ich nicht auf den Professor treffen. Ob der Professor so introvertiert ist, dass er Menschen in seinem Privatleben meidet? Vielleicht ist er aber auch so intelligent und gleicht einem Genie, das in seiner eigenen Welt lebt. Wie auch immer, wenn es nach Mrs Hallborn geht, werde ich das wohl nie erfahren. Ich schüttle den Kopf und ermahne mich selbst, keine Dinge zu vermuten, von denen ich keine Ahnung habe.

Irgendwie finde ich den Gedanken spannend, für einen

Professor arbeiten zu dürfen. In welchem Bereich er wohl arbeitet und lehrt? Die Universität Oxford verfügt über neunundreißig Colleges und ich habe, warum auch immer, ein Bild von einem alten Mathematikprofessor in meinem Kopf, der seine Studierenden mit furchtbaren Gleichungen und geometrischen Höllenaufgaben quält. Mathe ist definitiv nie mein Fach gewesen. Ich war gut, aber den Tag meiner letzten Mathematikstunde in der Schule habe ich gefeiert. Das Gleiche gilt übrigens auch für Physik. Mir lagen schon immer mehr die Sprachen am Herzen und wäre es nicht an Mr Atwood gewesen, meinem alten Englischlehrer, hätte ich wohl nie meine Leidenschaft für Literatur entdeckt. Während andere Lehrer krampfhaft versucht haben, moderne Texte mit uns Schülern zu bearbeiten, hat er auf die Klassiker bestanden, und so durfte ich schon früh Bekanntschaft mit Jane Austen machen, den Brontë Schwestern oder auch Shakespeare. Mit letzterem verbindet mich jedoch eine Hassliebe, was einfach daran liegt, dass man studiert haben muss, um seine Werke wirklich zu verstehen. Finde den Fehler.

Ich schaue auf meine Uhr. Es ist noch früh, neun Uhr siebzehn. Mir bleibt also genug Zeit, meine Aufgaben zu erledigen. Für heute habe ich mir überlegt, eine große vegetarische Lasagne zu kochen. Das dauert nicht unfassbar lang, schmeckt gut und kann problemlos wieder aufgewärmt werden. Abgesehen davon wird die Portion so reichlich sein, dass ich einen Teil davon einfrieren kann, sodass der Professor auch nach Weihnachten noch etwas davon hat. Sowieso überlege ich, einen Teil der Portionen einzufrieren, damit der Professor jeden Tag etwas Frisches zu essen bekommt und eben etwas für die schlechteren Tage hat, an denen nicht für ihn gekocht wird. Obwohl ich bereits ein paar Plätzchen mitgebracht habe, spricht außerdem nichts gegen leckeren Limonenkuchen. Der ist zwar nicht sonderlich weihnachtlich, aber die Plätzchen, die in Form von Rentieren und Sternen gebacken sind, werden es schon raushauen.

Einige Zeit später sind alle Einkäufe erledigt und die Lasagne ist im Ofen. Ich habe es mir nicht nehmen lassen, die Plätzchen auf einen Teller auf der Anrichte zu dekorieren und ein kleines weißes Kerzenhäuschen danebenzustellen, das ich auf dem Rückweg vom Supermarkt in einem kleinen Shop auf der High Street entdeckt habe. Eigentlich ist es eine dumme Idee, Geld für die Person auszugeben, die einen bezahlt, aber ich kann es einfach nicht gut haben, wenn jemand zur Weihnachtszeit einfach nichts bei sich in der Wohnung oder im Haus hat, das besinnlich, gemütlich und eben dekorativ wirkt.

Das kleine Kerzenhäuschen war nicht teuer und jetzt sieht die Anrichte schon so viel besser aus als nur mit der schwarzen Schale, die hier vorher stand. Nicht dass sie nicht stylisch wäre, aber zumindest ist nun ein Hauch von Weihnachten beim Professor eingezogen. Minimalismus pur.

Während ich darauf warte, dass das Essen fertig wird, verlasse ich die Küche und gehe den Flur entlang auf die Bürotür des Professors zu. Wie zu erwarten, höre ich nichts. Wahrscheinlich würde ich auch furchtbar zusammenzucken und erschrecken, würde ich einen Laut von innen vernehmen, hat Mrs Hallborn mich doch sehr deutlich darauf hingewiesen, dass ich bitte verschwunden sein soll, wenn Mr Durnham nach Hause kommt. Professor Durnham, natürlich.

Interessiert bleibe ich vor einem großen Regal stehen, das sich fast über die ganze Länge des Flures erstreckt. Ich lasse meinen Blick über die Bücher wandern und ertappe mich Sekunden später dabei, wie ich mit den Fingern über die einzelnen Buchrücken streiche und fast vor Verzückung jauchzen möchte. Hier im Regal steht ein Klassiker neben dem nächsten. Dickens, Swift, Eliot, Copperfield, um nur einige zu nennen. Von manchen Büchern gibt es mehr als nur eine Ausgabe und ich bin mir sicher, eine Handvoll dieser Werke sind viel wert, so besonders ist die jeweilige Edition. Vorsichtig nehme ich ein Exemplar von *Wuthering Heights* aus dem Regal und fahre mit den Fingern über das wunderschöne Cover. Selbst der Geruch dieser Ausgabe ist besonders und ich frage mich, wer sie wohl schon alles in den Händen gehalten hat.

Plötzlich geht in der Küche der Timer und kündigt an, dass die Lasagne fertig ist. Von dem Geräusch zucke ich zusammen und stoße mir an einem der massiven Regale die Schulter. Wunderbar, das wird wohl einen blauen Fleck geben. Schnell stelle ich das Buch zurück an seinen Platz und laufe in die Küche, um die Lasagne aus dem Ofen zu holen, nicht ohne mir fest vorzunehmen, die Bücher im Flur noch einmal in den nächsten Tagen in Ruhe zu bestaunen. Ein wunderbarer Duft durchströmt den Raum und für einen Moment erfüllt mich ein Gefühl von Traurigkeit. Früher, als meine Eltern noch gelebt haben und wir Weihnachten immer bei meinen Großeltern verbrachten, spielte sich alles in der großen Küche meiner Oma ab. Dort wurde gekocht, gebacken, gelacht und es wurden sich viele Geschichten erzählt. Geschichten von gelungenen Geschenken, schief gesungenen Weihnachtsliedern und dem Gefühl, dass an Weihnachten die Familien immer ein bisschen näher zusammenrücken. Zumindest war das bei uns so. Jetzt ist alles anders. Meine Großeltern starben, als ich sechzehn war, kurz hintereinander. Von da an gab es Weihnachten nur noch für meine Eltern und mich. Es war kleiner und beschaulicher, aber jeder von uns gab sich Mühe, dass es nicht weniger besonders war als die Jahre zuvor. Dann kam der Tag, der mein Leben völlig auf den Kopf stellte. Ich hatte gerade mein letztes Schuljahr beendet und meine Eltern waren auf dem Weg in den

Urlaub, als ihr Wohnmobil auf der Autobahn von einem anderen Fahrzeug gestreift wurde und sie einem LKW nicht mehr ausweichen konnten. Von jetzt auf gleich war ich auf mich allein gestellt. Auf einmal musste ich Entscheidungen treffen, mich um den Verkauf des Hauses kümmern und all meine Träume, die ich für mein Studium hatte, rückten in weite Ferne. Ich flüchtete mich dank Ben in die Arbeit und abends, wenn ich allein war, in Bücher. In der Zeit, in der ich meine Eltern betrauerte, waren Liebesromane mein Zufluchtsort, so blöd das klingt. Ich brauchte Heldinnen, die über sich hinauswuchsen, die aus vollem Herzen liebten und die einen Mann fanden, der das auch konnte. Ich brauchte Heldinnen, die nicht an ihrem Schicksal zerbrachen und die wieder aufstanden, als sie am Boden waren. Ich brauchte das für mich.

In Gedanken versunken, fülle ich einen Teil der Lasagne ab und friere sie portionsweise ein. Inzwischen ist auch der Limonenkuchen fertig gebacken und tatsächlich bin ich ein bisschen stolz über das, was ich hier gezaubert habe. Dafür, dass ich keine Köchin bin, beweise ich doch eine gewisse Routine, was daran liegen mag, dass ich auch in unserer WG regelmäßig koche und dabei herrlich entspannen kann. In der Schublade neben dem Kühlschrank finde ich einen Block und einen Bleistift. Wenn ich dem Professor schon nicht begegnen darf, dann möchte ich ihm wenigstens einen kleinen Gruß hinterlassen und ihm für die Anstellung danken. Das ist das Mindeste, das ich tun kann.

Lassen Sie sich alles schmecken. Wenn Sie sich etwas Besonderes wünschen, lassen Sie es mich gern wissen und ich bereite es Ihnen zu. Morgen soll es Curry geben. Ich hoffe, Sie mögen das.

. . .

Ich will gerade meinen Namen unter die Notiz setzen, da höre ich, wie die Haustür geöffnet wird und kurz danach geräuschvoll wieder ins Schloss fällt. Ich erstarre und wünschte für einen Moment, ich könnte mich in Luft auflösen.

Herrje, Mrs Hallborn hatte genau eine Forderung an mich. Eine.

Der Professor will nicht gestört werden, also erledigen Sie alles rasch und lassen Sie ihn dann in Ruhe arbeiten.

Wunderbar, Skye, das klappt ja ganz hervorragend.

Ich starre auf die Uhr auf meinem Handgelenk. Okay, zu meiner Verteidigung sei so viel gesagt: Es ist noch früh und der Professor überraschend zeitig wieder zu Hause.

Wenn ich Glück habe, macht er sich sofort auf den Weg in sein Arbeitszimmer und lässt sich von mir nicht beirren.

In meinen Gedanken lege ich mir trotzdem schon alles zurecht, wie ich ihm erklären kann, was ich noch hier mache. Dass ich sofort weg bin. Dass alles erledigt ist, und sein Essen für ihn bereitsteht. Dass er mich bitte nicht umgehend wieder vor die Tür setzen soll.

Als hätte er meine Gedanken gehört, wird plötzlich die Küchentür aufgestoßen und ich halte die Luft an. Vor lauter Aufregung habe ich den kleinen Notizzettel in meiner Hand inzwischen zerknüllt.

Zunächst sehe ich nur eine Hand samt Arm, die die Tür öffnet, aber dann bleibt mein Mund offen stehen.

Mein Blick fällt auf knapp ein Meter neunzig absolute Attraktivität.

»Ups, hallo«, tönt es mir entgegen und sofort werden meine Knie weich. Vielleicht liegt das aber auch an meinem kleinen Panikanfall, den ich versuche zu unterdrücken, denn ich war nicht darauf vorbereitet, bereits an meinem ersten Arbeitstag alles zu versauen.

»Sie müssen Mrs Andrews sein, hallo!«

Eisblaue Augen schauen mich an, die mich an wunderbare Bergseen erinnern.

Ich schlucke, als der fremde Mann auf mich zukommt und mir seine Hand zur Begrüßung entgegenstreckt.

»Ich bin Professor Kian Durnham. Willkommen.«

Ich habe keine Ahnung, wie ich jemals denken konnte, dass mein neuer Boss ein alter Mathematikprofessor sein würde. In meinen kühnsten Träumen hat er nicht so ausgesehen wie der Mann, der jetzt vor mir steht. Blond, groß, breitschultrig und förmlich einem schwedischen Modelkatalog entsprungen. Hätte er mir gesagt, er hieße Björn oder Lasse, ich hätte es ihm, ohne mit der Wimper zu zucken, abgekauft. Er hat eine Figur wie jemand, der sein ganzes Leben nichts anderes gemacht hat, als Bäume zu fällen oder Bären zu bekämpfen. Wie Kian mit der Figur an der Uni gelandet ist, ist mir ein Rätsel. Okay, vielleicht ist das auch ein bisschen kleingeistig. Als ob nur dünne, schlaksige Menschen mit Brille studieren würden. Aber egal, in meinen Gedanken sehen Professoren einfach nicht so aus. Ich weiß nur eins: Hätten so meine Mathelehrer ausgesehen, wäre aus mir vielleicht doch eine zweite Marie Curie oder so geworden.

Noch etwas unsicher ergreife ich seine Hand und spüre sofort, wie sich warme Finger um meine legen.

»Ähm, hallo. Ich bin Skye Andrews. Bitte verzeihen Sie, dass ich noch hier bin. Ich bin auf dem Sprung, sodass Sie gleich Ihre Ruhe haben.«

Statt sofort zu antworten, grinst mein Gegenüber zunächst nur.

»Lassen Sie mich raten. Mrs Hallborn hat Ihnen eindringlich erklärt, dass Sie bloß verschwunden sein sollen, bevor ich nach Hause komme.«

Abwartend blickt er mich an. Ich nicke.

»Mehrmals, wenn man es genau nimmt.«

Er lacht und ich bezweifle, jemals so ein sexy Lachen gehört zu haben.

Herrje, Skye, reiß dich zusammen. Er ist dein Boss.

»Das kann ich mir vorstellen. Aber zu ihrer Verteidigung möchte ich sagen, dass ich sie auch darum gebeten habe, es der neuen Kraft auszurichten.«

»Das ist kein Problem und natürlich auch anstrebsam. Ich werde mich bemühen, in den kommenden Tagen alles schneller zu erledigt, damit ich bereits weg bin, wenn Sie nach Hause kommen.«

»Machen Sie sich nicht so einen Kopf. Ich freue mich, Sie persönlich kennenzulernen. Wie seltsam wäre das auch, nicht zu wissen, wer tagtäglich hier bei mir ein und ausgeht und mich umsorgt, ohne dabei ein Gesicht vor Augen zu haben. Und dabei noch so ein attraktives.«

Flirtet der Professor etwa gerade mit mir?

»Ähm«, entfährt es mir daher überrascht und ich werde mir wieder des kleinen zerknüllten Zettels in meiner Hand bewusst. Mindestens genauso bewusst werde ich mir darüber, dass ich erröte. Was ein Timing.

»Entschuldigen Sie, das ist mir so herausgerutscht. Was ich sagen wollte war eigentlich: Ich bin davon ausgegangen, dass die Frau, die in nächster Zeit für mein leibliches Wohl sorgt, Mitte sechzig ist und mich mehr an eine Großmutter erinnert als an eine junge Frau. Nicht dass ich Ihnen nicht zutrauen würde, hervorragend zu kochen.«

Er fährt sich mit einer Hand durch sein volles Haar. Ist er etwa verlegen?

»Entschuldigen Sie nochmals, ich rede mich um Kopf und Kragen. Das liegt daran, dass es so unfassbar gut hier riecht und ich echt hungrig bin. Was gibt es denn?«

Ich werfe den Zettel in den Mülleimer, der neben der Anrichte steht und wende mich wieder dem Professor zu.

»Ich hoffe, Sie mögen vegetarische Lasagne?«

Er nickt. »Absolut. Sie duftet so hervorragend, dass ich gleich einmal probieren möchte. Wie schaut es aus, essen Sie einen Teller mit mir mit und leisten mir Gesellschaft?«

Überrascht blicke ich ihn an. Mit der Frage habe ich nun überhaupt nicht gerechnet. Aber ich schüttle den Kopf.

»Ich ... Ich ... Ähm, danke für das Angebot, aber ich bin noch verabredet.«

»Schade«, erwidert er, kommt um die Arbeitsplatte herum und stellt sich neben den Herd. Dass er mir dabei auch verdammt nah kommt, versuche ich zu ignorieren. Mindestens genauso wie meinen beschleunigten Herzschlag. Wieso auch immer, Professor Durnham macht mich nervös, was durchaus daran liegen mag, dass er attraktiv ist. Höllisch attraktiv.

»Dann vielleicht beim nächsten Mal. Ich würde mich freuen.«

»Gern«, lüge ich und greife nach dem Schlüssel, der vor mir neben der kleinen Schale liegt.

»Ich habe den Rest eingefroren. Ich hoffe, Sie mögen Curry? Das soll es morgen geben.«

»Ich liebe Curry«, höre ich ihn sagen, während ich bereits zur Küchentür gehe.

»Wunderbar.«

»Bis morgen, Mrs Andrews.«

»Bis morgen, Professor Durnham«, erwidere ich und frage mich beim Herausgehen, ob ich mir morgen nicht bewusst länger Zeit beim Kochen nehmen sollte, um meinem neuen Boss zu begegnen. Rein zufällig, versteht sich.

Vielleicht sollte ich auch einfach zu Hause alles kochen, ihm schnell vorbeibringen und dann wieder verschwinden, um eine Begegnung zu vermeiden. Ich bin mir noch nicht ganz sicher, was die bessere Wahl wäre, denn diese Form von Ablenkung ist nichts, was ich gerade gebrauchen kann.

Schnell ziehe ich mir meinen Mantel über, den ich an die Garderobe gehängt habe, und öffne die Haustür. Als ich ins Freie trete, klingelt mein Telefon. Die Nummer meiner Mitbewohnerin Sofia erscheint auf dem Display.

»Hey, Sofia! Was gibt's?«

»Alles super hier. Oscar und ich haben uns gefragt, ob du morgen Abend Zeit und Lust auf einen WG-Abend hast. Haben wir so lange nicht gemacht und wir würden uns freuen, wenn es klappen würde. Wir sind gleich noch vom Rudern unterwegs auf Weihnachtsfeier und daher frage ich per Telefon.«

»WG-Abend klingt gut. Ich habe morgen einiges zu erledigen und kann mich nicht ums Essen kümmern.«

»Nicht schlimm«, antwortet meine Mitbewohnerin. »Wir bestellen einfach beim Chinesen gegenüber. Ist stressfreier für alle.«

»Klingt gut. Chinesisch hatte ich auch schon Ewigkeiten nicht mehr.«

»Super! Dann ist alles klar. Falls wir uns heute Abend nicht mehr sehen, bis morgen!«

»Bis morgen«, erwidere ich und stecke das Handy weg, als ich höre, dass die Verbindung zu Sofia gekappt ist.

Ein WG-Abend klingt wirklich wunderbar. Als ich damals eingezogen bin, haben wir das häufiger gemacht, aber durch die Schichten im Diner bin ich viel unterwegs, sodass wir häufig aneinander vorbeileben. Trotzdem verstehen Sofia, Oscar und ich uns super, was die Tatsache ein bisschen besser macht, dass mein WG-Zimmer alles andere als eine Luxusunterkunft ist. Aber es ist günstig und das ist das Wichtigste in dieser Zeit. Und in den Jahren, in denen ich jetzt mit den beiden zusammenwohne, sind sie so etwas wie Familie geworden.

5

KIAN

Ich starre auf den gleichmäßig blinkenden Cursor auf meinem Bildschirm, der mir deutlich vermittelt, dass ich seit geraumer Zeit nichts geschrieben habe. Es ist kurz vor siebzehn Uhr. Eigentlich sollte ich mit meinen Arbeiten schon weiter sein, vor allem, weil ich heute Abend mit Gabriel ausgehen will, aber es wäre nicht übertrieben zu sagen, dass ich heute nicht von der Muse geküsst worden bin. Um ehrlich zu sein, scheint sie bereits seit Tagen einen Bogen um mich herum zu machen, denn obwohl ich so langsam den Großteil meiner Recherchen abgehakt habe, will es mir nicht gelingen, in diesen Artikel zu finden. Es ist zum verrückt werden. Normalerweise macht es mir Spaß, mich stundenlang in Büchern zu verkriechen, aber der Stapel der Essays auf meinem Schreibtisch ist weiterhin bedrohlich hoch, sodass ich einfach nicht dazu komme, mich auf meinen Aufsatz zu stürzen. Stattdessen quäle ich mich durch Seiten voller Ungereimtheiten und überlege tatsächlich, ob mir die Studierenden dieses Semester überhaupt zugehört haben. Natürlich sind auch erfreuliche Arbeiten dazwischen, aber bei einigen frage ich mich, wie ihre Urheber oder Urheberinnen die Zulassung für diese angesehene Universität bekommen haben. Nicht dass die Aufsätze formal nicht in Ordnung wären, aber oft fehlt mir die sprachliche Finesse oder sämtliche Form von Innovation.

Mit Schrecken denke ich an das kommende Semester, in dem ich einen Creative Writing-Kurs anbieten muss ... Ähm, darf. Ich werde es mir nicht nehmen lassen, die Zugangsvoraussetzungen hochzuschrauben. Und wenn es das Letzte ist, das ich tue. Niemand erwartet, dass ein literarisches Genie aus den Reihen entspringt, aber zerstückeln muss man diese wunderbare Sprache auch nicht. Keine Ahnung, ob die Jugend von heute sich hauptsächlich mit leichter Kost beschäftigt und es verlernt hat, sich durch ein Meisterwerk der Literatur zu arbeiten, aber so langsam wundert es mich nicht mehr, dass mehr und mehr moderne Young Adult-Romane im Unterricht gelesen werden und ein Bogen um die Klassiker gemacht wird. Und das, obwohl uns die doch so viel lehren können.

Das Grummeln meines Magens lässt mich aufhorchen und ich erinnere mich daran, dass unten in der Küche ein großes Tablett mit leckeren Brownies steht.

Ein bisschen habe ich gehofft, auf Skye zu treffen, aber als ich heute aus der Bücherei nach Hause kam, war sie bereits nicht mehr da. Und das, obwohl ich mich so beeilt habe. Auch wenn ich nicht sonderlich anfällig für schöne Frauen bin und mich durchaus im Griff habe, muss ich zugeben, dass das gestern wirklich eine positive Überraschung war. Wer rechnet denn auch damit, so eine hübsche Frau in seiner Küche anzutreffen? Ich auf jeden Fall nicht. Selbst wenn es vielleicht die Fantasie eines manchen Mannes ist, eine attraktive Frau am Herd zu haben, gehöre ich nicht zu denjenigen, die dieses alte Rollenbild leben. Tatsächlich mag ich es, wenn Frauen aufgeweckt und selbstbewusst sind. Wenn sie zusätzlich noch gut kochen können, werde ich mich trotzdem nicht beschweren.

Vielleicht ist es aber auch gut, dass sie nicht mehr da war, denn bei meinem Arbeitspensum kann ich eine Ablenkung wie sie nicht sonderlich gebrauchen. Und ich habe im Gefühl, dass ich mich möglicherweise lieber in meiner Küche als an meinem Schreibtisch aufgehalten hätte. Auch nicht förderlich in meiner aktuellen Situation.

Jedenfalls hoffe ich, mein Kommentar von gestern hinsichtlich ihrer Attraktivität hat sie nicht ernsthaft verschreckt. Keine Ahnung, was in mich gefahren ist, aber auch wenn ich versucht habe, auf cool zu machen, hat mich ihr Anblick ein bisschen aus der Bahn geworfen.

Auf jeden Fall scheint Skye es gut mit mir zu meinen. Nicht nur kann sie vorzüglich kochen, das Curry von heute war das Beste, das ich jemals gegessen habe, nein, sie backt auch noch hervorragend. Wenn sie das bis Weihnachten in dieser Form weiterbetreibt, brauche ich definitiv neue Anzüge.

Auf dem Weg in die Küche komme ich an dem kleinen Weihnachtsbaum im Flur vorbei, der seit heute Morgen auf magische Weise bei mir eingezogen ist. Ich bin mir noch nicht ganz sicher, ob ich es als grenzüberschreitend betrachten soll, dass sich Skye in meinem Haus dekorativ auslässt, aber dass sie ein Fan von Weihnachten zu sein scheint, ist nicht zu übersehen. Die Lichterkette im Buchsbaum vor der Eingangstür ist mir ebenfalls nicht entgangen. Es tut niemandem weh, denke ich, und stoße die Tür zur Küche auf, die wie immer makellos erscheint. Auch wenn ich mir sicher bin, dass hier morgens mit vielen Töpfen und Schüsseln gewerkelt wird, hinterlässt Skye ihren Arbeitsplatz tipptopp aufgeräumt.

Mein Kühlschrank ist so gut gefüllt wie seit Jahren nicht mehr. Ach, was sage ich, wie noch nie. Jetzt macht mich aber vor allem der Duft der leckeren Brownies glücklich und ich bin mir sicher, sie werden auch köstlich schmecken.

Ich strecke meine Hand nach dem Tablett aus, als sich eine

Nachricht auf meinem Handy ankündigt. Sodann ziehe ich es aus meiner Hosentasche und starre auf die Worte meines Bruders.

> W: Auch wenn ich das Spektakel nur allzu gern miterleben würde, warne ich dich vor. Betrachte es als mein Weihnachtsgeschenk dieses Jahr. Mutter hat Eliza zur Feier eingeladen.

Ich verdrehe die Augen und kann nicht glauben, was ich da lese.

> K: Ihr Ernst? Eliza Kenneth?

> W: Eben diese.

Eliza Kenneth ist eine Freundin meiner Schwester Charlotte und hat es seit Kindertagen auf mich abgesehen. Früher sah das so aus, dass sie ständig bei meiner Schwester abgehangen hat und immer, wenn ich in der Nähe war, lief sie mir rein zufällig über den Weg. In der Schule stand sie regelmäßig in der Nähe meines Spinds und lachte viel zu laut und viel zu gekünstelt, in der Hoffnung, dass es mir auffallen würde.

> W: Weißt du noch, als du damals bei der Party Durchfall vorgetäuscht hast, um ihr bei diesem Kuss-Party-Spiel Sieben Minuten im Himmel zu entkommen?

> K: Ich hatte keine andere Wahl. Was meinst du, was sie sonst mit mir in dem dunklen Raum angestellt hätte?

Inzwischen ist Eliza natürlich auch erwachsen geworden und arbeitet in der Immobilienfirma ihres Vaters. Sie ist eine gute Partie, und jemand, der auf so etwas steht, wird sicherlich Interesse an ihr haben, aber für mich hat sie den Unterhaltungswert von Dörrobst. Er ist quasi nicht vorhanden. Die Themen, die man mit ihr anschneiden kann, gehen wenig in die Tiefe und ich kann mich an keine Situation erinnern, in der ich einmal bewusst darüber nachgedacht habe, wie interessant Eliza Kenneth doch ist. Dass meine Mutter das anders sieht, wundert mich nicht. Schließlich wird Eliza einmal reich erben.

> K: Danke für die Vorwarnung. Dann ziehe ich mich besser mal warm an.

> W: Oder Eliza für eine Nacht aus. Aber, um ehrlich zu sein, solltest du dir das lieber sparen.

> K: Aber sowas von!

Ich lege das Handy an die Seite, als keine weitere Nachricht von meinem Bruder mehr eintrifft, und beiße in einen der Brownies. William kommt auf Ideen! Auch nur eine Nacht das Bett mit Eliza zu teilen – was für eine Vorstellung. Ich kann nur hoffen, dass es ein Witz von ihm war und nicht sein Ernst.

Auch wenn mich der leckere Geschmack der Brownies minimal besänftigt, bekomme ich die Bilder von Eliza Kenneth nicht verdrängt, wie sie auf der anstehenden Verlobungsfeier auftaucht und wie selbstverständlich ihre Hand auf meinen Arm legt. Nicht mit mir.

Ich ziehe das Handy erneut hervor und wähle Gabriels Nummer.

»Alter, sag jetzt bloß nicht ab. Ich mache dich sonst lang.«

»Nee«, brumme ich kauend. »Ich muss mal Frust loswerden. Meine Mutter ist wieder in Aktion gewesen.«

»Wie muss ich das verstehen?«, erkundigt sich mein bester Freund, während ich überlege, ob es wohl schmeckt, wenn man auf ein Stück Limonenkuchen einfach einen Brownie stapelt.

Dann erzähle ich ihm von der Nachricht meines Bruders

und von dem, was meine Mutter wohl beabsichtigt. Gabriel hört mir zu und schnaubt sichtlich amüsiert.

»Um ehrlich zu sein, Kian, dir bleibt kaum etwas anderes übrig, als deine Mutter mit ihren eigenen Waffen zu schlagen.«

»Ich kann dir nicht folgen.«

Ich habe die Stapelidee verworfen und mache mich stattdessen über einen zweiten Brownie her.

»Na ja, hast du schon mal überlegt, einfach irgendjemanden mit auf die Verlobungsfeier deiner Schwester zu nehmen? Als dein Date? Damit rechnet deine Mutter bestimmt nicht. Und es könnte ganz schön peinlich für sie werden, wenn sie diese Eliza wieder ausladen muss. Oder ihr gar an dem Abend einen anderen Tisch zuweisen muss, weil der Platz neben dir schon belegt ist. Das ist vielleicht sogar noch eine Spur besser. Du erzählst es niemandem und tauchst bei deinen Eltern einfach mit Anhang auf. Ich sage dir, deine Mutter wird so eine Aktion wie mit Eliza nicht noch ein zweites Mal bringen. Da bin ich mir ziemlich sicher.«

»Du vergisst eins bei der Sache.« Ich schaue auf die Uhr und überlege, ob es bereits zu spät für eine Tasse Kaffee ist, zucke dann aber mit den Schultern und stelle die Kaffeemaschine an.

Schließlich will ich später mit Gabriel ausgehen, da schadet es nicht, wach zu sein.

»Was?«

»Wo bekomme ich eine Frau her? Ich habe nämlich keine. Zwar habe ich einige Telefonnummern meiner Studentinnen, die ich nur aus dem Papierkorb kramen müsste, aber glaube mir, da hängt so ein Rattenschwanz dran, das tue ich mir nicht an.«

»Nachvollziehbar.« Gabriel lacht. »Eine deiner Studentinnen ist auch nicht die beste Idee. Mal davon abgesehen, würde das deine Mutter wahrscheinlich noch reichlich wenig ärgern.«

Ich horche auf.

»Wie meinst du das denn jetzt?«

»Nun, meinst du nicht, es würde deine Mutter am meisten wurmen, wenn du jemanden mitbrächtest, der so völlig anders ist als ihr, beziehungsweise als du?«

»Gabriel, ich verstehe nur Bahnhof«, beschwere ich mich und gieße einen Schluck Milch in meinen Kaffee, der inzwischen in die Tasse gelaufen ist.

Entweder haben George Eliot und die Aufsätze der Studenten sämtliche Resthirnmasse von mir in Beschlag genommen, oder Gabriel drückt sich wirklich missverständlich aus.

»Na, schau mal. Wenn du eine Studentin nimmst, und gehen wir jetzt mal davon aus, du wählst eine hübsche aus, dann könnte deine Mutter immer noch kombinieren ›Ah, die studiert, die wird mal Karriere machen und Geld verdienen‹. Wenn du dir aber ein einfaches Mädel für die Aktion suchst, dann sieht deine Mutter rot.«

Ich kann nicht glauben, was ich da höre.

»Das klingt aber verdammt fies, Gabriel.«

»Es ist ja auch nicht meine persönliche Sicht auf die Dinge, sondern ich habe die Gedanken deiner Mutter antizipiert. Mir ist es doch völlig egal, was für einen Background jemand hat und ob er studiert hat. Schau dir meine Perle an, die hat nicht studiert und verdient mehr als ich.«

»Weiß Justine, dass du sie als Perle bezeichnest?«

»Jep«, bekomme ich als Antwort. »Es ist ihr lieber als Täubchen.«

»Ihr zwei seid wirklich bescheuert.«

»Falsch. Wir sind verknallt. Tierisch.«

»Es sei dir gegönnt, mein Freund«, erwidere ich und spüre tief in meinem Inneren einen kleinen Funken Eifersucht, dass Gabriel jemanden gefunden hat, der ihn versteht, ihn so nimmt, wie er ist, und bedingungslos liebt.

Ich kann sehr gut mit mir allein sein und brauche keine Frau an meiner Seite, doch ist es natürlich sicherlich auch schön, hin und wieder den Alltag und seine Sorgen zu teilen. Bisher ist mir dieser Jemand jedoch noch nicht begegnet und ich bezweifle, dass er das so schnell tun wird. Dafür steckt mein Kopf zu oft zu tief in irgendwelchen Büchern und außerdem muss ich zu meiner Schande gestehen, dass Menschen mich schnell langweiligen. Das ist kein guter Zug von mir, aber eben Tatsache.

»Also? Suchen wir dir jemanden?«

Gabriel holt mich aus meinen Gedanken und natürlich war es klar, dass er nicht von seiner Idee ablässt.

»Ich denke nicht. Ich schaffe Weihnachten und die Verlobungsfeier meiner Schwester schon allein. Notfalls betrinke ich mich im Weinkeller und sperre mich ein.«

»Ich kann immer noch nicht glauben, dass deine Familie einen Weinkeller hat. Meine Eltern haben ein Weinregal. Ach, was sage ich, zwei Flaschen Wein im Schrank, wenn mal Besuch kommt.«

Manchmal vergesse ich, dass ich anders großgeworden bin als ein Großteil meiner Bekannten. Doch ich gäbe drei Weinkeller dafür, wenn meine Familie ein bisschen so wäre wie Gabriels. Im Hause Durnham ist Vieles Schein und auch wenn wir durchaus in der Lage sind, herzlich miteinander umzugehen, besonders vor anderen, ist es vor allem meine Mutter, der Ansehen und Wirkung nach außen wichtig sind.

»Also um acht dann im *Lion's*?«

Meine Gedanken wandern bei Gabriels Frage in Richtung meines Schreibtisches und der Arbeit, die dort noch liegt, aber vielleicht tut es mir gut, mal einen Abend Abstand zu bekommen. Wer weiß, vielleicht gehen mir die Sachen dann morgen besser von der Hand.

»So wird's gemacht«, antworte ich ihm und schnappe mir noch einen weiteren Brownie, bevor ich die Küche wieder verlasse und zurück in mein Arbeitszimmer trotte.

»Bis später dann«, sage ich und will gerade auflegen, als Gabriel nochmal das Wort ergreift:

»Ich finde meine Idee, dass wir dir eine Frau suchen, übrigens super. Machen wir heute Abend.«

»Du hast sie nicht mehr alle«, brumme ich, und bevor ich auflege, höre ich das herzliche Lachen meines Freundes.

Ich habe in meinem Leben schon manche Dummheit begangen, aber für so einen Mist à la Gabriel bin ich nicht zu haben.

6

SKYE

»Euer Ernst? Seit wann?«

Fassungslos blicke ich zwischen Oscar und Sofia hin und her und kann nicht glauben, was sie mir gerade erzählen. Das sind mal Neuigkeiten. Die zwei sind ein Paar und ich habe nichts davon mitbekommen. Ich habe wohl tatsächlich zu viel um die Ohren.

»Seit knapp sieben Monaten«, murmelt Sofia und schaut mich mit erröteten Wangen an.

Sie blickt zu Oscar, der sofort seine Hand auf ihren Oberschenkel legt und sie anlächelt.

Okay, ich war sieben Monate blind. Was für eine Leistung.

»Wahnsinn. Und ich war komplett ahnungslos und habe nichts bemerkt.«

Oscar verzieht seinen Mund zu einem Grinsen.

»Na ja, wir haben uns ja auch bemüht, es nicht wild und hemmungslos zu treiben, während du in der Wohnung bist.«

»Baaaaabe«, stößt Sofia entrüstet aus und schlägt ihm leicht auf den Arm. »So etwas kannst du doch nicht laut sagen.«

»Klar, kann ich«, antwortet er amüsiert und zwinkert ihr zu. »Ist ja nichts bei.«

»Womit er recht hat.« Ich muss lachen, als ich sehe, dass Sofias Wangen noch röter werden als eben schon. »Aber jetzt erzählt erst einmal. Wo? Wie? Wann?«

»Ich bin dankbar, dass du nicht nach dem Warum fragst«, wirft Oscar ein und greift nach Sofias Hand, die sie ihm zuschiebt.

Da ist aber jemand verliebt.

»Im Ruderclub«, beginnt meine Mitbewohnerin zu erzählen und ich schnappe mir zwei weitere Frühlingsrollen aus der Pappschachtel auf dem Tisch und lehne mich auf dem Sofa zurück.

»Ich habe ihm beim Einpacken aus Versehen das Ruder an den Kopf gehauen.«

»Falsch«, unterbricht Oscar sie, »du hast mich attackiert.«

»Ich habe ihn aus Versehen attackiert und na ja, als ich mich um ihn kümmern wollte, hat er mich so süß angeschaut, da konnte ich nicht anders, als ihn zu küssen.«

Ich kann mich nicht daran erinnern, bei Oscars Anblick jemals in meinem Kopf das Wort »süß« geformt zu haben, aber um mich geht es hier ja auch nicht. Oscar ist nicht unattraktiv mit seinen rotblonden Locken und der Nickelbrille, aber meinem Typ Mann entspricht er nicht.

»Du hast mich überrumpelt.«

»Habe ich gar nicht«, reagiert Sofia entsetzt und ist sofort wieder besänftigt, als Oscar ihr einen Kuss auf den Handrücken gibt.

Gott, ist das süß.

Okay, es geht los. Jetzt sage ich doch wahrhaftig selbst »süß«.

»Ein bisschen schon. Aber tatsächlich war ich froh, dass du es gemacht hast, denn ich hätte mich wahrscheinlich noch eine ganze Weile nicht getraut.«

Oscar zuckt verlegen mit den Schultern, während Sofia über das ganze Gesicht strahlt.

»Tja, selbst ist die Frau.«

»Ich finde es auf jeden Fall großartig«, entfährt es mir und das ist nicht gelogen.

Ich wische meine Finger an der kleinen Serviette ab, die auf meinem Oberschenkel liegt.

»Wirklich? Wir hatten echt Angst, dass du uns dafür hasst. Deswegen haben wir auch so lange nichts gesagt.«

Sofia schaut mich unsicher an, während Oscar kaum merklich nickt.

Überrascht blicke ich die beiden an.

»Ernsthaft? Wieso das denn? Liebe ist doch etwas Schönes.«

»Na ja, schon«, erwidert sie und hält dann einen Moment inne. »Aber es ändert sich ja jetzt schon einiges.«

»Wieso? Ich gehe nicht davon aus, dass ihr plötzlich anfangt, es wild und hemmungslos in der Wohnung zu treiben, um bei Oscars Worten zu bleiben. Den ein oder anderen Kuss vor meiner Nase werde ich schon überleben.«

»Mmh.«

Sofia scheint durch meine Worte nicht sonderlich beruhigt und ich horche auf, als ich sehe, dass sie und Oscar Blicke austauschen. Was kommt jetzt?

»Das ist nicht alles«, sagt sie nach einigen Augenblicken des Schweigens und zupft sich sichtlich verlegen an der Unterlippe.

»Nein?«

Sie schüttelt den Kopf.

»Nein.«

»Okay, was gibt es denn dann noch?«

»Wir«, beginnt sie, bricht aber sofort wieder ab.

Erneut sucht sie Oscars Blick und als dieser sie anlächelt und nickt, platzt es aus ihr heraus.

»Wir bekommen ein Baby.«

»Was?«, entfährt es mir. »Das sind ja mal Neuigkeiten. Jetzt legt ihr aber ein Tempo vor.«

»Ja, es hat uns auch ein bisschen überrascht, aber nun sind wir so unendlich glücklich.«

»Seit wann wisst ihr es?«, hake ich nach und sehe, wie Sofia ihre Hand auf ihren Bauch legt.

»Ich bin jetzt im fünften Monat. Wir wissen es schon ein Weilchen. Wir waren uns nur nicht sicher, wie wir es dir sagen sollen, weil ...«

Wieder bricht sie ab, doch ich tue ihre scheinbare Unruhe ab.

»Also wenn ihr euch Sorgen macht, dass mir ein Baby in der Wohnung zu viel wird, so ist das unbegründet. Ich finde es toll. Ich verspreche, ich werde auch mal babysitten, wenn ihr ausgehen wollt.«

»Wir sagen es dir jetzt«, fährt Oscar dann plötzlich fort, »weil es für dich bedeutet, dass du ausziehen musst.«

Okay, das hat gesessen. Ich muss bitte schön was?

Für einen Augenblick verschlägt es mir die Sprache und ich bin mir ziemlich sicher, dass mir sämtliche Farbe aus dem Gesicht gewichen ist.

»Also nicht sofort, aber halt schon zeitnah.«

Mir wird heiß und kalt und würde ich nicht bereits sitzen, ich wäre eindeutig auf dem Hosenboden gelandet.

»Was Oscar sagen will«, ergänzt Sofia und schaut mich mitfühlend an, »ist, dass wir dein Zimmer brauchen. Du weißt, dass die Wohnung Oscars Eltern gehört und wir hätten gern ein Kinderzimmer. Natürlich werden wir dich nicht bitten, umgehend und noch vor Weihnachten auszuziehen, das dürfen wir eh nicht, aber im neuen Jahr möchten wir mit dem Nestbau beginnen und es wäre schön, wenn du innerhalb der nächsten drei Monate etwas Neues für dich fändest. Ich bin zwar erst im fünften Monat, aber gefühlt rast die Zeit. Es wäre also toll, wenn du schnellstmöglich eine neue Wohnung hättest.«

Noch immer suche ich nach Worten und kann nicht glauben, was hier gerade geschieht.

»Bitte, Skye, sag doch was.«

Meine Gedanken rasen und ich setze alles daran, nicht in Tränen auszubrechen. Drei Monate. Wie soll ich in drei Monaten eine Wohnung finden, die auch noch erschwinglich ist und die nicht gleichzeitig aussieht, als würden sich fleischfressende Bakterien oder das Hantavirus ausgebreitet haben?

»Ich ... Ich weiß nicht, was ich sagen soll. Ich wohne unfassbar gern mit euch zusammen. Und jetzt fühlt es sich an, als würdet ihr mich vor die Tür setzen.«

»So ist es doch gar nicht«, lautet Oscars nahezu nüchterne Antwort auf mein emotionales Geständnis. »Aber Fakt ist, dass wir nun so etwas wie Eigenbedarf haben. Sei nicht so. Wir haben uns immer gut verstanden und es wäre schön, wenn das die letzten Wochen auch so bleiben könnte.«

»Natürlich«, presse ich hervor und schiebe meinen Teller von mir, den ich eben noch auf meinem Oberschenkel balanciert habe.

Der Appetit ist mir definitiv vergangen. Vielleicht sollte ich auch besser sofort damit anfangen, nur Wasser und Brot zu mir zu nehmen, werde ich doch in den nächsten Wochen jeden Penny einzeln umdrehen müssen.

»Dann ist ja alles klar«, jauchzt Sofia und klatscht in die Hände.

Hat ihr Schwangerschaftsgehirn sie schon sämtliches Gespür für Empathie vergessen lassen? Dass mich das Ganze sichtlich mitnimmt, scheint sie nicht zu bemerken. Oder vielleicht auch nicht bemerken zu wollen, wer weiß das schon.

»Wir wollen gleich traditionell den ersten Teil von *Harry Potter* schauen. Guckst du mit?«

Oscar steht auf und nimmt Sofia die leeren Essensboxen ab, die sie vom Tisch zusammengesammelt hat. Abwartend blickt er mich an, doch ich schüttle den Kopf.

»Nee, ich muss tatsächlich noch eine Schicht im Diner schieben. Hatte ich vergessen«, presse ich hervor und die zwei wissen wohl genauso gut wie ich, dass das eine Lüge ist, sagen aber nichts dazu.

»Schade.«

Kurz verzieht Sofia den Mund zu einem mitfühlenden Lächeln, doch fixiert sich alsbald wieder auf Oscar, der den Fernseher einschaltet, und auf Netflix nach dem gewünschten Film sucht.

»Finde ich auch. Sehr schade.«

Meine Antwort fällt knapp aus, als auch ich mich erhebe und ich bin mir sicher, sie versteht, dass ich damit nicht die Fernsehsituation meine.

»Vielleicht bis später dann. Oder bis morgen.«

Ich hebe die Hand zum Gruß und verabschiede mich aus dem Zimmer. Kaum betrete ich den Flur und stehe an der Garderobe, kann ich meine Tränen nicht mehr aufhalten. Ich kann gerade noch meine Hand vor den Mund schlagen, um nicht laut aufzuschluchzen.

Ich habe gedacht, Sofia und Oscar wären so etwas wie Familie. Meine neue Familie. Aber jetzt gründen sie ihre eigene und ich bin überflüssig. In ihrer neuen Familie habe ich keinen Platz mehr, das haben die letzten Minuten eindeutig gezeigt.

7

KIAN

»Nochmal, ich finde die Idee dämlich und das kannst du vergessen.«
Ich schüttle den Kopf, während ich mein Glas an den Mund ansetze und mir den ersten Schluck des alkoholfreien Radlers genehmige, das vor uns steht.

»Ich werde mir keine Frau für die Aktion suchen.«

»Ach komm, was hast du schon zu verlieren?«

Muss ich mir Sorgen machen, dass Gabriel so herrlich euphorisch bei der Sache ist?

»Meine Würde.«

»Quatsch. Sei nicht so ein Angsthase. Könnte doch gut werden. Und allein für das Gesicht deiner Mutter würde ich die Aktion definitiv starten.«

»Dir ist schon klar, dass ich mit dieser Frau dann auch ein paar Tage verbringen müsste? Das ist nicht mal eben mitnehmen, dem Familientreffen beiwohnen und wieder zurück. Das erfordert Vorbereitung und Arbeit.«

»Wo steht das?«

»Nirgendwo. Aber damit die Nummer funktioniert und mir

das auch jemand abnimmt, dass die werte Dame meine Freundin ist, müssen wir uns schon einigermaßen kennen. So eine Täuschung riecht meine Mutter sonst achtzig Meilen gegen den Wind.«

»Wie ich sehe, hast du dir also doch Gedanken darüber gemacht.«

Amüsiert zwinkert Gabriel mir zu, während er genüsslich in seinen Burger beißt. Es war eine sehr gute Idee, ins *Lion's* zu gehen, denn das Diner hat definitiv die besten Burger der Stadt. Wer auch immer in der Küche steht, dem gehört ein Orden verliehen. Ob Skye wohl auch Burger zubereiten kann?

»Ich habe mir keine Gedanken gemacht«, tue ich den Einwurf meines besten Freundes ab und steche meine Gabel in die Pommes.

»Lügner.«

»Und selbst wenn. Wo bekomme ich so eine Frau auch her? Ich kann ja schlecht einen Escortservice beauftragen. Das fände ich zu schräg und abgesehen davon auch viel zu teuer. Da ertrage ich meine Mutter und ihre Verkupplungsversuche lieber und mache gute Miene zum bösen Spiel.«

Gabriel blickt mich kauend an und sagt eine Weile nichts. Dann sehe ich das Blitzen in seinen Augen und mache mich auf eine völlig abgefahrene Idee gefasst. Mein Gegenüber hat schon immer den Schalk im Nacken gehabt und obwohl er ein herzensguter Mensch ist, der keiner Fliege etwas zuleide tun kann, hat er uns im Studium in so manch prekäre Situation gebracht. Wie häufig ich immer noch leicht alkoholisiert in Vorlesungen gesessen habe, möchte ich gar nicht laut sagen.

»Du nimmst einfach die, die als nächstes zur Tür reinkommt.«

Okay, jetzt hat er völlig den Verstand verloren.

»Vergiss es.« Ich pruste und schüttle heftig den Kopf. »Sicher nicht.«

Zugegeben, Gabriels Idee ist wirklich dämlich, aber für eine Sekunde erwische ich mich bei dem Gedanken, wie es wohl wäre, wenn eine attraktive junge Frau das Diner betreten würde, die ich mir sehr gut an meiner Seite vorstellen könnte.

Herrje, Kian! Reiß dich am Riemen. Wir stecken hier nicht in einem furchtbar kitschigen Liebesroman. Dass so etwas passiert, ist unwahrscheinlich.

Trotzdem drehe ich hastig den Kopf in Richtung Eingang, als die Türglocke signalisiert, dass weitere Gäste das Diner betreten.

Puuuuh, zwei Pärchen in den Fünfzigern, Glück gehabt.

»Die Nächste wird's«, sagt Gabriel lachend und deutet an mir vorbei. »Ich habe es so im Gefühl. Als nächstes kommt deine Fake-Freundin rein.«

»Ich weiß, ich habe es heute Abend schon häufiger gesagt, aber du spinnst. Hochgradig. Während du den Eingang im Blick hast, hole ich uns noch ein paar Nachos an der Theke. Vielleicht hast du, bis ich zurück bin, diese Schwachsinnsidee wieder vergessen.«

»Sicher nicht«, bekomme ich als Antwort, als ich mich von meinem Stuhl erhebe und in Richtung Theke trotte.

Für mitten in der Woche ist das Diner gut besucht, und das, obwohl das Semester offiziell vorbei ist. Wahrscheinlich halten sich doch noch mehr Studenten als gedacht in der Stadt auf, bevor sie alle über die Weihnachtstage zurück in ihre Heimat fahren. Wie andere Studentenstädte auch ist Oxford immer etwas ruhiger, wenn die Studierenden nicht in der Stadt sind. Natürlich gibt es überall Touristen, die sich die Colleges anschauen oder das Flair der Stadt genießen, aber alles ist etwas überschaubarer. Sowieso ist Oxford ein wunderbarer Ort und ich bin froh, hier zu leben.

»Vorsicht!«

Gerade noch rechtzeitig kann ich zurückspringen, bevor sich eine dickflüssige Masse, die verdächtig nach einem Erdbeermilchshake aussieht, im hohen Bogen vor meinen Schuhen ergießt. Puh, das war knapp.

»O mein Gott! Entschuldigung!«, dringt es als Nächstes an mein Ohr, bevor ein eindeutig weibliches Wesen um die Theke herumeilt und vor mir auf die Knie geht.

Außer einem blonden Haarschopf sehe ich nicht viel, denn die junge Frau ist damit beschäftigt, das Milchshake-Dilemma hektisch wieder aufzuwischen. Dabei stößt sie gegen einen der Hocker, der dadurch verdächtig ins Schwanken gerät und droht, umzufallen. Schnell ergreife ich ihn, um das nächste Chaos zu verhindern.

»Aua«, presst sie hervor und hält sich den Ellenbogen. Musikknochen. Das tut weh.

»Das hat mir jetzt auch noch gefehlt«, grummelt sie und statt es besser zu machen, verteilt sie die ganze Masse noch großflächiger auf dem Boden. So langsam erinnert die Stelle zu meinen Füßen an einen Tatort, der nur oberflächlich gesäubert und hektisch verlassen wurde.

»Kann ich dir irgendwie helfen?«, frage ich und versuche, ein Lachen zu unterdrücken, denn die Frau kriecht inzwischen auf allen Vieren vor mir herum und nuschelt kleine Flüche in ihren nicht vorhandenen Bart.

»Mir ist nicht mehr zu helfen«, raunt sie und scheint gar nicht weiter auf mich zu reagieren.

Hinter dem Tresen erspähe ich einen weiteren Lappen und als wäre es das Normalste von der Welt, ergreife ich ihn, beuge mich zu ihr runter und gehe ihr zur Hand. Ruckartig zuckt sie zusammen. Sie hat wohl nicht damit gerechnet, dass ich ihr beim Wischen helfe.

»Das glaube ich nicht.«

»Was?«

Endlich blickt sie zu mir und mir verschlägt es für einen Augenblick die Sprache. Zu dem blonden Haarschopf gehört ein attraktives und durchaus freundlich wirkendes Gesicht. Ein Gesicht, das ich nur allzu gut kenne.

»Professor Durnham?«

Zwei große blauen Augen blicken mich fragend an. Ich bin mir sicher, ich starre, aber ich kann nicht verhindern, dass mein Blick auf ihrem sinnlich geschwungenen Mund verharrt.

Reiß dich zusammen, Kian, das ist gruselig.

Ich räuspere mich und reiße mich von dem Anblick los.

»Bitte nenne mich Kian. Hey, Skye.«

»Was machen Sie, äh, du hier?«

Statt eine Antwort abzuwarten, richtet sie sich auf und nimmt mir den schmutzigen Lappen aus der Hand. Dann geht sie um die Theke herum.

»Ich hoffe, du hast nichts abbekommen. Tut mir leid. Wenn irgendetwas schmutzig geworden ist, zahle ich natürlich für die Reinigung.«

»Alles gut gegangen«, besänftige ich sie. »Um deine Frage zu beantworten: Ich bin mit einem Freund zum Essen hier. Wusste gar nicht, dass du hier arbeitest.«

Sie zuckt mit den Schultern.

»Von morgendlichen Kochaktionen kommt leider nicht genug Essen für mich auf den Tisch. Das hier ist mein Hauptjob.«

»Erdbeermilchshakes auf dem Boden verteilen?«

Ich versuche witzig zu klingen, sehe aber an ihrem Gesichtsausdruck sofort, dass der Schuss nach hinten losgeht.

»Nicht lustig«, knurrt sie und stemmt ihre Hände in die Hüften.

»Nicht dein Tag?«, erkundige ich mich daher schnell und hoffe, sie verzeiht mir meinen kläglichen Versuch, lustig zu sein. Abgesehen davon will sich irgendetwas in mir
noch nicht aus dieser Unterhaltung verabschieden.

»Pah«, stößt sie hervor. »Nicht meine Woche wäre noch untertrieben.«

Ich weiß zwar nicht, was bei ihr los sein könnte, aber auch wenn ich noch nicht sonderlich viel von Skye Andrews weiß, sehe ich ihr an, dass sie irgendetwas bedrückt.

»Kann man dir irgendwie helfen? Ich meine, wir kennen uns jetzt nicht sonderlich gut, aber vielleicht gibt es ja etwas, das ich für dich tun kann, damit sich deine Laune bessert.«

Der Blick, mit dem sie mich anschaut, verrät nicht viel, was in ihr vorgeht. Doch dann fängt sie schallend an zu lachen und schaut mich leicht verzweifelt an.

»Du hast nicht zufällig ein Zimmer, wo ich für eine kurze Zeit mietfrei unterkommen könnte?«

»Habe ich«, platzt es, ohne groß nachzudenken, aus mir heraus. »Und du hast nicht zufällig ein paar Tage Zeit, meine Freundin zu spielen, damit ich meiner Familie eins auswischen kann?«

Als ich die Frage gestellt habe, reiße ich geschockt die Augen auf und kann nicht glauben, was mir da gerade über die Lippen gekommen ist. Noch weniger kann ich glauben, was ich als Antwort auf meine unpassende Frage bekomme.

»Klar. Klingt nach einem Deal. Ich bin dabei.«

8

SKYE

Skye, jetzt bist du von allen guten Geistern verlassen. Ernsthaft. Wer reagiert so auf eine Frage, und das bei einem mehr oder weniger wildfremden Mann? Es hat nur noch gefehlt, dass ich ihm euphorisch um den Hals falle. Gut, vielleicht mag das an der Tatsache liegen, dass lediglich der kleine noch funktionierende Teil meines Gehirns geantwortet hat, der nicht einem sabbernden Durcheinander gleicht, weil der Mann, der mir gegenübersteht und bei dem ich angestellt bin, so unwiderstehlich gut aussieht. Selbst wenn er mich gefragt hätte, ob ich ihn heiraten und mit ihm durchbrennen will, hätte ich wahrscheinlich Ja gesagt.

Okay, das ist vielleicht übertrieben, aber dass Kian Durnham gut aussieht, muss man einfach zugeben. Professor Kian Durnham, versteht sich.

Keine Ahnung, ob er genauso überrascht über diese Aktion ist wie ich, aber er fährt sich durch sein Haar und blickt mich an.

»Nun, dann müssen wir jetzt nur noch herausfinden, wer von uns beiden durchgeknallter ist.«

Er wirkt sichtlich amüsiert.

»Wir können uns den Titel ja für den Moment teilen, bis wir da eine genaue Antwort darauf haben?«, schlage ich vor und Kian scheint die Idee zu gefallen.

»Guter Vorschlag. Also, wenn du willst, kannst du dir das Zimmer morgen angucken, wenn du eh da bist, oder ...«

»Oder!«, unterbreche ich ihn und ernte ein herzhaftes Lachen.

»Ich habe doch noch gar nicht gesagt, was Oder ist.«

»Egal«, antworte ich, in der Hoffnung, dass ich gleich mitkommen kann. »Ich nehme Oder.«

»Gehst du immer sofort mit einem fremden Mann nach Hause?«

Als würde er mich abchecken, blickt mich Kian an und schiebt dabei seine Hände in die Hosentaschen seiner Jeans.

»Erstens bist du mir nicht völlig fremd und ja, ich rede mir die Sache gerade schön. Und zweitens frisst der Teufel in der Not Fliegen.«

»Oha ...«

»Ich müsste nur vielleicht noch ein paar Sachen holen.«

»Du willst ernsthaft sofort mit zu mir?«

»Also, wenn das für dich kein Problem ist? Ich weiß, es ist furchtbar seltsam und du musst auch denken, dass ich sie nicht mehr alle habe, aber es wäre echt cool, wenn ich heute Nacht nicht in meiner jetzigen Wohnung schlafen müsste. Ein Hotel kann ich mir leider nicht leisten. Und hey, ich kann anbieten, uns morgens Frühstück zu machen. Wie klingt das?«

»Da ich davon ausgehe, dass deine Frühstückmachskills genauso brillant sind wie deine restlichen Kochkünste, ist der Vorschlag vielleicht gar nicht so schlecht. Aber davon abgesehen fragst du dich doch sicherlich genauso, ob ich noch alle Tassen im Schrank habe, weil ich dir so ein schräges Angebot mache.«

Ich zucke mit den Schultern. Nach dem heutigen Tag wundert mich gar nichts mehr.

»Ich verspreche dir, ich bin keine Massenmörderin.«

»Wie beruhigend«, antwortet er grinsend und setzt noch einen drauf. »Das heißt, ich kann davon ausgehen, dass du mir später nicht den Nachttopf über den Kopf ziehst und mich anschließend ausraubst?«

»Du hast noch einen Nachttopf?«

Völlig verdattert reiße ich die Augen auf und blicke ihn an. Als er mein erschrockenes Gesicht betrachtet, lacht er.

»Nun, da du sicherlich bei mir schon einmal auf Toilette gegangen bist, weißt du, dass das Haus über fließend Wasser verfügt. Ansonsten hätte ich dir jetzt was anderes erzählt.«

»Sehr beruhigend«, murmle ich und stelle fest, dass ich zum wiederholten Mal mit dem Lappen über den Tresen putze. Ich bin nervös. Woran das wohl liegt? Kurz denke ich darüber nach, ob Kian davon ausgehen könnte, dass ich zum Dank mit ihm ins Bett springe und er heute Abend Sex haben kann, aber dann verwerfe ich den Gedanken genauso schnell wieder, wie er gekommen ist. So einen Eindruck macht er nicht auf mich.

»Also, warum eigentlich nicht? Wir haben ja beide schon festgestellt, dass die Nummer seltsam ist. Dann ziehen wir das jetzt auch ganz durch.«

Kian kichert, was irgendwie ulkig klingt.

»Ich könnte dich fahren, wenn du deine Sachen noch holen willst? Wenn du dich vergewissern willst, ich habe nur am alkoholfreien Radler genippt und bin somit nüchtern.«

»Gern«, erwidere ich und wundere mich über mich selbst. Dafür, dass ich sonst immer so unflexibel und vorsichtig bin, ist diese Sache definitiv ganz großes Kino.

Um nicht zu sagen filmreif. Liebesfilmreif.

»Ich müsste allerdings noch eine Stunde arbeiten, bis meine Schicht vorbei ist. Wenn das okay ist?«

Tatsächlich bin ich gerade heilfroh, dass ich vorhin frustriert ins Diner gelaufen bin, um mich auf der Arbeit ein bisschen abzulenken. Und wie gut ist es, dass Ben das kopfnickend akzeptiert hat, als er mein zerknirschtes Gesicht gesehen hat. Manchmal geschehen noch Zeichen und Wunder.

»Absolut. Wir sind auch noch mitten am Essen und wollen bestimmt noch Nachttisch. Ich habe gehört, die Erdbeermilchshakes sind hier zum Niederknien.«

Okay, der war gut, das muss man ihm lassen.

»Mit ›wir‹ meine ich übrigens meinen Freund Gabriel und mich«, ergänzt Kian umgehend und ich folge mit meinem Blick seinem Wink in Richtung Ecke, wo ein ebenfalls nicht schlecht aussehender Mann sitzt und uns offensichtlich beobachtet.

»Er ist sicherlich furchtbar neugierig, warum ich so lange brauche, um mit ein paar Nachos zurückzukommen. Apropos Nachos: kann ich noch welche bekommen? Dafür bin ich nämlich eigentlich aufgestanden.«

»Tja, und nun hast du stattdessen eine neue Mitbewohnerin und Fake-Freundin. Läuft bei dir«, antworte ich und versuche, dabei möglichst cool zu klingen, sodass er mir meine Unsicherheit nicht anmerkt. Dass ich immer noch keine Ahnung habe, wie er sich die Fake-Freundin-Sache vorstellt, ignoriere ich dezent. Er wird mich sicherlich noch früh genug darüber aufklären.

»Kannst du mir vielleicht einen Gefallen tun?«

Abwartend blickt er mich an und ich nicke zögerlich.

»Könntest du kurz mit zum Tisch kommen? Sonst glaubt Gabriel mir nämlich nicht, was ich hier gerade gebracht habe.«

»Wenn es mehr nicht ist«, antworte ich amüsiert und trete hinter der Theke hervor.

»Super. Ich liebe es nämlich, Gabriel aus dem Konzept zu bringen. Er traut mir sicherlich eine Menge zu, aber nicht, dass ich diese Sache, die wohlgemerkt seine Idee war, tatsächlich in die Tat umsetze.«

Es fühlt sich furchtbar seltsam an, als ich hinter ihm her zu seinem Tisch laufe. Noch seltsamer wird das Ganze, als er mich seinem Freund vorstellt. Vielleicht ist »verrückt« das bessere Worte, denn ausgesprochen klingt es noch heftiger, als ich es eh schon empfinde.

»Gabriel, darf ich dir meine neue Freundin vorstellen? Das ist Skye.«

Okay, ausgesprochen klingt es wirklich verrückt. Die Situation ist so schräg, dass ich schallend anfange zu lachen.

»Hi. Nett, dich kennenzulernen.«

Gabriel erhebt sich und reicht mir die Hand.

»Hi. Ebenso. Auch wenn ich in Ansätzen erahne, was hier vor sich geht, überrascht es mich schon. Kian? Was hast du zu deiner Verteidigung zu sagen?«

Dieser lacht. Dann räuspert er sich.

»Nun, Skye und ich haben gerade bei einem Milchshake beschlossen, dass sie bei mir einzieht und als Gegenleistung bei meiner Familie so tut, als wäre sie meine Freundin.«

Gabriels Blick wandert an mir auf und ab. Dann setzt er sich wieder und schüttle amüsiert den Kopf.

»Echt jetzt? Hast du nicht noch vor knapp zehn Minuten gesagt, dass ich die dümmsten Ideen habe? Wenn dabei solche Erfolge herauskommen, hole ich das nächste Mal Nachos.«

»Denk an die Perle«, ermahnt ihn Kian.

Ich hingegen habe keine Ahnung, wovon die zwei Männer reden. Vielleicht ist das auch besser so.

»Zu unserer Verteidigung sollte ich vielleicht zugeben, dass Skye und ich uns schon kennen. Sie ist diejenige, die mich so wunderbar bekocht.«

Überrascht reißt Gabriel die Augen auf.

»Dann bin ich sogar schuld daran, dass ihr euch kennt. Wie cool. Wir haben wegen des Jobs miteinander gesprochen, Skye.«

Jetzt, da Gabriel es anspricht, erinnere ich mich dran, mit

einem Gabriel Warlington wegen der Anstellung bei Kian telefoniert zu haben. Zufälle gibt es.

»Wie auch immer«, sagt Gabriel. »Echt super, dass du diesem Kerl hier aushilfst, Skye. Ernsthaft. Und du brauchst keine Angst zu haben, Kian ist einer von den Guten. Auch wenn er mich mit dieser Aktion sprachlos macht.«

Ich bin diejenige, die völlig sprachlos über ihr eigenes Verhalten ist, aber das verrate ich den beiden natürlich nicht. Besser nicht erst darüber nachdenken, sonst mache ich einen Rückzieher.

»Du meinst also, wenn ich ihn näher kennenlerne, trifft mich nicht der Schlag?«

Ich zwinkere Kian zu, der mich gespielt entrüstet anblickt.

Gabriel schüttelt den Kopf.

»Wer bereit ist, es mit Kians Mutter aufzunehmen, den wird so schnell gar nichts schocken«, antwortet er und während Kian sich kopfschüttelnd zurück auf seinen Stuhl fallen lässt, bin ich mir einer Sache bewusst: Ich habe den Verstand verloren und bin nun furchtbar neugierig, was Kians Mutter mit der ganzen Sache zu tun hat.

9

SKYE

Ich rechne es Kian hoch an, dass er nicht ein Wort verliert, als er in meinem kleinen WG-Zimmer steht und mir dabei zuschaut, wie ich hastig ein paar Klamotten aus meinem Kleiderschrank zerre und in den großen Koffer stopfe, der zu seinen Füßen liegt. Sofia und Oscar scheinen noch ausgegangen zu sein, denn die Haustür war abgeschlossen und in der ganzen Wohnung ist es ruhig.

»Sag nichts«, murmle ich, während ich meine Kosmetiktasche, den Föhn und meinen Laptop samt Ladekabel in die Reisetasche auf dem Bett packe. »Dieses Zimmer ist ein Witz, ich weiß. Und ja, ich werde dir noch erzählen, warum ich dies hier gerade in einer Nacht- und Nebelaktion mache. Nur nicht heute. Dafür bin ich gerade zu nüchtern.«

»Kein Problem«, erwidert er und nimmt mir meinen Rucksack ab, in dem ich ebenfalls ein paar Klamotten verstaut habe.

Frustriert gebe ich ein Stöhnen ab und raufe mir nahezu verzweifelt die Haare.

»Bist du okay?«, erkundigt sich Kian. Er muss auch denken, dass ich sie nicht mehr alle habe.

»Wie man es nimmt. Ich weiß nicht, also ...« Ich breche mitten im Satz ab und lasse die Schultern hängen.

»Na, was?«, horcht er nach und schaut mich aufmunternd an. »Raus damit. Wenn du ein Kuscheltier hast, was unbedingt mit muss, keine Angst, ich werde dich deswegen nicht verurteilen.«

»Pfff«, entfährt es mir und ich verdrehe die Augen. »Wenn es nur das wäre.«

»Was ist es dann?«

»Ich weiß nicht, wie viel ich einpacken soll.«

»Na, so viel, wie du brauchst.«

Irritiert blickt er mich an.

»Schon klar. Ach, egal, ich packe erstmal bis Weihnachten. Bis dahin habe ich hoffentlich schon eine Idee, wie es weitergehen könnte.«

Kian mustert mich aufmerksam, sagt aber nichts.

Ich stopfe noch zwei Bücher in meine Reisetasche, bevor ich den Reißverschluss zuziehe und mich ein letztes Mal im Raum umgucke. Dann ziehe ich einen Zettel aus dem alten Drucker, der auch schon bessere Tage gesehen hat, und schreibe eine Notiz an Sofia und Oscar.

Bin für ein paar Tage unterwegs. Falls wir uns vor Weihnachten nicht mehr sehen - schöne Feiertage.

Ich bin mir ziemlich sicher, dass Sofia versuchen wird, mich auf dem Handy zu erreichen, aber niemand sagt, dass ich drangehen muss, wenn sie anruft.

Ich lege den Zettel auf den Küchentisch und lasse ein letztes Mal meinen Blick durch den Raum gleiten. Wie viele lustige WG-Abende hier stattgefunden haben. Wie oft Sofia, Oscar und ich zusammen gekocht haben. Wobei, eigentlich habe ich gekocht und die zwei haben sich als gute Esser bewiesen, aber das tut nichts zur Sache. Dieser Moment hier fühlt sich nach Abschied an.

»Wollen wir? Es ist spät.«

Kians Stimme dringt an mein Ohr und ich nicke. Jetzt gibt es wohl kein Zurück mehr. Ich habe den Wahnsinn begonnen, also muss ich ihn auch durchziehen.

Oxford ist nicht sonderlich groß und daher dauert die Fahrt von meiner alten WG zu Kians Haus nicht lang. Bisher habe ich diesen Weg immer nur im Hellen bewerkstelligt, aber jetzt im Dunkeln kann ich erkennen, dass sich die Lichterkette in dem kleinen Buchsbaum am Eingang wirklich gut macht. Zwar hebt sich Kians Haus in Bezug auf Weihnachtsdekorationen immer noch von denen der Nachbarn ab, aber trotzdem kommt ein bisschen Stimmung auf.

Als Kian den Motor ausschaltet, muss ich tief einatmen.

»Rein in den Kampf«, ertönt es neben mir und ich muss unwillkürlich lachen.

»Du kannst einem ja Mut machen.«

»Gut, oder?«

Im Schein der Laterne, die neben seinem geparkten Wagen steht, erkenne ich das Grinsen, das seinen Mund umspielt.

»Könnte nicht besser sein«, stimme ich ihm zu und beide öffnen wir unsere jeweilige Wagentür und steigen aus. Ob er mir anmerkt, dass ich nervös bin? Zu meiner Überraschung liegt das nicht an der Tatsache, dass wir uns eigentlich fremd sind, sondern einfach daran, dass es das erste Mal für mich ist, dass ich so eine spontane Aktion durchziehe. Wenn man bedenkt, dass ich sonst dreimal überlege, wenn es darum geht, eine Entscheidung zu treffen, dann ist dies hier schon nicht ohne. Wie können spontane Menschen sich eigentlich sicher sein, dass sie das Richtige tun? Ich gehöre definitiv nicht zur Fraktion »Einfach mal machen, könnte ja gut sein«. Vorher sterbe ich gefühlt tausend Tode.

Viel Zeit zu überlegen lässt Kian mir jetzt jedoch nicht, denn er geht um den Wagen herum und öffnet den Kofferraum. Während er meine Reisetasche und den Koffer nimmt, drückt er mir meinen Rucksack in die Hand. Dann verschließt er das Auto und geht voraus in Richtung Haus.

Mit der freien Hand öffnet er die Tür und als ich einen Fuß in das Innere des Hauses setze, fühlt sich alles schrecklich bekannt an. Verrückt.

»Komm mit, ich zeig dir dein Zimmer.«

Kians Aufforderung reißt mich aus meinen Gedanken und ich beobachte, wie er an der Treppe nach oben stehenbleibt und auf mich wartet.

»Oder möchtest du es dir doch noch einmal überlegen?«

Wieder dieses verschmitzte Grinsen.

»Du meinst also, ich habe Lust, jetzt mit meinem ganzen Gepäck wieder zurückzufahren? Wenn mein Bett in greifbarer Nähe ist? Du vergisst, es ist spät.«

Kian lacht und ich mag den Klang. Er hat ein herzliches Lachen und es wirkt nicht aufgesetzt, sondern erreicht seine Augen.

»Na, dann komm«, fordert er mich auf und ich gehe hinter ihm her die Treppe hoch, um zu meinem neuen Zimmer zu gelangen.

Als er die Tür zum Gästezimmer öffnet, werfe ich neugierig einen Blick hinein. Auch wenn ich Teile dieses Hauses bereits gesehen habe, bin ich noch nicht hier hoch auf den Flur gelangt. Auch Kians Schlafzimmer muss hier oben sein, denn die Räume im Erdgeschoss kenne ich. Ich weiß nicht, ob mich das nun nervös machen sollte, ihn nachts so nah bei mir zu wissen, weil er mir noch fremd ist und in meinem Zimmer auftauchen könnte. Allerdings ist dieser Gedanke überraschenderweise ganz weit weg und fast absurd. Immerhin ist er groß und stark und wird sicherlich einen Einbrecher verscheuchen können, sollte es dazu kommen.

Warum genau wünsche ich mir gerade, dass mich nachts ein Einbrecher überrascht und Kian mir nur in einer sexy karierten Schlafanzughose zur Hilfe eilt?

Herrje, Skye, beherrsche dich! Ich habe wirklich eine Neigung dazu, bei Nervosität verrückte Dinge zu denken.

Während Kian mein Gepäck abstellt, setze ich mich auf den Rand des Gästebettes und teste das Gemütlichkeitslevel der Matratze, indem ich ein paar Mal auf und ab hüpfe. Dezent versteht sich. Dieses Bett hier ist definitiv bequemer als meine alte Matratze. Hin und wieder hatte ich echt Schwierigkeiten, mich morgens hochzuraffen, so sehr haben meine Knochen protestiert. Dieses Nachtlager hier ist mit Abstand eine Verbesserung. Ein förmlicher Quantensprung.

Ich blicke mich im Zimmer um, während Kian ruhig neben mir verharrt. Der Raum wirkt offen und freundlich und die hellbeigen Töne strahlen etwas Beruhigendes aus.

Das Zimmer verfügt über einen großen Schrank, der in die Wand eingelassen ist und mein Herz höherschlagen lässt. Welche Frau hätte nicht gern einen großen Kleiderschrank für all ihre Anziehsachen? Fast bin ich geneigt, aufzujauchzen, kann es mir aber gerade noch verkneifen.

Ich könnte mir glatt vorstellen, hier dauerhaft einzuziehen.

Moment, habe ich das gerade wirklich gedacht?

»Alles zu deiner Zufriedenheit, Skye?«

Als Kian meinen Namen ausspricht, wacht jedes einzelne Nervenende in mir auf und beginnt zu leuchten. Ich bin mir sicher, dass ein grandioses Feuerwerk in mir ausbrechen würde, sollte ihm einfallen, mich zu berühren. Oder ich ihn. Himmel, meine Sinne sind völlig außer Rand und Band.

Er riecht so unfassbar gut. Ich glaube, mein Verstand hat sich seit ein paar Stunden verabschiedet. Das geht ja wunderbar los.

Gott, Skye, reiß dich verdammt noch einmal am Riemen.

Ob noch die Chance besteht, dass ich ihn mir zu Weihnachten wünschen kann?

»Musst du so lange überlegen?«, unterbricht er zum wiederholten Mal mein Kopfkino und der Humor in seiner Stimme lässt mich sprichwörtlich dahinschmelzen.

»Nein. Ich erinnere mich nur an die Worte meiner Mutter, dass ich stets nach Höherem streben sollte.«

Wieder lacht er und nun hat er meine ganze Aufmerksamkeit. Seine Augen funkeln und ich sehe, dass ihm diese Unterhaltung gefällt.

»Wie mir scheint, hat deine Mutter dich richtig erzogen.«

Er zwinkert mir zu und ich kann nicht aufhören, ihn anzustarren. Es ist ein bisschen so, wie wenn die Wissenschaftler die Menschen warnen, nicht in eine Sonnenfinsternis zu starren. Man ist gewillt, es trotzdem zu tun.

Auf einmal fällt mir auf, wie er sich durch das Haar fährt und irgendwie unsicher wirkt.

»Also«, beginnt er und ich horche auf. »Irgendwie habe ich das Bedürfnis, dass wir uns erstmal anständig vorstellen. Diese Situation ist ein wenig ...«

»Schräg«, beende ich seinen Satz und muss grinsen, als er nickt.

»Aber sowas von. Erst überrumple ich dich mit meiner Frage in der Bar und nun stehen wir schon im Schlafzimmer. Was hältst du davon, wenn wir uns noch unten im Wohnzimmer hinsetzen und einen Schluck Wein trinken? Ist zwar schon spät, aber es fühlt sich komisch an, jetzt schlafen zu gehen, wenn ich kaum eine Ahnung habe, wer die Frau ist, die zwei Türen neben mir schläft.«

Zwei Türen also ... Das muss ich mir merken. Ich hoffe, dass ich nicht plötzlich schlafwandle und ihn nachts überrasche.

»Um ehrlich zu sein, war ich diejenige, die dich als erstes nach dem Zimmer gefragt hat. Somit war ich die Überrumpelnde und du der Überrumpelte.«

»Auch wieder wahr. Aber ich würde mal sagen, wir tun uns da nicht viel. Jeder Außenstehende hätte wahrscheinlich nur völlig entgeistert mit dem Kopf geschüttelt, hätte er unser Gespräch belauscht.«

»Möglich«, antworte ich und streife meine Schuhe von den Füßen. »Aber ein Glas Wein klingt gut. Da sage ich nicht Nein. Wenn du nichts dagegen hast, würde ich mir aber gern was Bequemeres anziehen. Ich habe das Gefühl, immer noch wie der halbe Diner zu riechen, und würde auch eben gern duschen. Wenn das okay ist?«

»Aber natürlich«, erwidert Kian und geht zur Schlafzimmertür. »Ich lege dir im Badezimmer ein paar Handtücher raus, dann kannst du deine eingepackt lassen. Wenn du sonst noch etwas brauchst, melde dich.«

»Danke.«

Als Kian das Zimmer verlässt und ich kurze Zeit später unter der warmen Dusche stehe, wird mir erst so richtig bewusst, was ich hier gerade mache. Für Umdrehen ist es jetzt, glaube ich, wohl tatsächlich zu spät.

10

KIAN

»**E**igentlich bin ich ein recht normaler Typ«, sage ich, als Skye und ich knapp eine halbe Stunde später in meinem Wohnzimmer sitzen und beide ein Glas Wein in den Händen halten.

Sie ist frisch geduscht und von ihr geht ein herrlicher Duft aus. Sie riecht nach Vanille und ein bisschen nach Lavendel. Der Geruch nach Wildleder dringt zusätzlich in meine Nase. Was auch immer es ist, sie duftet frisch und gleichzeitig nach Wärme und Geborgenheit. Irgendwie passend für diese Jahreszeit.

Ihre langen blonden Haare sind noch ein bisschen feucht und wellen sich leicht. Ihre Augen strahlen und beobachten mich aufmerksam. Sowieso habe ich das Gefühl, dass Skye mich immer auf eine besonders intensive Weise ansieht. Dies empfinde ich keineswegs als störend. Es ist vielmehr aufregend und setzt meinen ganzen Körper unter Strom. Ich kenne es, wenn mich einige meiner Studentinnen anstarren, aber deren Aufmerksamkeit ist nicht im Geringsten mit den Blicken zu vergleichen, die Skye mir zuwirft. Diese sind unergründlich und machen mich neugierig, was sich in ihrem hübschen Köpfchen wohl verbirgt.

Mir gefällt, dass sie nicht wieder in eine Jeans gesprungen ist, sondern jetzt einfach eine Leggings anhat und einen hellbeigen Strickpullover trägt. Ihre Füße halten dicke Wollsocken warm, sodass sie dankend mein Angebot abgewiesen hat, ihr eine Decke zu holen.

Immer wieder fällt mein Blick auf Skyes wohlgeformte Lippen. Der Anblick, wie sie am Wein nippt, macht mich nervös und ich bin mir noch nicht sicher, ob das gut oder schlecht ist. Ich hoffe, sie ist mindestens genauso angespannt wie ich. Wenn sie es ist, lässt sie es sich zumindest nicht anmerken. Schließlich ist diese Situation auch neu für sie, aber jemand, der sich so schnell auf so ein seltsames Angebot einlässt, ist in einer Notsituation. Wahrscheinlich in einer größeren als ich es bin.

Nicht dass ich mein Familiendebakel insgesamt wirklich als Notsituation beteiln würde. Trotzdem kann ich nicht glauben, dass Gabriel es geschafft hat, dass ich mich zu so einer Nummer hier habe hinreißen lassen. Ich bezweifle, dass ich bei irgendeiner anderen Frau Ja gesagt hätte, wenn sie mich wie Skye nach einer Bleibe gefragt hätte. Nein, ich bin mir sogar sicher, dass ich ihr den Vogel gezeigt hätte. Bei Skye kam mir der Gedanke, ihre Frage als plump abzutun und einfach zu verneinen, nicht in den Sinn. Ich bin mir sicher, dass der Anblick ihrer Augen und ihrer wunderschönen Lippen schuld daran ist.

»Eigentlich?«, höre ich Skye dann fragen und lande wieder im Hier und Jetzt.

Mir ist gar nicht aufgefallen, dass ich für einen Moment geschwiegen habe.

»Na ja, ich bin ein normaler Typ. Auch wenn andere das vielleicht verneinen würden«, fahre ich eilig fort und schiebe eine Hand in meine Hosentasche, während ich meine Beine übereinanderschlage.

»Du meinst also, ich sollte deinen Freund Gabriel damit beauftragen, mir mehr über dich zu erzählen?«

»Gott bewahre«, antworte ich lachend und drehe das Weinglas in meiner Hand. »Es lebt sich zwar besser, wenn der Ruf erst ruiniert ist, aber Gabriel würde wahrscheinlich sofort die schlimmsten Dinge auf den Tisch bringen und du würdest doch noch mitten in der Nacht wieder ausziehen.«

»Und das wollen wir ja nicht«, erwidert sie augenzwinkernd und streift sich eine Haarsträhne hinters Ohr.

»Ganz und gar nicht.«

»Gut. Also, du normaler Typ, ich höre. Was muss ich über dich wissen?«

Ich schmunzle, weil sie ein bisschen an den Rand des großen Sessels rutscht, der mir gegenübersteht, und ein Bein unter ihren Po schiebt. Es sieht gemütlich aus, wie sie dasitzt und für einen Moment ärgere ich mich, dass wir uns nicht auf die Couch gesetzt haben, denn dann wäre ich ihr eindeutig ein Stückchen näher.

»Ich bin vor Kurzem dreißig geworden und arbeite als Professor hier an der Uni, aber das weißt du ja bereits. Also von meiner Professur, nicht meinem Alter. Momentan liegt furchtbar viel auf meinem Schreibtisch und ich hoffe, dass der Spruch, dass das Genie das Chaos beherrscht, auf mich zutrifft. Zumindest noch. Ich bin recht ordentlich, was ja nicht schlecht zu wissen ist als Mitbewohner.

»Notiert«, kommentiert Skye das Ganze und legt den Kopf ein wenig schräg, sodass ihre Haare ein Stückchen ihres Halses freilegen.

Ich schlucke, denn plötzlich erwacht in mir das Verlangen, diesen zärtlich zu berühren.

»Ich ... Ähm«, stottere ich und versuche, schnell an etwas anderes zu denken. »Ich reise gern, doch leider fehlt mir die Zeit. Ich weiß, dass die Situation sehr ungewöhnlich ist, aber mir ist es wichtig, dass du nicht denkst, dass ich mir mit dem Wohnungsangebot irgendetwas erhoffe. Mein Freund Gabriel meinte, es wäre eine gute Idee, mir eine Frau zu suchen, damit sie mich auf die Verlobungsfeier meiner Schwester begleitet. Damit wir zusammen so tun, als wären wir ein Paar. Meine Mutter hat es sich nämlich zur Aufgabe gemacht, mich zu verkuppeln. Und glaube mir, die Frauen, die sie für mich in Erwägung zieht, sind ... Puh ... Wie drücke ich das jetzt aus? Grenzwertig?!«

»Das ist aber ein harter Begriff. Grenzwertig inwiefern?«

»Nun, mag sein, dass das jetzt ein wenig arrogant klingt, aber von meiner Biografie her bin ich keine schlechte Partie. Und manche Frauen haben es halt auf das Geld meiner Familie abgesehen. Für meine Mutter ist es schon eine Schmach, dass ich nicht im Familienunternehmen arbeite, sondern hier an der Uni lehre. Was ihr aber definitiv wichtig ist, ist ein guter Stammbaum meiner Zukünftigen. Schlimm genug.«

»Du willst also sagen, du bist so viel mehr als der Geldbeutel deiner Familie?«

Sie grinst schelmisch und ich deute das jetzt mal so, dass sie versteht, wie ich zu dem Aspekt stehe.

»Ja«, antworte ich knapp und beobachte Skye, die für einen Moment nichts sagt.

Worüber sie wohl nachdenkt?

»Ich denke, das bekommen wir schon hin. Mütter lieben mich.«

»Du kennst meine nicht.«

»Das stimmt, aber du hast auch noch keine Ahnung, wie überzeugend ich sein kann. Was meinst du, wer im Diner immer losgeschickt wird, wenn wir irgendwas nicht mehr von der Karte haben und die Gäste umgestimmt werden müssen? Ich bin Profi.«

»Klingt vielversprechend. Mir ist wichtig, dass wir uns vorher eingrooven und kennenlernen. Rein platonisch versteht sich. Meine Mutter ist nicht auf den Kopf gefallen. Wir müssen es glaubhaft verkaufen, dass wir ein Paar sind. Meinst du, das bekommen wir hin?«

Skye nickt und mir fällt ein Stein vom Herzen. Das könnte wirklich klappen. Vorausgesetzt, ich versaue es nicht. Dass das Ganze rein platonisch bleiben muss, ist mir klar. Ob es mir gelingen wird, sie nicht einfach an mich zu ziehen und vor meinen Eltern zu küssen, da bin ich mir gerade noch nicht so sicher. Dieser Mund, mit dem sie mich gerade zuversichtlich anlächelt, könnte nämlich mein Verderben werden.

11
SKYE

»Eingrooven klingt gut«, sage ich und stelle das leere Weinglas auf den kleinen Glastisch zwischen uns. »Es wäre vielleicht nicht schlecht, wenn wir in den nächsten Tagen möglichst viel voneinander erfahren, damit wir uns nicht plötzlich um Kopf und Kragen reden, wenn wir mit einer Frage konfrontiert werden, mit der wir nicht gerechnet haben. Es reicht also nicht zu wissen, was du beruflich machst.«

»Damit könntest du recht haben. Ich glaube aber, für heute ist es zu spät, um noch richtig ins Detail zu gehen. Wir haben fast zwei Uhr.«

Überrascht blicke ich auf die Uhr an meinem Handgelenk. Wahnsinn, wirklich schon so spät. Die letzten Stunden mit Kian sind wie im Flug vergangen und so langsam beginne ich zu glauben, dass diese Aktion, die er geplant hat, wirklich funktionieren könnte. Kian sieht nicht nur gut aus, er hat auch eine angenehme Art, die mir gefällt. Es gibt also Schlimmeres, als seine Freundin zu spielen.

»Solange du nicht denkst, du würdest für mich arbeiten, ist alles gut«, sagt er plötzlich und wirkt verlegen.

Nun, wenn man aufs Kleingedruckte schaut, tue ich das tatsächlich.

»Also natürlich weiß ich, dass du in Teilen für mich arbeitest, aber ich hoffe, wir bekommen das ein bisschen voneinander getrennt. Ich fände es schade, wenn ich auf einmal auf deine Kochkünste verzichten müsste. Fühl dich hier wie Zuhause. Echt. Das ist mir wichtig. Du hilfst mir damit, dass du dich auf die verrückte Idee einlässt.«

»Kian, alles cool. Tatsächlich bist du es, der mir den Hintern rettet. Das erzähle ich dir aber mal in Ruhe. Nur so viel: Ich bin froh, dass ich aus der WG erstmal raus bin. Die einzige Unterkunft, die ich mir gerade leisten könnte, würde wahrscheinlich einem Ort gleichen, an dem ich mir die Beulenpest holen oder Opfer eines völlig durchgeknallten Killers werden könnte.«

»Verdammt spezifisch«, bekomme ich als Antwort und wieder ist da dieses sympathische Lachen, das mich an abermillionen perfekte Sonnenuntergänge erinnert. »Ich glaube nicht, dass du hier damit konfrontiert werden könntest.«

»Gott sei Dank. Dann bin ich ja beruhigt. Aber musst du nicht so langsam schlafen? Wenn ich dich richtig verstanden habe, musst du morgen ja auch wieder früh raus, um für die Uni was zu tun.«

»Stimmt.«

»Außerdem kann ich dich morgen früh nicht um mich gebrauchen. Ich habe da so einen Boss, der bekocht werden will und hohe Ansprüche hat.«

Wie schon einige Male zuvor heute Abend, muss Kian lachen. »Dann wollen wir deinen Boss lieber mal nicht verärgern.«

Kian steht auf und schaut mich ein wenig verloren an.

»Dann starten wir jetzt mit diesem verrückten Abenteuer?«

Ich stehe auf, nicke und strecke meine Hand aus.

»Deal.«

Als würden wir hier gerade Geschäftsvereinbarungen aushandeln, halte ich ihm meine Hand hin, damit er einschlägt. Kurz hält er inne, doch dann ergreift er sie und drückt zu. Mein Körper antwortet auf seine eigene Art. Ein kleines Beben durchfährt ihn, als Kians Wärme und der Druck seiner Hand auf mich übergehen. Als er mich anlächelt, werden meine Knie weich.

Lieber Weihnachtsmann, frag mich nicht wieso, aber auch wenn ich noch keinen Wunschzettel geschrieben habe, den Mann da vor mir, den hätte ich gern.

12

SKYE

Ich habe Glück. Als ich am nächsten Tag runter in die Küche gehe, um mir mein Frühstück zu machen, ist Kian bereits aus dem Haus. Warum auch immer fühle ich mich noch nicht in der Lage, meinen neuen Mitbewohner so früh am Morgen zu sehen. Und tatsächlich kann ich auch ein bisschen Ruhe gebrauchen, denn letzte Nacht habe ich nur schwer in den Schlaf gefunden. Überraschenderweise habe ich mich nicht eine Sekunde unwohl gefühlt oder ängstlich, dass Kian in mein Zimmer kommen könnte, um mich zu ermorden. Okay, das ist vielleicht ein bisschen übertrieben, aber obwohl ich ihn bereits kannte, ist es ja noch einmal etwas ganz anderes, bei einem mehr oder weniger fremden Mann einzuziehen. Dass mich mein gutes Gefühl, das auf magische Weise einfach da war, nicht getäuscht hat, merke ich, als ich auf der Anrichte den kleinen Zettel finde, den Kian mir hinterlassen hat.

Hoffe, du hast gut geschlafen. Du weißt ja, das, was man in der ersten Nacht in einem fremden Bett träumt, geht in Erfüllung. Ich wünsche dir, dass es etwas Gutes war. Freue mich darauf, später mit dir zu essen. Falls du nicht im Diner bist. Dann sehen wir uns danach. Mach dir einen schönen Tag und richte Mrs Andrews aus, dass ich ihrem Essen sehr entgegenfiebere.

Süß. Ich falte den Zettel mit dem halben Aufsatz wieder zusammen und koche mir eine Tasse Kaffee, um mit Energie in den Morgen zu starten.

Ich nutze den ersten Teil des Tages dazu, mein Gepäck vernünftig auszupacken und wegzuräumen. Es sind noch gut zwei Wochen bis Weihnachten, was gleichzeitig auch bedeutet, dass es noch knapp zwei Wochen sind, bis wir laut Kian zu seinen Eltern aufbrechen. Das heißt wiederum, dass es zu lange ist, um aus dem Koffer beziehungsweise der Reisetasche zu leben. Abgesehen davon muss der große eingebaute Kleiderschrank schließlich auch genutzt werden. Welche Frau genießt es nicht, einmal ein Zimmer mit viel Stauraum zu haben?

Irgendwann stelle ich fest, dass ich Nachrichten von Sofia auf dem Handy habe.

> So: Bist du okay?
>
> So: Wo bist du denn? Melde dich doch bitte. Wir machen uns Sorgen.

Ach, auf einmal geht das? Es will einfach nicht in meinen Kopf, wie sie mir das auf diese Weise antun können. Es geht nicht darum, dass sie eine Familie gründen. Herrje, ich kann sogar verstehen, dass sie ihr gemeinsames Zuhause haben wollen. Aber so abgestumpft, wie sie es mir mitgeteilt haben, dass ich ausziehen muss, grenzt schon an Unverschämtheit. Noch dazu da sie wissen, wie schwer die Weihnachtszeit für mich ist. Immerhin haben sie es mehr als ein Mal mitbekommen.

Kurz überlege ich, nicht zu antworten, doch dann tippe ich eine Nachricht.

> Sk: Es geht mir gut. Bin bei einem Freund und feiere hier Weihnachten.

Wahrscheinlich wird Sofia sich wundern, wer auf einmal dieser sagenumwobene Freund sein soll, aber das ist mir inzwischen egal. Soll sie doch. Zwar ist Kian lediglich jemand, für den ich arbeite, aber im Gegensatz zu meinen sogenannten Freunden hat er mir eine Bleibe angeboten.

Es dauert nicht lang, bis eine Antwort von Sofia eintrudelt.

Zu meiner Überraschung lautet diese nur »Okay, dann mach dir eine schöne Zeit.«.

Für einen Moment verletzt mich die knappe Reaktion, aber dann entscheide ich, dass mich ein Flehen, doch bitte zurückzukommen, auch nicht umgestimmt hätte.

Alles scheint so, als hätte es genauso kommen müssen. Na ja, zumindest in Teilen.

Ich verbringe den Vormittag damit, einzukaufen und uns ein leckeres Essen zu kochen. Ich bereite alles so vor, dass wir es später nur noch warmmachen müssen. Da ich aus Kians Erzählungen herausgehört habe, dass ihm mein Essen schmeckt, gebe ich mir besonders Mühe und hoffe, dass ihm auch das Schokoladenmousse zusagen wird, das jetzt gerade im Kühlschrank steht und durchzieht.

Jetzt, da all meine Arbeiten erledigt sind, heißt es, die Zeit zu überbrücken, bis Kian wieder nach Hause kommt, also koche ich mir noch einen Kaffee und schnappe mir meinen Laptop. Es findet sich sogar Zeit, die Schränke abzustauben.

Dann gehe ich ins Wohnzimmer und mache es mir wie gestern Abend in einem der großen Sessel bequem. Ich lasse meinen Blick durch den Raum schweifen. Bei Tageslicht wirkt er noch einmal anders als gestern. Anders als die anderen Bereiche des Hauses erscheint er einladender und irgendwie gemütlich. Vielleicht liegt das an dem großen Kamin, der sich in einer Ecke befindet oder an der Tatsache, dass einige Fotos auf dem Schrank neben dem Fenster platziert sind. Ich erhebe mich und betrachte die Bilder. Auf einigen ist Kian zu erkennen. Sie scheinen aus seiner Zeit als Student zu stammen, ich kann die typische akademische Kluft erkennen, die man an Prüfungstagen hier tragen muss. Gabriel ist auf einigen der Fotos zu sehen und die zwei scheint wirklich eine besondere Freundschaft zu verbinden, denn einige der Aufnahmen sind definitiv schon ein bisschen älter. Es gibt nur ein Foto, das Kian mit seiner Familie zeigt. Es ist nicht aktuell, Kian wirkt deutlich jünger und schmächtiger auf dem Bild. Er steht neben einem Jungen, der etwas älter als er zu sein scheint, und einem Mädchen, das ein hellblaues Kleid trägt und die Haare zu zwei langen Zöpfen gebunden hat. Hinter den drei Kindern befinden sich ein Mann und eine Frau. Das müssen Kians Eltern sein. Die Ähnlichkeit zu seinem Vater ist nicht von der Hand zu weisen. Der Mann wirkt sympathisch, wie er seine rechte Hand auf die Schulter seines Sohnes Kian gelegt hat. Die Frau hingegen lächelt zwar ebenfalls in die Kamera, wirkt aber um einiges kühler. Ich erinnere mich daran, warum ich hier bin, und auch ohne die Frau auf dem Foto zu kennen, muss ich schlucken. Sie sieht nicht so aus, als könnte man ihr leicht etwas vormachen. Wenn Kian und ich wirklich das perfekte Liebespaar abgeben wollen, dann müssen wir uns ins Zeug legen.

Also nicht, dass ich damit ein Problem hätte.

Letztlich fällt mein Blick auf das Bücherregal. Ähnlich wie das im Flur ist es voller Bücher, aber beim genaueren Hinsehen erkenne ich, dass es sich hier nicht um Klassiker handelt. Ich muss lächeln, denn der gute Herr Professor scheint noch etwas anderes förmlich zu verschlingen. Auf den Regalbrettern stehen fein aufgereiht Bücher über Persönlichkeitsentwicklung und Finanzen, doch das ist nicht das, was mich so fasziniert. Daneben stehen tatsächlich zahlreiche Graphic Novels und sie sehen so aus, als wären sie intensiv gelesen worden. Das mag ich. Vor allem mag ich, dass Kian ein Mann zu sein scheint, der genauso wie ich in Büchern versinken kann. Bücher waren schon immer mein Zufluchtsort. Und wer weiß, vielleicht geht es Kian genauso. Vielleicht hat er sogar ein Herz für romantische Liebesgeschichten. Still und heimlich. Wer Jane Austen im Regal stehen hat, kann nicht gefühlskalt sein. Zumindest hätte ich nie gedacht, dass ein Matheprofessor auch gleichzeitig so ein Faible für Literatur haben kann. Aber ich lasse mich gern eines Besseren belehren. Vielleicht haben wir doch mehr gemeinsam, als es auf den ersten Blick scheint.

Ich schaue zu meinem Laptop, der auf dem kleinen Tisch neben dem Sessel liegt. Ohne groß weiter nachzudenken, ergreife ich ihn, setze mich und klappe ihn auf. Es dauert nicht lange, bis meine Finger über die Tasten fliegen und ich alles um mich herum vergesse.

Meine Finger ziehen kleine Kreise auf seiner Haut, während ich tonlos seufze. Wie sehr ich es liebe, wie sich seine Brust unter meiner Wange anfühlt. Wenn sich sein Oberkörper gleichmäßig hebt und senkt und sein Herzschlag mir das Gefühl von Ruhe gibt. Es ist noch so viel mehr. Unsere beiden Herzen schlagen im Einklang. So, wie es sein soll. So, wie es nicht mehr lange sein wird.

Der Geruch, der von ihm ausgeht, hüllt mich ein, und ich weiß, dass ich ihn liebe. Ich liebe Marcus Carter. Den Mann, dessen Verderben ich sein werde. Sein muss.

»Du bist so still«, sagt er leise an meinem Ohr und für einen Augenblick halte ich die Luft an.

Was, wenn ich ihm einfach alles sage? Ihm beichte, was ich getan habe. Was, wenn er es versteht und mich nicht hassen wird?

Ich schließe die Augen und schmiege mich noch enger an ihn. Es fühlt sich so richtig an, hier in seinen Armen zu liegen.

»Ich bin einfach müde«, antworte ich und das ist nicht gelogen.

Mein ganzer Körper sehnt sich nach Schlaf. Die vergangenen Wochen waren anstrengend und ich bin mir darüber im Klaren, dass mir das Schlimmste noch bevorsteht. Wo soll ich die Kraft hernehmen, mein Herz zu heilen, wenn es einmal gebrochen sein wird?

»Bleib für die Nacht«, raunt er und platziert einen zärtlichen Kuss auf meiner Stirn.

Ich wünschte, es wäre so einfach.

»Okay«, hauche ich, auch wenn das gelogen ist.

Aber das muss er jetzt nicht wissen.

»Schön«, erwidert er und zieht mich noch enger an sich.

Auch er ist erschöpft. Ich liege nur da, lausche seinem Atem und erinnere mich an die letzten Tage mit ihm. Er wird mir fehlen. Alles an ihm wird mir fehlen. Sein Humor und die Art, wie er mich zum Lachen bringt. Seine Herzlichkeit und das Funkeln in seinen Augen, wenn er mich sieht. Wie soll ich nur damit umgehen, wenn ich weiß, dass er mich hasst?

Ich liege reglos da, streichle ihn sanft und warte darauf, dass er tief und fest einschläft. Ich habe Angst, mich zu bewegen und ihn wieder zu wecken, denn dann müsste ich ihm erklären, warum ich gehe. Und ich weiß, dass ich ihn nicht noch einmal anlügen kann, wenn er mich mit seinen tiefgrünen Augen anschaut, die die Farbe ganz Schottlands in sich vereinen.

Ich weiß nicht, wie lange ich so ruhig bei ihm liege, aber

irgendwann nehme ich wahr, dass sein Atem tief und regelmäßig geht. Vorsichtig wage ich es, mich von ihm zu lösen und mich aufzusetzen. Der Blick auf die Uhr neben uns verrät mir, dass es inzwischen fast zwei Uhr nachts ist. Marcus gibt ein grummelndes Geräusch von sich und ich halte erschrocken die Luft an. Ich erstarre. Doch dann dreht er sich zur Seite und schläft ruhig weiter. Ich verharre noch eine weitere Minute in meiner Position. Das Mondlicht scheint durch das Fenster zu uns herein und erlaubt mir, den Mann neben mir noch einmal genau zu betrachten. Ich versuche mir seinen Körper einzuprägen. Seine markanten Gesichtszüge, die muskulösen Arme, die mich so oft gehalten haben, seine Schulter, an die ich mich so gern gelehnt habe. Schließlich fasse ich den Mut und rutsche zur Bettkante. Gott sei Dank macht das Bett keine Geräusche, als ich mich aufsetze. Wieder warte ich, ob Marcus sich regt. Nichts. Ich atme noch einmal durch und dann stehe ich auf. Sofort fühlt es sich kalt an, so, als ob etwas fehlen würde. Ich schließe die Augen und blinzle die Tränen weg, die sich in ihnen sammeln. Nicht weinen. Ich darf jetzt nicht anfangen zu weinen, denn sonst befürchte ich, werde ich nie wieder aufhören.

Ich bleibe im Türrahmen stehen und drehe mich ein letztes Mal zu ihm um. Er sieht so friedlich aus, wie er da liegt und schläft.

»Bitte verzeih mir«, flüstere ich tonlos, bevor ich den Raum verlasse.

Wenn Marcus morgen aufwacht, wird nichts mehr so sein wie vorher. Er wird alles verlieren, und ich bin schuld daran.

13

KIAN

Ich lebe schon viel zu lange allein, als dass ich mich noch daran erinnern könnte, wie es ist, mit jemandem zusammenzuwohnen.

Als ich heute Morgen aufgestanden bin, bin ich auf Zehenspitzen ins Bad gelaufen und hatte bei jeder meiner Bewegungen das Gefühl, ich wäre furchtbar laut. Ob sie es hören würde, wenn ich dusche? Was, wenn sie das Geräusch der elektrischen Zahnbürste weckt? Und seit wann ist mein Rasierer so laut?

Zu Studentenzeiten, als Gabriel und ich uns für eine Weile eine Wohnung geteilt haben, war die Sache anders. Bei ihm wusste ich, dass es egal war, wenn ich halb nackt aus dem Bad kam oder vergessen hatte, den Toilettendeckel herunterzuklappen. Er würde sich nicht über drei Barthaare im Waschbecken beschweren oder ein Problem damit haben, wenn die Klopapierrolle nicht sofort ordnungsgemäß aufgehängt wurde. Himmel, wir waren froh, wenn überhaupt genug Klopapier im Haus war und niemand vergessen hatte, neues einzukaufen.

Jetzt muss ich mir wohl angewöhnen, auf all diese Dinge zu achten. Ich bin kein unordentlicher Mensch und mag es sauber, aber ich habe in meinem Leben noch nie mit einer Frau zusammengewohnt. Meine Mutter und Schwester mal ausgenommen, aber das war auch etwas anderes. Wie funktioniert das Zusammenleben mit einer Frau? Muss ich da irgendetwas beachten? Gibt es eine Anleitung, die ich irgendwo herunterladen kann? Und warum mache ich mir hier eigentlich so einen Kopf? Und überhaupt, kann mein Kopf mit dieser ewigen Fragerei aufhören?

Das Irritierende an der Nummer mit Skye ist, dass ich mich nicht einmal darauf vorbereiten konnte. Weder seelisch noch in Ansätzen mit anderen Vorbereitungen, was mein Haus betrifft. Ich, der der Meister in Planung und Struktur ist. Zumindest in den meisten Fällen.

Diese Nacht habe ich tatsächlich dreißigmal in meinem Kopf hin und her überlegt, ob ich Gabriel teeren und federn soll. Hätte er mir nicht diese Flausen in den Kopf gesetzt, würde ich jetzt entspannt nach Hause kommen und mein Leben leben. Hätte er mir nicht diese Flausen in den Kopf gesetzt, wäre jetzt nicht diese Frau da, die ich furchtbar interessant finde, und über die ich noch so viel mehr erfahren möchte.

Ich schließe die Haustür hinter mir und horche gespannt. Stille. Für einen Moment bin ich tatsächlich enttäuscht, dass Skye mir nicht im Flur entgegenkommt und mich begrüßt. Doch dann besinne ich mich.

Jetzt stell dich mal nicht so an, Kian. Ihr habt eine Absprache und jeder lebt sein eigenes Leben. Sie wohnt bei dir für eine Weile und wird dir an Weihnachten und auf der Verlobungsfeier deiner Schwester aushelfen. Nicht mehr und nicht weniger. Ihr habt ein Arrangement.

Wo steckt Skye? Ob sie in ihrem Zimmer ist? Schon wieder diese elendigen Fragen.

Ich stelle mich an die Treppe und lausche. Vielleicht ist sie ausgegangen und kommt erst später zurück. Dann schaue ich in

Richtung der Garderobe. Ihr Mantel ist hier, also besteht die Chance, dass sie es auch ist.

Plötzlich vernehme ich leise Musik, die aus dem Wohnzimmer zu mir dringt. Weihnachtslieder. Tatsächlich. Da hört jemand Weihnachtslieder und summt dazu. Unwillkürlich muss ich lächeln. Noch etwas, das ich in meinem Leben noch nie gehört habe. Natürlich haben wir als Familie auch Weihnachten gefeiert, als ich klein war, aber ich kann mich nicht daran erinnern, dass meine Mutter einmal zu Weihnachtsliedern gesummt hätte. Geschweige denn mit uns zusammen gesungen. Wenn, dann hat sie es getan, weil es sich gehörte. Mit großer Wahrscheinlichkeit waren auch andere Menschen anwesend, die die scheinbare Familienidylle hätten bewerten können.

Vorsichtig, um Skye nicht zu erschrecken, gehe ich zur Wohnzimmertür und lausche erneut. Schließlich klopfe ich leise und trete ein. Sofort fällt mein Blick auf Skye und ich bleibe im Türrahmen stehen. Irgendwie wird mir bei ihrem Anblick warm ums Herz. Sie sitzt in dem großen Sessel, in dem sie bereits letzte Nacht Platz genommen hatte, und ist auf ihren Laptop fixiert. Ich habe keine Ahnung, was sie da macht, aber sie tippt eifrig und hat gar nicht mitbekommen, dass ich den Raum betreten habe. Obwohl ich mich zunächst leise räuspere, weil ich sie nicht erschrecken will, fährt sie erschrocken zusammen, als sie wahrnimmt, dass ich im Zimmer stehe. Beinahe rutscht ihr der Laptop vom Schoß, sie bekommt ihn aber in letzter Sekunde noch gefangen.

»Himmel, Kian! Du hast mich erschreckt.«

»Entschuldige«, antworte ich und schließe die Zimmertür hinter mir. »Das wollte ich nicht.«

»Ich habe dich gar nicht kommen hören. Stehst du schon lange da?«

Ich schüttle den Kopf. »Nein. Nur ein paar Augenblicke. Was tust du da? Schreibst du?«

Neugierig recke ich meinen Hals in ihre Richtung, aber sie klappt den Laptop zu und legt ihn neben sich auf den kleinen Tisch.

»Ähm, nein. Also, ich tippe nur ein paar Sachen zusammen, die ich für die Wohnungssuche brauche. Ich will nichts vergessen. Daher schreibe ich mir To-do-Listen.«

»Das könnte ich sein. Das mache ich auch oft, wenn ich wieder das Gefühl habe, dass ich einfach zu viel auf der Agenda habe. Hast du etwa schon mit der Wohnungssuche angefangen?«

Tief in mir drin hoffe ich, dass sie die Frage verneint. Warum auch immer möchte ich noch nicht, dass sie schnell wieder verschwindet. Verrückt.

Zu meiner Erleichterung schüttelt sie mit dem Kopf. »Nein. Ich verarbeite quasi noch das letzte Wohnungsdebakel. Aber keine Angst, ich werde das nicht auf die lange Bank schieben. Ich habe keine Lust, obdachlos zu werden. Allerdings ...«

»Allerdings was?«

»Es ist mir jetzt ein bisschen unangenehm zu fragen, aber für den Fall, dass ich nicht sofort nach Weihnachten etwas finde, könnte ich vielleicht noch ein bis zwei Tage dranhängen? Also nur, wenn das wirklich kein Problem ist.«

Daher weht der Wind. Skye hat Angst, dass ich sie vor die Tür setzen könnte.

»Mach dir keinen Kopf. Erstmal hast du hier ein Dach über dem Kopf. Ich bin kein Unmensch. Abgesehen davon finden wir da bestimmt eine Regelung. Deine Beschäftigung ist bis Mitte Januar befristet, und wieso solltest du nicht so lang auch hier bleiben?«

Ich sehe ihr an, dass sie meine Worte ein bisschen zu beruhigen scheinen.

»Danke, das ist super nett von dir. Aber ich werde mich wirklich bemühen, etwas zu finden. Im Optimalfall geht das so fix, dass ich gar nicht mehr in meine alte WG zurück muss. Ich fühle mich ungern fehl am Platz.«

»Das klingt nicht gut«, erwidere ich und bemerke, wie traurig sie aussieht. »Möchtest du erzählen, was vorgefallen ist?«

»Das kann ich gern tun«, antwortet sie zu meiner Überraschung, lenkt jedoch im nächsten Moment geschickt vom Thema ab. »Aber erst, wenn wir gegessen haben. Ich habe darauf gewartet, dass du nach Hause kommst, damit wir zusammen essen können. Ich finde, ich habe mich heute selbst übertroffen.«

Ob sie damit recht hat, weiß ich noch nicht, aber zumindest riecht es vorzüglich. Vermutlich hofft sie, dass mir nicht auffällt, dass sie gekonnt ausweicht, aber für den Moment lasse ich es darauf beruhen und bohre nicht weiter. Tatsächlich habe ich nämlich auch einen tierischen Hunger und der Geruch, der eben schon in meine Nase gedrungen ist, ist verdammt verführerisch.

»Dann wollen wir mal schauen, ob ich dich heute mit meinen Kochkünsten auch wieder begeistern kann.«

»Gute Idee«, erwidere ich und folge ihr, als sie zur Wohnzimmertür geht, diese öffnet und in den Flur tritt.

Kaum spürbar berührt mich ihre Hand beim Vorübergehen und sofort zuckt ein Stromschlag durch mich durch. Nahezu übermannt halte ich den Atem an und schließe für eine Millisekunde die Augen, um das intensive Gefühl zu verarbeiten. Dass mir dabei ihr wunderbarer Duft in die Nase steigt, macht es nicht gerade einfacher für mich. Vor allem nicht, weil sich etwas in meiner Hose regt, das sich besser zurückhalten sollte. Das hat mir gerade noch gefehlt.

Kollege, unterstehe dich, diese Situation, die eh schon schräg ist, jetzt auch noch zu verkomplizieren!

»Kommst du?«

Skyes Stimme reißt mich aus den Gedanken und ich blicke

zu ihr, wie sie in der Küchentür steht und darauf wartet, dass ich ihr folge.

»Oder ich esse die ganze Schokoladenmousse allein.«

»Schokoladenmousse? Echt? Ich liebe Schokoladenmousse«, entfährt es mir und ich kassiere dafür ein herzliches Lachen.

»Ich hoffe, du hast auch nichts gegen Ravioli mit Salbeibutter.«

»Absolut nicht, Frau Superköchin«, sage ich lachend und folge ihr in die Küche. Dann schaue ich ihr zu, wie sie zwei Teller für uns aus dem Schrank nimmt und uns Augenblicke später auffüllt. Gemeinsam setzen wir uns an den Küchentisch, auf dem inzwischen ein kleines Weihnachtsgedeck liegt. Unwillkürlich muss ich schmunzeln. Man könnte meinen, Skye hat eine Mission.

Bereits beim ersten Bissen stelle ich begeistert fest, dass die Ravioli zusätzlich mit Ricotta gefüllt sind. Himmlisch.

»Wie lecker«, raune ich und kann gerade so ein Schmatzen unterdrücken.

»Wie mir scheint, schmeckt es dir.«

Skye beobachtet mich, wie ich mir ein weiteres Mal die Gabel genüsslich in den Mund schiebe.

»Wie kann es das auch nicht? Dir gehört ein Orden verliehen. Du kochst hervorragend. Vielleicht sollte ich drüber nachdenken, dich auf Dauer einzustellen. Wahrscheinlich wird das aber dazu führen, dass ich in den nächsten Wochen zwanzig Kilo zunehmen würde.«

Skye blickt mich an, sagt aber nichts.

»Was ist los? Worüber denkst du nach?«

Irritiert blicke ich zu ihr.

»Nichts, nichts. Ich habe mir dich gerade nur mit zwanzig Kilo mehr vorgestellt.«

»Oha«, antworte ich gut gelaunt und für eine Weile essen wir schweigend und ich bin redlich bemüht, mir kleine Lustgeräusche zu verkneifen, die mir die leckere Mahlzeit beschert.

Hin und wieder beobachte ich Skye aus dem Augenwinkel und komme nicht drum hin, erneut zu bemerken, wie hübsch sie ist. Und sie ist nicht nur hübsch. Sie scheint auch noch lustig und definitiv nicht auf dem Mund gefallen zu sein. Eine gefährliche Kombination.

Als wir fertig gegessen haben, räumt Skye die Teller in die Spülmaschine und öffnet den Kühlschrank, um das Schokoladenmousse herauszuholen. Sie reicht es mir samt Löffel und amüsiert beobachte ich, wie sie sich den ersten Löffel in den Mund schiebt.

Sie schließt die Augen und seufzt, was dazu führt, dass ich mich umpositionieren muss, da sich erneut etwas in meiner Hose regt. Denken Frauen überhaupt darüber nach, welchen Effekt es auf uns Männer haben kann, wenn sie so sinnlich einen Löffel ablecken?

Herrje, Kian, denk an etwas Furchtbares. Sofort! Stinkende Socken, stinkende Socken, stinkende Socken!

Ich kann nicht anders und muss sie einfach weiter beobachten.

»Himmlisch«, entfährt es ihr sichtlich entzückt.

»Du bist mir sympathisch, dass du Essen auch so genießen kannst. Dich mag ich.«

Sie zwinkert mir zu, was dazu führt, dass mein Magen Purzelbäume schlägt. Himmel, was ist denn das auf einmal? Jetzt lacht sie auch noch.

»Du siehst aus, als hättest du einen Geist gesehen, Kian. Welcher von den dreien ist dir begegnet?«

Geister? Drei? Wovon redet sie?

»Wie meinen?«

»Na, kennst du die drei Geister aus Charles Dickens *Christmas Carol* nicht? Du bist nicht so der Weihnachtsfan, oder?

Wie Ebenezer Scrooge siehst du Gott sei Dank nicht aus, aber ohne mich würde hier wohl sämtliches Weihnachtsflair fehlen. Kein Baum, keine Deko. Was ist da los?«

»Ich muss zugeben, dass ich Weihnachten recht gleichgültig gegenüberstehe. Ich mache mir da nicht so viel draus. Besitze auch keine Lichterketten oder so etwas in der Art.«

»Schade«, antwortet Skye und schaut mich mit einem eindringlichen Blick an, der mich irgendwie verlegen macht. Bevor ich groß drüber nachdenken kann, platzt es aus mir heraus: »Aber wir können gern etwas einkaufen.«

»Wie jetzt?«, hakt sie nach, während ich über mich selbst überrascht bin.

»Na, also«, beginne ich stammelnd, »du sollst dich hier ja auch wohl fühlen, und wenn dir dabei ein Weihnachtsbaum oder so etwas helfen kann, dann können wir das ja besorgen. Ich stehe dem Ganzen nicht im Weg.«

Skye zieht eine Augenbraue hoch und mustert mich. »Ernsthaft? Du willst mit mir losziehen und Weihnachtsdekorationen kaufen? Und einen Weihnachtsbaum?«

»Warum nicht«, erwidere ich schulterzuckend und als ich das Strahlen sehe, das Skyes Augen innerhalb von Sekunden erfüllt, spüre ich, dass ihr diese Sache scheinbar unfassbar viel bedeutet.

Ich selbst kann nicht glauben, was hier gerade passiert, aber vielleicht ist das für den Moment auch egal. Diese Frau bringt mich völlig durcheinander. Und eben weil das so ist, verlassen wir knapp eine halbe Stunde später mein Haus, setzen uns gemeinsam in meinen Wagen und machen uns auf den Weg in Richtung Innenstadt.

Liebes Universum, bitte steh mir bei, denn wenn ich weiterhin so überschwänglich wegen Skye reagiere, werden heute Abend drei beleuchtete Rentiere meinen Vorgarten zieren. Mindestens.

14

SKYE

»Ich kann nicht glauben, was ich hier sehe.«
Amüsiert beobachte ich Kian, der mit vollem Einsatz alles daransetzt, dass der Baum, den wir so eben gekauft haben, sicher im Weihnachtsbaumständer zum Stehen kommt.

»Ich habe dir gesagt, ich mache keine halben Sachen«, erwidert er und taucht unter einigen Zweigen wieder hervor und strahlt über das ganze Gesicht.

Ich habe Kian bereits einige Male lächeln sehen, aber gerade sieht er wie ein kleiner Junge aus, der glücklich in einem riesigen Spieleparadies toben kann. Mein Herz macht einen winzigen Sprung.

»Hätte ich gewusst, dass Weihnachtsbäume dich so glücklich machen, wäre ich schon viel früher mit dir losgefahren.«

»Wäre ein bisschen schwierig geworden«, antwortet er sichtlich amüsiert und hat natürlich recht.

So lange kennen wir uns nun auch noch nicht. Dafür könnte diese Szene nach außen allerdings so wirken, als täten wir das schon eine halbe Ewigkeit, denn während er noch immer auf dem Boden kniet, reiche ich ihm wie selbstverständlich eine kleine Gießkanne, damit er Wasser in den Ständer schütten kann.

»Man könnte meinen, wir seien ein eingespieltes Team«, höre ich ihn sagen, während er wieder unter dem Baum verschwindet.

»Absolut.«

Scheinbar hat er über das Gleiche nachgedacht wie ich. Verrückt.

Ich nehme ihm die Gießkanne ab und trete einen Schritt zur Seite, damit er aufstehen kann.

»Aber sag mal, musst du gar nicht an den Schreibtisch? Du warst zwar heute Vormittag los, aber wenn ich dich richtig verstanden habe, hast du doch einiges zu tun, oder?«

Er schaut mich leicht zerknautscht an und schiebt seine Hände in die Hosentaschen.

»Da könntest du recht haben. Allerdings macht das hier sichtlich mehr Spaß, als mich durch grausame Essays der Studenten zu quälen.«

»So schlimm?«

»Schlimmer«, erwidert er lachend, zieht seine rechte Hand aus der Hosentasche und fährt sich mit ihr durch sein blondes Haar.

Ob er eine Ahnung hat, wie sexy er dabei aussieht? Bestimmt. Ein Mann wie er muss wissen, welche Ausstrahlung er hat. Wahrscheinlich liegen ihm all seine Studentinnen zu Füßen. Oder kleben ihm an den Lippen, wenn er doziert.

»Vielleicht sollte ich wirklich noch ein Stündchen, oder zwei, etwas machen. Meinst du, ich kann dich so lange allein lassen?«

»Aber natürlich. Ich beseitige derweil das Chaos und schmücke den Baum. Dann können wir uns später noch gemeinsam hier ins Wohnzimmer setzen und den Baum genießen.«

»Klingt nach einem Plan. Hach, wie das duftet. Also, ich meine den Baum.«

»Ich habe dich schon verstanden«, erwidere ich und nicke dann zustimmend.

Der Duft des Baumes versetzt mich zurück in die Vergangenheit und wehmütig denke ich an die Weihnachtsfeste mit meiner Familie.

»Bist du okay?«, erkundigt sich Kian und beobachtet mich eindringlich.

Er ist aufmerksam, das muss man ihm lassen.

Schnell blinzle ich die Tränen weg, die sich in meine Augen gestohlen haben. Hoffentlich hat er sie nicht gesehen. Unbeholfen räuspere ich mich.

»Natürlich. Aber wenn du jetzt noch drei Stunden hier bei mir stehst, bekommst du gar nichts mehr geschafft. Ab mit dir ins Arbeitszimmer.«

Ich deute auf die Tür und sehe, wie er theatralisch die Augen verdreht.

»Oooookay, bevor ich mich schlagen lasse. Ich muss nur dringend vorher unter die Dusche. Ich habe das Gefühl, an meinem ganzen Körper klebt Harz.«

Kurz hält er inne und dann schaut er mir so tief in die Augen, dass ich schlucken muss.

»Skye, sehen wir uns später?«

»Machen wir«, antworte ich und bin froh, als er Sekunden später den Raum verlässt und ich allein bin.

Der Klang meines Namens auf seinen Lippen sendet mir völlig fremde Schauer mein Rückgrat entlang. Abgesehen davon kann sich mein Körper nicht entscheiden, ob er eine Gänsehaut produzieren möchte oder nicht. Himmel, wie viel bekommt man heutzutage für eine Seele? Ich muss meine in einer stillen Stunde verkauft haben, denn die Gedanken, die ich in diesem Moment habe, gehören verboten. Meine Hormone sind sprichwörtlich außer Rand und Band. Da hilft es auch nicht zu wissen, dass er, wenige Meter von mir entfernt, nackt unter der Dusche steht. In Gedanken befinde ich mich dort nämlich auch gerade. Nackt. Und noch dazu frage ich Kian Durnham, ob ich ihn einseifen soll.

Ich stemme die Hände in die Hüften und setze alles daran, mich auf das kleine Chaos zu konzentrieren, das sich mir hier präsentiert. Natürlich hat der Baum genadelt und da ich inzwischen weiß, wo ich den Staubsauger finde, ist das die erste Sache, die ich erledige, bevor ich die Tannennadeln noch durchs ganze Haus trage.

Anschließend löse ich die Lichterkette und befestige sie in regelmäßigen Abständen am Weihnachtsbaum. Früher habe ich mich immer über meine Mutter lustig gemacht, die darauf bestanden hat, dass sämtliche Lichter gleichmäßig verteilt werden und bloß keine Lücke am Baum entsteht. Mit den Jahren habe ich jedoch verstanden, was sie meinte, und staune knapp eine viertel Stunde später nicht schlecht, wie gut mir die Verteilung der Lichterkette dieses Jahr geglückt ist. Als Nächstes mache ich mich daran, die Weihnachtskugeln aus ihren Verpackungen zu holen, für die sich Kian entschieden hat. Goldene und weiße Kugeln in unterschiedlichen Größen liegen vor mir. Andächtig betrachte ich sie und freue mich darüber, welch guten Geschmack Kian bewiesen hat.

Plötzlich geht hinter mir die Tür auf und Kian taucht wieder im Türrahmen auf.

»Du willst mir doch jetzt nicht sagen, du bist schon fertig«, platzt es aus mir heraus und als ich mich ganz zu ihm umdrehe, kann ich gerade noch verhindern, die Buchstaben O, M und G zu formen.

Liebes Universum, danke, dass es Erdbeermilchshakes gibt.

Mein Blick fährt an Kian entlang. Dass er gut aussieht,

wusste ich auch schon vorher, aber so frisch geduscht ist er noch einmal eine ganz andere Augenweide.

Er steht in T-Shirt und einer bequemen Jeans vor mir und rubbelt seine blonden Haare mit einem Handtuch trocken. Wieso muss ich gerade jetzt darüber nachdenken, ob unter diesem T-Shirt wohl ein trainierter sexy Körper steckt? Ich schlucke, als ich sehe, dass sich ein durchaus definierter Waschbrettbauch unter dem Stoff abzeichnet. Den hat der Herr Professor bis jetzt aber verdammt gut versteckt. Ich wünschte, er hätte es weiter getan, denn wie soll ich mich jetzt bitte schön auf Lametta und Weihnachtskugeln konzentrieren?

Er räuspert sich und abwartend blicke ich ihn an. Für einen Moment sieht es so aus, als würden ihm die richtigen Worte fehlen.

Doch dann sagt er: »Um ehrlich zu sein, bin ich jetzt lieber hier.«

Kians dunkle Stimme hinterlässt eine angenehme Vibration in meinem Körper und gleichzeitig läuft mir ein Schauer über meinen Rücken. Da ist wieder diese verräterische Gänsehaut. Ich sehe, wie ein Wassertropfen aus seinen Haaren an seinen schönen Augen vorbeiläuft. Warum stelle ich jetzt erst fest, was für lange Wimpern er hat? Angestarrt habe ich ihn dafür wahrlich schon genug. Und wieso möchte ich die Spur, die der Tropfen hinterlässt, mit meiner Zunge nachfahren?

Herrje, Skye, beherrsch dich!

»Ist das so?«, erkundige ich mich daher wenig eloquent und kann es mir gerade noch so verkneifen, mir mit der flachen Hand vor den Kopf zu stoßen.

Wieso müssen meine Hormone genau jetzt verrücktspielen, wenn ich es am allerwenigsten gebrauchen kann? Ich bin doch sonst nicht der Typ Frau, der jedem Mann hinterherrennt, der nicht bei drei auf den Bäumen ist.

»Um ehrlich zu sein«, murmelt Kian und stellt sich neben

mich, »habe ich noch nie einen Weihnachtsbaum geschmückt und würde gern helfen.«

Okay, jetzt bin ich baff.

»Du hast noch nie einen Baum geschmückt? Ernsthaft?«

Mit weit aufgerissenen Augen starre ich ihn an. Das Blau seiner Augen wirkt in diesem Moment noch intensiver. Er schüttelt den Kopf.

»Noch nie. Das haben bei uns zu Hause die Bediensteten gemacht. Meiner Mutter war das immer zu viel, wenn wir Kinder zwischen all den Sachen herumgelaufen sind.«

»Schade«, antworte ich und bleibe betont cool, während ich eine der weißen Weihnachtskugeln aus dem Karton in die Hand nehme. Sie hatten Bedienstete? Gott, bei was für einem reichen Kerl bin ich nur gelandet? Kian hatte ja schon gesagt, dass er eine gute Partie sei, aber es so zu hören, ist noch einmal etwas anderes.

Kian sieht mir interessiert zu.

»Dann wird es Zeit, dass wir das ändern«, fahre ich fort und halte ihm die Kugel hin, die er behutsam in seine Hände nimmt.

Dann schaut er mich ein bisschen verloren an.

»Und jetzt?«

»Jetzt hängst du sie auf.«

»Und wohin?«

»An den Baum.«

»Ha, ha. Du bist so witzig.«

»Na, sonderlich schwer ist das doch nicht. Ich bin mir sicher, du hast schon kompliziertere Dinge geregelt bekommen. Fang einfach irgendwo an. Das Geheimnis eines gut geschmückten Baumes ist, zwischen großen und kleinen Kugeln abzuwechseln und sie so zu verteilen, dass sich keine Lücken ergeben. Notfalls kann man mit ein bisschen Lametta aushelfen.«

Kian grinst mich an und platziert die erste Kugel am Baum.

»Ich sehe schon, ich bin in besten Händen. Dann kann nichts mehr schiefgehen.«

»Nun, du könntest noch immer eine Kugel runterfallen lassen, aber ich hoffe jetzt mal, dass du nicht so ungeschickt bist.«

»Zwei linke Hände habe ich eigentlich nicht. Und wenn, bist nur du schuld, dass ich nervös bin.«

Er zwinkert mir zu und ich bin tatsächlich für einen Moment sprachlos. Hat er das gerade wirklich gesagt?

Schnell besinne ich mich und klopfe ihm auf den Unterarm.

»Hör auf zu flirten und konzentriere dich auf deine Arbeit. Wir haben nicht unzählig viele Kugeln. Kaputt gehen dürfen die nicht. Ich habe nämlich keine Lust, mich noch einmal in dieses Shoppingchaos in der Vorweihnachtszeit zu stürzen. Da war ja heute so viel los, als hätten alle jahrelang kein Weihnachten gefeiert und müssten sich neu einrichten.«

»Wird gemacht, Chefin«, erwidert er lachend und für eine Weile arbeiten wir Hand in Hand.

Ich löse die Kugeln aus der Schachtel und er bringt sie nahezu andächtig am Baum an.

»Was hat euer Baum zu Hause für eine Farbe?«

Überrascht über Kians Frage halte ich inne und drehe mich zu ihm.

»Ähm, grün?«

»Das meine ich nicht. Okay, ich stelle die Frage anders. Welche Farbe haben die Kugeln an eurem Baum?«

»Sag das doch gleich«, antworte ich amüsiert und weiß natürlich, worauf er hinauswollte, aber die Frage war einfach zu witzig, als dass ich nicht eine dumme Antwort hätte ausgraben können.

»Tatsächlich waren sie bunt. Wie soll ich das beschreiben? Es gab kein festes Farbschema, so wie jetzt bei diesem Baum hier. Unsere Weihnachtskugeln waren quasi ein Sammelsurium. Ein paar waren von meinen Großeltern, einige hatten meine Eltern für den ersten Baum in ihrer ersten gemeinsamen Wohnung gekauft. Später kamen dann neue hinzu. Was aber besonders war ...«, ich halte für einen Moment inne, denn ein Gefühl von Traurigkeit ergreift mich. »Jeder, den wir als Familie betrachteten, bekam seine eigene Kugel. Mamas beste Freundin, Papas Freund aus Schulzeiten, unser Nachbar, bei dem wir immer Kirschen vom Baum pflücken durften.«

»Das ist eine schöne Tradition«, sagt Kian leise und hängt eine weitere Kugel an den Baum, der sich langsam, aber stetig füllt. »Gibt es die Kugeln noch? Du sprichst immer in der Vergangenheit.«

Unfähig zu antworten, schüttle ich einfach nur den Kopf. Lange habe ich nicht mehr an die Kiste mit den Kugeln gedacht, die ich wie fast alles mit dem Haus verkauft habe, weil ich es nicht mitnehmen konnte. Dann atme ich einmal tief durch und schaffe es irgendwie, ohne in Tränen auszubrechen, Kian zu erzählen, was mit meiner Familie passiert ist.

»Das tut mir leid«, sagt er kaum merklich neben mir. Er schweigt einen Moment, bevor er weiterspricht. »Aber vielleicht hast du irgendwann selbst Familie und lässt diese Tradition wieder aufleben. Sie ist sehr schön.«

»Ja, vielleicht«, antworte ich und starre auf die letzte Kugel in meiner Hand.

Kian nimmt sie mir ab und hängt sie an den Baum. Dann tut er plötzlich etwas Unerwartetes. Er schließt mich fest in die Arme und drückt mich an sich. Dabei hebt er mich ein Stückchen hoch. Für einen Augenblick vergesse ich zu atmen.

»Danke«, sagt er und seine Augen glänzen voller Stolz. »Das hat Spaß gemacht.«

Ich komme kaum darauf klar, wie seine Augen leuchten, als er mich anlächelt und am liebsten würde ich ihm um den Hals fallen, kann mich aber noch gerade so beherrschen. Vorsichtig setzt er mich wieder ab und ich realisiere, wie gut es sich angefühlt hat, von ihm gedrückt zu werden. Und ein kleines bisschen bin ich auch stolz auf mich, dass es mir zu gelingen scheint, ihm Weihnachten ein bisschen näher zu bringen. Dieses Fest, das mir so sehr am Herzen liegt und ihm so fremd zu sein scheint.

Der kurze Moment der Nähe zu Kian tat gut, aber jetzt ist es an der Zeit, wieder etwas Leichtigkeit in die Situation zu bringen, denn sonst breche ich hier gleich wirklich noch in Tränen aus. Aus diesem Grund klatsche ich in die Hände und applaudiere Kian zu seiner Leistung.

»Glückwunsch! Du hast deinen ersten Weihnachtsbaum hervorragend gemeistert.«

»Mit deiner Hilfe«, erwidert Kian triumphierend und baut etwas umständlich wieder Abstand zwischen uns auf. Wahrscheinlich wird ihm in dieser Sekunde bewusst, dass er mich einfach so umarmt hat und bereut es schon wieder. Wie auch immer, es fühlt sich seltsam an, ihn nicht mehr an mir zu spüren. Als würde etwas fehlen.

Schnell zeige ich über seine Schulter hinweg auf den kleinen Tisch hinter uns. Was es jetzt braucht, ist ein Ablenkungsmanöver.

»Plätzchen zur Feier des Tages?«

»Das klingt hervorragend«, antwortet er und scheint gar nicht lange überlegen zu müssen. »Wobei ich, glaube ich, lieber noch etwas Mousse au Chocolat möchte. Aber vielleicht kann man da ja ein Plätzchen drin eintunken. Was meinst du?«

»Du hast verrückte Ideen.« Grinsend zucke ich mit den Schultern. »Aber warum nicht? Du könntest uns einen Tee kochen und in der Zwischenzeit lasse ich die Kartons verschwinden.«

»Was hältst du davon, wenn wir die Aufgaben umdrehen? Ich bringe die Kartons in den Keller und du kümmerst dich um den Tee? Nicht dass ich dir nicht zutrauen würde, dass du die ganzen

Schachteln tragen könntest, aber ich will nicht, dass du dich schmutzig machst.«

Amüsiert blicke ich ihn an.

»Wer von uns beiden ist denn hier frisch geduscht?«

»Egal«, kommentiert er euphorisch und stapelt im nächsten Moment schon die Schachteln ineinander.

»Du musst mir nur eins versprechen«, höre ich ihn sagen und wende mich ihm zu. »Wehe, du isst das ganze Schokoladenmousse auf.«

Jetzt muss ich auch lachen, denn irgendwie erstaunt mich dieser Mann im Minutentakt.

»Und wenn du es isst, musst du morgen neues machen. Oder mich mit einer anderen Köstlichkeit überraschen.«

»So, so.«

»Ich muss ja zugeben, ich stehe auf Überraschungen. Vor allem, wenn sie so unerwartet wie diese mit dir kommen.«

Perplex schaue ich ihn an, doch Kian ist bereits dabei, mit den Schachteln unter dem Arm das Wohnzimmer zu verlassen.

Was auch immer dieser Mann mit dem Satz gerade gemeint hat, ich glaube, mich erwarten in den nächsten Tagen noch so einige Dinge, mit denen ich nicht rechne.

15

KIAN

Knapp zehn Minuten später sitzen Skye und ich wieder im Wohnzimmer und genießen eine warme Tasse Tee. Mit einem Augenzwinkern habe ich zur Kenntnis genommen, dass ich die mit Abstand größere Portion Mousse au Chocolat abbekommen habe. Vielleicht habe ich aber auch so hungrig ausgesehen, dass sie das Ganze selbstlos auf diese Weise verteilt hat. Ich will mich nicht beklagen, sondern stecke mir genüsslich einen Löffel mit der schokoladigen Köstlichkeit in den Mund.

Es ist faszinierend, wie einfach es ist, mit Skye zu kommunizieren. Dafür, dass wir uns eigentlich noch überhaupt nicht kennen, ist die Atmosphäre ungezwungen und sie erstaunlich kommunikativ. Zumindest so lange, bis ich sie auf ihre aktuelle Situation anspreche.

»Magst du mir jetzt vielleicht erzählen, wie du in diese verzwickte Situation gelangt bist, dass du dich auf mein nahezu unmoralisches Angebot eingelassen hast? Ich weiß im Prinzip nichts von dir und vielleicht wäre es nicht verkehrt, wenn wir das schnellstmöglich ändern? Auch wenn es noch ein paar Tage sind, bis wir zu meinen Eltern fahren, würde ich schon gern wissen, mit wem ich unter einem Dach lebe.«

Ihr ist anzusehen, dass sie sich am liebsten vor dem Thema drücken möchte, aber schließlich beginnt sie doch zu erzählen.

Aufmerksam höre ich ihr zu und sehe das ein oder andere Mal, wie sie innehält und ihre Augen ins Leere wandern.

»Es tut mir leid, was mit deinen Eltern geschehen ist«, sage ich noch einmal mitfühlend, als sie mit ihren Ausführungen endet.

Bedacht, nichts Falsches zu sagen, warte ich auf eine Reaktion von ihr. Es muss grausam sein, beide Eltern so plötzlich auf diese Art zu verlieren. Am liebsten würde ich sie wieder in den Arm nehmen, aber in diesem Moment fühlt es sich nicht so an, als würde sie es zulassen.

»Danke, das ist lieb. Auch wenn es jetzt schon etwas her ist, ist es immer noch nicht einfach. Vor allem nicht im Dezember, weil Weihnachten in unserer Familie immer etwas Besonderes war. Ich bin zu dieser Zeit ungern allein.«

»Das kann ich verstehen«, gebe ich ihr als Antwort und lächle sie aufmunternd an. »Wahrlich nicht okay von deinen sogenannten Freunden, dass sie dir die Nachricht mit dem Auszug genau vor den Feiertagen verkünden. Sie sollten wissen, was diese Zeit für dich bedeutet.«

Skye zuckt kaum merklich mit den Schultern und lässt den Kopf sinken.

»Das habe ich auch gedacht. Aber wahrscheinlich darf ich es ihnen noch nicht einmal zum Vorwurf machen. Sie sind verliebt und nun in dieser Babyblase. Da schaut man vielleicht nicht so über den Tellerrand.«

»Babyblase hin oder her, so etwas ist nicht in Ordnung. Du darfst wütend sein. Eure lange Freundschaft einfach zu vergessen, ist nicht okay. Sie hätten ein bisschen Feingefühl zeigen können. Müssen. Zumindest kann man das unter Freunden erwarten.«

Sie atmet tief ein und schaut dann zu mir. Ihr Blick geht mir durch Mark und Bein. Es liegt ein Schmerz in ihm, auf den ich nicht vorbereitet bin. Innerhalb von Sekunden wird mir sämtliche Luft aus den Lungen gerissen und ich möchte nichts sehnlicher, als ihr den Schmerz zu nehmen. Auch wenn ich keine Ahnung habe, wie ich das anstellen soll.

»Es ist vielleicht kein großer Trost, aber jetzt hast du mich und meine verquere Familie zu Weihnachten. Wir überstehen die Tage. Gemeinsam. Versprochen.«

Zu meiner Überraschung zuckt ein Lächeln über ihr Gesicht.

»Das klingt fast so, als würdest du dir selbst Mut machen, Kian. Aber danke, ich weiß das wirklich sehr zu schätzen. Auch wenn es ein Weihnachten wird, was ich so in meinen kühnsten Träumen nicht erwartet hätte, bin ich froh, nicht allein sein zu müssen beziehungsweise in meiner alten WG gute Miene zum bösen Spiel machen zu müssen. Ich weiß, ich habe es schon mehrfach gesagt, aber du rettest mir wirklich den Hintern.«

»Oder Weihnachten, wie man es nimmt.«

Wieder lächelt sie und ich kann kaum fassen, wie gut sich das anfühlt.

»Sag mal«, sagt sie dann, »wenn du noch nie einen Weihnachtsbaum geschmückt hast, gibt es dann noch andere weihnachtliche Dinge, die dir fremd sind?«

Ihre Frage überrascht mich. Für einen Moment muss ich überlegen und trinke einen großen Schluck von meinem Tee.

»Gute Frage. Was sind denn so typisch weihnachtliche Dinge?«

Mit der Antwort scheint sie nicht gerechnet zu haben, denn Skye schaut mich mit großen Augen an.

»Nicht dein Ernst. Muss ich dir das wirklich sagen?«

»Ich befürchte schon. Ich bin halt ein hoffnungsloser Fall.«

»Hoffnungslos vielleicht nicht, aber ich dachte, jeder Mensch hätte irgendeine Beziehung zu Weihnachten und eben auch schöne Erinnerungen an die Zeit.«

»Es ist ja nicht so, als hätte ich die gar nicht, aber in meiner Familie wurde wohl immer mehr Gewicht auf die Außenwirkung gelegt als auf die eigentliche Bedeutung von Weihnachten. Daher haben wir auch keine Rituale oder Traditionen. Bis auf die Tatsache, dass wir uns jedes Jahr zum Essen treffen.«

»Hast du in deinem Leben schon einmal gewichtelt? Das ist ja eine Tradition, die man durchaus auch mit seinen Freunden pflegt.«

Zerknirscht blicke ich sie an und muss leider mit dem Kopf schütteln.

»Nein. Wir haben uns sicherlich früher zu Weihnachten beschenkt. Aber gewichtelt habe ich noch nie.«

»Krass«, entfährt es ihr und sie blickt mich ungläubig an.

»Dann ändern wir das jetzt.«

»Aber sollte man sich fürs Wichteln nicht einigermaßen kennen?«

»Wo steht das?«, antwortet sie und zieht die Füße unter ihren Po.

Das scheint sowieso ihre Lieblingssitzposition zu sein. Ich bin zu groß, um mich so zu verknoten, aber bei ihr sieht es nahezu bequem aus.

»Ich finde das spannend. Eben weil wir uns nicht wirklich kennen. So muss man besonders aufmerksam sein und dem anderen zuhören. Los, lass uns das machen. Maximal fünfzehn Pfund. Bist du dabei?«

Von ihrem Enthusiasmus angesteckt, bleibt mir kaum etwas anderes übrig, als heftig zu nicken.

»Klar, warum nicht? Klingt spannend. Wobei du mich hier vor eine riesige Herausforderung stellst.«

»Das ist ja der Sinn der Sache«, antwortet sie vergnügt und

greift nach einem der letzten Plätzchen, die noch in der kleinen Schüssel zwischen uns liegen.

Den Rest habe ich tatsächlich schon verputzt.

»Wie sehen deine nächsten Tage aus?«, erkundige ich mich dann, während ich beobachte, wie sie sich ihren Laptop zurück auf den Schoß zieht.

Sie klappt ihn auf und fast denke ich, sie hat meine Frage nicht gehört, doch dann blickt sie zu mir.

»Morgen habe ich Dienst im Diner. Ich habe die späte Schicht ab siebzehn Uhr und muss bis elf Uhr arbeiten. Den Vormittag will ich ein bisschen nach Wohnungen Ausschau halten, obwohl ich kaum glaube, dass ich schnell etwas Günstiges finden werde, das nicht danach aussieht, als müsste ich es mir mit Kakerlaken oder ähnlichem Viehzeug teilen. Mein WG-Zimmer war damals wirklich ein Schnäppchen und ich konnte mein Glück kaum fassen.«

»Soll es denn wieder eine WG werden?«

»Ich bezweifle, dass ich mir allein etwas leisten kann. Ich habe kein Auto, also ist außerhalb nicht wirklich eine Option. Gut, ich könnte mit dem Bus fahren oder mich auf das Fahrrad schwingen, aber da ich oft im Diner die späten Schichten habe, fühlt es sich nachts im Dunkeln als Frau nicht gut an, lange Strecken zu fahren.«

»Das kann ich verstehen. Mach dir keinen Stress. Ich habe dir ja gesagt, dass ich dich nicht vor die Tür setze. Wenn alle Stricke reißen, bleibst du vorerst meine Mitbewohnerin und zahlst dann einfach hier ein bisschen Miete.«

»Danke«, sagt Skye leise und legt den Kopf ein wenig schief. »Was liest du da?«

Ihr ist nicht entgangen, dass ich ein Buch aus dem Regal genommen habe, bevor ich mich in den Sessel neben ihr gesetzt habe. Keine Ahnung, wie sie auf meine Buchauswahl reagieren wird, aber irgendwie hat mich der Titel magisch angezogen.

»Ähm«, räuspere ich mich und drehe das Buch so, dass sie das Cover sehen kann. »Charles Dickens, *A Christmal Carol*.«

»Ach«, entfährt es ihr und sie beißt sich auf die Unterlippe, was mich nervös hin und her rutschen lässt.

»Ja«, sage ich zu meiner Verteidigung, »ich wurde inspiriert.«

Skyes Antwort ist ein herzliches Lachen. Es ist schön zu sehen, dass die Schwere des letzten Themas von ihr abzufallen scheint. Im nächsten Moment wirkt sie jedoch melancholisch.

»Was ist los?«, frage ich und hoffe, dass die Situation zwischen uns dieses Nachhaken erlaubt.

»Es ist nur ... Mein Vater hat mir jedes Jahr aus dem Buch vorgelesen. Das war so etwas wie unsere Tradition.«

»Ihr hattet in eurer Familie viele davon, oder?«

»Einige«, stimmt sie mir zu und ist erneut in Gedanken.

»Möchtest du, dass ich dir etwas daraus vorlese?«

Ich habe keine Ahnung, was mich diese Frage formulieren lässt, aber als ich das Leuchten in Skyes Augen sehe, weiß ich, dass meine Entscheidung richtig war.

»Findest du das nicht ein bisschen komisch?«

»Wieso? Weil ich dir etwas vorlese? Was soll daran komisch sein?«

Sie zuckt mit den Schultern.

»Ich weiß auch nicht. Vielleicht ist ›komisch‹ auch das falsche Wort.«

»Nennen wir es ungewohnt«, helfe ich ihr amüsiert und stelle zufrieden fest, dass sie den Laptop zuklappt und sich zurücklehnt.

»Na gut, warum eigentlich nicht. Fehlt nur noch eine ...«

»Decke«, unterbreche ich sie und reiche ihr die beige warme Decke, die neben mir auf der Sessellehne liegt. »Bitte schön.«

»Der Herr denkt mit.«

»Der Herr weiß einfach, was gut ist. Bist du bereit?«

Eifrig nickt Skye und legt sich die Decke über den Schoß.

Dann blickt sie mich abwartend an. Als ich die ersten Zeilen von Charles Dickens' Roman laut lese, wird mir plötzlich eine Sache schmerzlich bewusst. Mein Haus ist schön und auf eine besondere Art auch gemütlich. Aber trotzdem hat es sich bisher nicht wie ein Zuhause angefühlt. Ich habe keine Ahnung, was Skye tut, aber auf einmal fühlt sich das Haus nicht mehr so leer an. Auf einmal ist da mehr. Und ich habe dieses seltsame Gefühl, dass es etwas mit ihr zu tun haben könnte.

16

KIAN

»Und? Wie ist es so, mit einer Frau zusammenzuwohnen?«

Drei Tage später sitze ich mit Gabriel zusammen bei unserem Lieblingsitaliener und natürlich lässt er es sich nicht nehmen, mich über Skye auszufragen.

»Anders«, erwidere ich und genehmige mir einen Schluck des leckeren Rotweins, für den wir uns heute entschieden haben.

»Sehr ausführlich, das muss ich dir schon lassen, mein Guter.«

Ich lache, denn es steht außer Frage, dass sich mein bester Freund mit solch einer Antwort zufriedengibt.

»Um ehrlich zu sein, recht entspannt. Das mag aber auch daran liegen, dass wir uns nicht nonstop sehen. Ich bin morgens recht früh aus dem Haus und da Skye oft abends im Diner arbeiten muss, schläft sie bedeutend länger als ich. Wir sehen uns meistens zum Essen oder sitzen abends noch eine Stunde oder so zusammen. Sie ist aber auch noch keine Woche bei mir.

Da kann man noch nicht viel Zeit miteinander verbracht haben.«

»Ich hatte kurz überlegt, ob ich mir Sorgen machen muss, dass sie dich vielleicht ausrauben oder nachts im Schlaf erstechen könnte, aber du machst nicht den Eindruck, als bestünde Gefahr. Wie viele lange Haare haben sich schon in deinem Waschbecken gesammelt?«

»Genauso viele wie Barthaare. Keine. Skye und ich achten beide darauf, das Badezimmer ohne große Spuren zu hinterlassen.«

»Dann hatte sie noch nicht ihre Tage.«

Bei Gabriels Kommentar spucke ich den Wein fast aus.

»Bitte was?«

»Also, wenn Justine ihre Tage hat, liegen überall Tampons.«

»Überall?«

»Na ja, vielleicht nicht überall, aber die Packung steht zumindest in der Nähe der Toilette.«

»Und? Ist das dann so schlimm? Sind doch nur Tampons.«

»War klar, dass du zu ihr hältst.«

Amüsiert blicke ich meinen Freund an.

»Justine und ich mögen uns halt. Und hey, solange es nur Tampons sind, die im Bad rumfliegen, ist doch alles gut. Ich gehe auch davon aus, dass sie sie entsprechend entsorgt. Oder gehört deine Freundin zu den Frauen, die um ihre Tage herum unausstehlich sind?«

»Gott sei Dank nicht. Hin und wieder ist sie etwas emotionaler, aber nachdem sie mir die Videos von den Typen gezeigt hat, die sich so einen Wehensimulator auf dem Bauch haben kleben lassen, werde ich sicherlich nicht mit ihr diskutieren. Wenn sich Justine zurückzieht, weiß ich, dass sie wirklich Schmerzen hat. Und ich fühle mich dann immer schrecklich hilflos, weil ich nicht helfen kann.«

»Nachvollziehbar.«

Ist es seltsam, dass sich zwei erwachsene Männer über Periodenschmerzen unterhalten? Möglich, aber da ich mit Gabriel über alles rede, sollte das nicht weiter verwundern.

»Ich bin auf jeden Fall inzwischen Meister im Wärmflasche machen«, sagt er mit stolzgeschwellter Brust, was mich erneut auflachen lässt.

Auch wenn Gabriel immer so tut, als wäre er der coolste Typ auf Erden, weiß ich, dass er Justine vergöttert und für sie sogar Tampons einkaufen würde.

»Du bist halt der Beste.«

»Schön, dass du das auch erkennst. Und weil ich der Beste bin, habe ich auch die besten Ideen.«

Ich nehme ein Stück des leckeren Brotes aus dem Korb vor mir und tunke es genüsslich in die kleine Schale mit Aioli. Wie gut, dass ich heute Abend nicht mehr küssen muss.

Wobei ...

»Ich nehme an, du möchtest jetzt wieder gelobt werden, weil du die Idee hattest, dass ich mir eine Frau für die Aktion bei meinen Eltern suche?«

»Immer«, sagt er und signalisiert dem Kellner, dass wir noch einmal neues Brot haben wollen.

Sind wir die einzigen beiden Wesen, die bereits vor der Pizza Unmengen an Brot vertilgen können, weil es beim Italiener einfach noch einmal eine Spur besser schmeckt?

»Du bist zwar bei der Auswahl etwas vom vorgeschlagenen Verfahren abgewichen, aber wie mir scheint, hast du eine gute Wahl getroffen. Skye ist doch eine gute Wahl, oder?«

»Wie meinst du das?«

»Ja, kann sie sich merken, was du ihr über dich erzählst, damit sie das bei deiner Familie hinbekommt? Harmoniert ihr als Paar miteinander, wenn ihr irgendwo seid?«

»Ähm«, murmle ich und greife schnell nach meinem Glas

Rotwein, da ich nicht genau weiß, wie ich auf Gabriels Fragen antworten soll.

»Kian?«

»Ja, was soll ich sagen? Wir tauschen uns aus, aber waren noch nicht wirklich irgendwo gemeinsam. Bis auf die Weihnachtsbaumaktion leben wir nur miteinander.«

»Das heißt, ihr habt noch nichts für Hurrikan Harriet vorbereitet?«

Unwillkürlich muss ich prusten, denn seit Jahren ist das der Name, den Gabriel für meine Mutter gewählt hat. Hurrikan Harriet. Ja, das kann sie sein. Eine Urgewalt der Natur. Ich konnte ihm zumindest damals ausreden, sie als vierte Hexe in Shakespeares *Macbeth* vorzuschlagen.

»Um ehrlich zu sein, nein.«

»Na, dann wird es Zeit.«

Ich schlucke.

»Meinst du?«

»Na, muss ich dich daran erinnern, wie genau deine Mutter immer auf Details achtet? Wenn sie auch nur in Ansätzen das Gefühl bekommt, dass bei dir und Skye irgendwas faul ist, wird sie es euch auf den Kopf zusagen. Und dann hast du den Salat. Dir ist schon klar, dass ihr zwei als Liebespaar dort auftreten müsst? Sollte es also so sein, dass zwischen dir und Skye so überhaupt keine Harmonie herrscht oder ihr euch überhaupt nicht wirklich sympathisch seid, dann solltest du vielleicht die restliche Zeit nutzen und dich nach einer anderen Frau umsehen. Ihr seid euch doch sympathisch, oder?«

Natürlich spüre ich Gabriels prüfenden Blick auf mir. Ich nicke zustimmend.

»Ich denke, das sind wir uns.«

»Und du könntest dir auch vorstellen, dass ihr euch küsst und Zärtlichkeiten vor deiner Familie austauscht?«

Puuh, vielleicht hätte ich die Sache weiterdenken sollen.

Natürlich war mir klar, dass wir ein Paar spielen müssen, aber dass das auch bedeutet, dass Skye und ich uns vielleicht küssen müssen, darüber habe ich noch nicht wirklich nachgedacht. Okay, vielleicht ist das auch ein bisschen gelogen.

»Kian?«

Wieder ist da dieser prüfende Blick meines Freundes, der es sich scheinbar zur Aufgabe gemacht hat, mir Stress zu bereiten. Gott sei Dank kommt in diesem Moment der Kellner mit unseren Pizzen und ich kann einmal kurz durchatmen. Natürlich hält die Ruhe nicht lange, denn kaum hat Gabriel den ersten Bissen seiner Pizza verdrückt, konzentriert er sich wieder auf mich.

»Ich wiederhole: Kian?«

Ich bin kein Mann, der schnell rot wird, aber dass Gabriel immer wieder so beharrlich das Thema Skye anspricht, lässt mich unruhig werden.

»Himmel, Kian. Sag bloß, du verknallst dich gerade? Ich kenne diese Art an dir, wenn du dich vor einer Antwort drückst.«

»Blödsinn!«, platzt es aus mir heraus.

Vielleicht ein bisschen lauter als gewollt, denn die Leute am Nachbartisch drehen ihre Köpfe in unsere Richtung.

»Und ich drücke mich auch vor keiner Antwort. Ich mag sie, sie ist nett und unkompliziert. Wir haben einfach noch nicht den richtigen Moment erwischt, die Weihnachtsaktion zu thematisieren.«

»Wann ist die Verlobungsfeier deiner Schwester?«

»Am vierundzwanzigsten.«

»Ah, ganz speziell. Damit deine Schwester an dem Abend Geschenke bekommt und dann am fünfundzwanzigsten morgens noch einmal?«

»Wir Geschwister schenken uns nichts zu Weihnachten«, erwidere ich und schneide in Seelenruhe ein Stück meiner Pizza ab und stecke es mir in den Mund.

»Okay, eure Familie war ja immer schon etwas seltsam. Und das bei dem Geld.«

Ich zucke mit den Schultern.

»Wir beschenken unsere Eltern. Aber das ist auch eher sinnbildlich. Jedes Jahr machen wir das im Wechsel und einer von uns Kindern kümmert sich um das Geschenk und wir überweisen dann das Geld. Dieses Jahr ist William dran. Ich gehe also davon aus, es wird etwas Praktisches für meinen Vater und meine Mutter bekommt einen neuen Pashminaschal oder so etwas.«

»Du meinst also, es ist etwas Besonderes, dass wir uns jedes Jahr beschenken?«

»Für mich schon«, erwidere ich und genieße einen weiteren Bissen von meiner Pizza.

»Hast du mein Geschenk schon?«

»Natürlich«, antworte ich und freue mich jetzt schon auf sein Gesicht, wenn er die Karten für das Finale der Darts WM im Alexandra Palace in London auspacken wird.

Gabriel und ich schenken uns immer etwas, was wir gemeinsam unternehmen können. Das macht unsere Freundschaft aus und das schätze ich daran auch sehr.

»Zurück zum Thema«, grummelt er zwischen zwei Bissen und schaut mich an. »Ihr reist also erst zur Verlobung an und bleibt wie lange?«

»Wie mir scheint, möchtest du einen Lageplan haben.«

»Weniger. Aber da du dir scheinbar noch nicht wirklich Gedanken darüber gemacht hast, sollte ich wohl etwas nachhelfen.«

Gabriel hat recht. Die genaue Planung für die Tage bei meiner Familie steht noch nicht.

»Wir reisen zur Verlobungsfeier am vierundzwanzigsten an und der Plan ist, dass wir bis zum Boxing Day bleiben.«

»Okay, also zwei Tage. Das ist machbar.«

»Natürlich. Wieso auch nicht?«

»Dir ist schon klar, dass ihr dann auch zwei Tage ein Paar spielen müsst und euch ein Bett teilen werdet?«

Wenn Gabriel das so ausspricht, klingt es komplizierter, als es in meinem Kopf bisher war. Vielleicht sollte ich so langsam anfangen, das Thema mit Skye zu besprechen. Ob ihr bewusst ist, dass wir uns ein Zimmer teilen werden? Vom Bett will ich erst gar nicht anfangen.

»Na ja, ihr werdet das schon hinbekommen. Ich bin zuversichtlich. Und wer weiß? Vielleicht läuft es besser, als du dir in deinen kühnsten Träumen ausmalen kannst.«

Gabriel sagt das mit einem Augenzwinkern, was mich stutzig macht.

»Was meinst du damit jetzt schon wieder?«

»Nichts, nichts«, erwidert er erheitert und schiebt sich den letzten Bissen seiner Pizza in den Mund. »Aber wenn die Hochzeitsglocken läuten, werde ich Trauzeuge.«

Mir bleibt nichts anderes übrig, als die Augen zu verdrehen.

»Du spinnst. Abgesehen davon würdest du das eh für den Fall werden, dass ich jemals vor den Traualtar treten sollte. Lass uns das Thema wechseln. Was geht bei dir diese Woche noch?«

»Ehrlich gesagt, nicht viel. Morgen ist der Vierzehnte und ich habe einen größeren Termin in der Agentur. Gott sei Dank steht dann auch schon das Wochenende an. Justine und ich fahren nach London, um ein paar Besorgungen für Weihnachten zu machen. Und bei dir?«

»Morgen ist nichts Außergewöhnliches bei mir, aber am Samstag muss ich noch auf diese Veranstaltung von der Uni. Das Institut feiert den sechzigsten Geburtstag des Dekans ein bisschen größer. Du weißt ja, wie sehr ich so Black-Tie-Events liebe.«

Völlig unerwartet haut Gabriel plötzlich mit beiden Händen auf den Tisch, sodass Teller und Gläser klirren. Wieder wandern die Blicke des Nachbartisches zu uns herüber.

»Kian, ich hab's!«

»Falsch, Gabriel! Du hast sie nicht alle. Was ist in dich gefahren?«

»Hach, manchmal braucht es große Gefühle bei hervorragenden Ideen.«

»Nicht schon wieder eine von deinen großartigen Ideen. Du siehst ja, wo das endet. Und auch wenn du jetzt behauptest, ich hätte Nein sagen können, wissen wir beide, dass du das nicht zugelassen hättest.«

Ich schüttle den Kopf und lege das Besteck auf den Teller, nachdem ich mir das letzte Stück Pizza in den Mund geschoben habe.«

»Überleg mal, was ich meinen könnte.«

»Ich habe keine Ahnung.«

»Kian, du bist der intelligenteste Mensch, den ich kenne. Überleg mal ein bisschen stärker.«

»Du willst einen Trommelkurs machen.«

»Falsch.«

»Du kündigst trommelnd eine Rede an.«

»Kian.«

Gabriel wirkt langsam gehörig genervt, was mir zunehmend Spaß bereitet. Noch bevor ich wieder etwas sagen kann, platzt es aus ihm heraus.

»Du nimmst Skye da am Samstagabend mit hin. Das ist die beste Möglichkeit, euch in der Öffentlichkeit zu zeigen. So kannst du schon einmal testen, wie das ist.«

Für einen Moment bin ich drauf und dran, meinen besten Freund mal wieder für verrückt zu erklären, doch dann erkenne ich, dass die Idee wahrscheinlich gar nicht so dumm ist. Außerdem muss ich dann nicht allein zu der Veranstaltung, was zusätzlich noch ein netter Bonus ist.

»Also? Was sagst du? Komm, gib es zu. Meine Ideen sind die besten.«

»Wenn ich das sage, bekommst du langsam, aber sicher einen Höhenflug.«

»Egal«, ist Gabriels Antwort und er zwinkert mir zu. »Dafür liebst du mich.«

»Möglich«, gebe ich schulterzuckend zu und nicke anschließend. »Du könntest recht haben. Ich werde das nachher mit Skye besprechen. Da sie heute wieder lange arbeiten muss, wird sie noch wach sein, wenn ich gleich zu Hause bin. Jetzt muss sie Samstag nur noch Zeit haben.«

»Wird sie schon, positiv denken«, kommentiert Gabriel das Ganze und wahrscheinlich hat er wieder einmal recht.

Ich hoffe nur, Skye ist genauso begeistert von der Idee wie er. Daumen drücken.

17

SKYE

Neben der Tatsache, dass Kians Haus wirklich schön ist und das Gästebett bequem, hat es noch einen weiteren Vorteil, dass ich bei ihm Unterschlupf bekommen habe. Der Weg vom Diner bis hierher fällt tatsächlich noch einmal zehn Minuten kürzer aus als bis zu meiner alten WG, was bei den Temperaturen, die derzeit in Oxford herrschen, gar nicht mal so schlecht ist. Noch liegt kein Schnee, sodass ich gut mit dem Fahrrad fahren könnte. Aber das steht bei Sofia und Oscar und ich habe es bisher vermieden, den Weg dahin einzuschlagen.

So kommt es, dass ich die Strecke zu Fuß bewerkstellige, was wirklich kein Problem ist, denn von Tür zu Tür sind es keine zwanzig Minuten. Lediglich der kalte Wind, der zwischen den Häusern hindurchfegt, macht die Sache ungemütlich. Ich liebe den Winter, liebe Schnee, dicke Pullover und Wollsocken, warme Schals und Winterstiefel. Was ich nicht mag, ist, dass ich wie heute meinen Schal samt Handschuhen im Diner vergessen habe, und nun die letzten Meter bis zu Kians Haustür fröstelnd hinter mich bringen muss. Wo mein Kopf gewesen ist, als ich das

Diner verlassen habe, weiß ich auch nicht. Ich hätte zurückgehen können, um beides zu holen, aber dann hätte mich wieder irgendwer in ein Gespräch verwickelt und es wäre noch später geworden, als es jetzt schon ist.

Ich biege um die letzte Ecke und schmunzle, als Kians Haus in meinem Blickfeld erscheint. Das Anwesen befindet sich in bester Lage in einer ruhigen Sackgasse, abseits einer Privatstraße in der Nähe von Port Meadow. Der kleine beleuchtete Weihnachtsbaum vor der Tür wirkt einladend und auch wenn Kian ihn immer noch ein bisschen belächelt, finde ich, ich hatte damit eine perfekte Idee. Ich krame in meiner Tasche und bin gerade dabei, den Schlüssel herauszuziehen, als die Haustür aufgerissen wird und Kian vor mir steht. Ich zucke zusammen, weil ich nicht damit gerechnet habe, in der Dunkelheit so überrumpelt zu werden.

»Huch!«, platzt es aus mir heraus. »Du bist ja noch wach.«

»O Gott, entschuldige. Ich wollte dich nicht erschrecken. Komm rein! Du siehst furchtbar durchgefroren aus. Ist das nicht ein bisschen kalt so ohne Schal?«

Ich verziehe bei Kians Kommentar den Mund und stapfe an ihm vorbei ins Warme. Sofort umhüllt mich der Duft seines Hauses. Und wenn ich ehrlich bin, dringt auch Kians Geruch in meine Nase, was mir tatsächlich noch viel besser gefällt. Wie herrlich männlich ein Mann riechen kann.

»Ich habe auf dich gewartet«, sagt er zu mir, was mich überrascht.

Zwar haben wir in den letzten Tagen oft noch abends zusammengesessen, aber dass er bewusst auf mich gewartet hätte, kann ich nicht behaupten.

»Wieso? Ist irgendwas passiert?«

Für eine Sekunde bekomme ich Angst, dass er mir sagen könnte, dass ich ausziehen muss, weil es mit uns beiden nicht klappt. Nervös schlucke ich und blicke ihn an.

»Nichts Schlimmes. Aber komm erstmal richtig rein. Ich würde gern noch mit dir reden.«

Auch wenn das normalerweise die Worte sind, die jeder Mann hasst wie der Teufel das Weihwasser, hört man sie als Frau auch nicht sonderlich gern, wenn man keine Ahnung hat, worum es gehen könnte.

»Okkkaaaaaay«, antworte ich daher zögerlich und blicke zu Kian, der jedoch nicht so aussieht, als wolle er mich gleich vor die Tür setzen. »Darf ich noch eben meine Schuhe ausziehen und unter die Dusche? Ich stinke nach Diner.«

»Klar«, gibt er von sich und wirkt unfassbar euphorisch und gleichzeitig ein bisschen nervös.

Seltsame Mischung.

»Ich beeile mich«, rufe ich, während ich bereits die Treppe hochlaufe und versuche, mein Kopfkino abzustellen.

Wenn es eins gibt, was ich absolut nicht mag, dann wenn ich keine Ahnung habe, was auf mich zukommt. Ich gehöre ja auch zu den Menschen, die nur dann spontan sind, wenn man ihnen früh genug Bescheid gibt. Am besten so zwei Tage im Voraus, damit ich planen kann. Sowieso ist Planen das, was mir Ruhe gibt. Dass das in den letzten Tagen nicht sonderlich funktioniert, ist mir nicht entgangen.

»Wie war dein Arbeitstag?«, will Kian eine Weile später wissen, als wir zusammen im Wohnzimmer sitzen und noch eine Tasse Tee trinken.

Obwohl ich sonst eigentlich eher Team Kaffee bin, werde ich unter Kians Dach noch zur Teetrinkerin. Na ja, es gibt Schlimmeres. Zum Beispiel, dass ich immer noch nicht weiß, worüber er mit mir reden will. Aus diesem Grund kann ich nicht behaupten, sonderlich gelassen in meinem Sessel zu sitzen.

»Recht ruhig. Gab ein paar Probleme mit dem Koch. Ben probiert einen neuen aus, was nicht sonderlich geschickt zu dieser Jahreszeit ist, wie ich finde. Aber hey, er ist der Chef. Vielleicht hat er sich gedacht, dass aktuell nicht so viele Studenten in der Stadt sind und daher weniger los ist. Wer weiß. Ich finde trotzdem, dass man zur Weihnachtszeit nicht unbedingt alle vergraulen sollte.«

»So schlimm? Vielleicht solltest du dort auch in der Küche anfangen?«

Ich hebe eine Augenbraue und schaue ihn an.

»Dir ist schon klar, dass ich dann wahrscheinlich keine Zeit mehr für dich habe? Möchtest du also ab sofort selbst kochen?«

»Auch wieder wahr. Dich hat der Himmel geschickt. Ich liebe dein Essen.«

Gott sei Dank bekommt Kian nicht mit, wie ich bei dem Kommentar heftig schlucken muss.

»Möchtest du mir jetzt verraten, worüber du mit mir reden wolltest? So gern ich hier auch mit dir sitze, aber langsam werde ich müde und muss wohl in Kürze endlich mal Richtung Bett. Ein bisschen Schönheitsschlaf sollte ich schon noch bekommen.«

»Ach, du bist auch ohne Schlaf schön«, antwortet Kian zu meiner Überraschung und ich verschlucke mich beinahe an meinem Tee.

»Wenn du mit solchen Komplimenten um dich wirfst, willst du irgendwas«, versuche ich mich aus der Situation zu retten und hoffe, ich laufe nicht fürchterlich rot an.

»Da könntest du recht haben«, murmelt er und fährt sich mit seiner Hand durch die Haare.

Himmel, wie sehr ich diese Geste an ihm mag.

»Also«, beginnt er, scheint aber nicht die richtigen Worte zu finden.

Abwartend blicke ich ihn an.

»Nun, ich dachte, es wird Zeit, dass wir uns auf die Veranstaltung bei meinen Eltern vorbereiten. Klar, wir wissen ein bisschen voneinander, aber eben auch noch nicht viel. Viel weniger wissen wir noch, wie wir so miteinander agieren.«

Ich lege den Kopf ein wenig zur Seite und bemühe mich, Kian zu folgen, aber bisher kann ich mir noch nicht wirklich einen Reim aus seinen Worten machen. Auf was will er hinaus?

»Was ich eigentlich fragen will«, versucht er sein Glück dann erneut; dass er sich sichtlich schwertut, klare Worte zu finden, ist kaum zu übersehen. »Hast du Samstagabend schon etwas vor?«

Ein bisschen perplex starre ich ihn an und vergesse glatt für eine Sekunde zu atmen. Fragt er mich hier gerade nach einem Date?

»Ähm, nein. Wieso?«

Erleichtert atmet er durch.

»Das ist schon mal gut. Ich wollte dich fragen, ob du mich übermorgen zu einer Veranstaltung begleiten möchtest. Der Dekan meiner Fakultät feiert Geburtstag und hat eingeladen.«

Kian möchte mit mir ausgehen? Nein, falsch. Er möchte mit mir zu einem Event seiner Fakultät. Ein wenig enttäuscht bin ich schon.

»An welchem College arbeitest du?«, erkundige ich mich.

Ob es das College ist, das ich mir damals für mich ausgesucht hatte?

»Balliol«, antwortet er und ich nicke anerkennend.

»Und sind dort alle Matheprofessoren so jung wie du oder muss ich mit alten kauzigen Männern rechnen?«

»Wieso Matheprofessoren?«

Überrascht blickt er mich an und ich zucke mit den Schultern.

»Irgendwie habe ich gedacht, du bist Matheprofessor. Das mag daran liegen, wie Mrs Hallborn dich damals beschrieben hat. Ich habe mich schon gewundert, warum du so viele Klassiker im Bücherregal stehen hast. Ich nehme an, es ist dann doch Englisch?«

»Ist es«, antwortet er amüsiert und schaut mich an. »Aber tatsächlich bin ich auch im englischen Institut einer der Jüngsten. Ich weiß zwar nicht, ob ich alle meine Kollegen als kauzig beschreiben möchte, aber das ein oder andere Exemplar in der Richtung ist schon dabei.«

»Okay, ich denke, damit kann ich arbeiten. Was muss ich noch wissen?«

»Nun, es wäre ein Black-Tie-Event, was bedeutet, dass du ein Abendkleid tragen müsstest.«

Er muss mir mein Entsetzen angesehen haben, denn bereits im nächsten Augenblick sagt er: »Ich weiß, dass du finanziell momentan nicht ganz so gut aufgestellt bist. Außerdem bin ich mir sicher, dass du nicht unbedingt ein Abendkleid mitgebracht hast. Das erwarte ich auch überhaupt nicht. Ich bin es, der dich zu dem Event einlädt. Also ist es auch absolut okay für mich, wenn ich das Kleid bezahle, das du dir gern für den Abend aussuchen kannst.«

Okay, jetzt bin ich wirklich sprachlos. Damit habe ich nicht gerechnet.

»Du meinst, ich darf mir extra ein Kleid dafür kaufen? Ich könnte auch schauen, ob ich mir irgendwo eins leihen kann. Ich meine, so ein Kleid ist doch teuer.«

»Das ist absolut kein Problem. So blöd das klingt, aber es würde mir wirklich etwas bedeuten, wenn ich dir damit eine Freude bereiten könnte. Außerdem«, er hält für einen kurzen Moment inne, »müssen wir uns ja auch noch abstimmen für die Verlobungsfeier meiner Schwester. Vielleicht können wir da zwei Fliegen mit einer Klappe schlagen und du wählst ein Kleid aus, das zu beiden Anlässen passt?«

Leichte Panik steigt in mir auf, als mir bewusst wird, dass ich mit Kian jemanden an meiner Seite habe, der Geld hat. Für den es kein Problem ist, mal eben so ein Abendkleid zu kaufen. Wahrscheinlich wäre es auch kein Problem für ihn, mir ein zweites für die Verlobung seiner Schwester zu spendieren.

»Ich ... Ich weiß nicht, ob ich das annehmen kann«, stottere ich und schaue verlegen nach unten. »Ich würde dich sehr gern begleiten, aber so ein Kleid ist nicht billig. Ich kann nicht nur Geld annehmen.«

»Das tust du doch gar nicht«, versucht er mich zu beruhigen und er lehnt sich in seinem Sessel ein Stück nach vorn und legt seine Hand für eine Millisekunde auf meinen Oberschenkel. Sofort habe ich das Gefühl, die Stelle, an der seine Finger mein Bein berührt haben, stünde in Flammen.

»Bitte, Skye, ich würde mich wirklich sehr drüber freuen, wenn du mich begleitest. Du hast keine Ahnung, welch großen Gefallen du mir damit tätest. Ich hasse solche Veranstaltungen, bei denen es darum geht, dass man gesehen wird. Ich bin nicht sonderlich gut im Smalltalk. Ach was, ich *hasse* Smalltalk, weil ich immer finde, dass meine Zeit dafür zu schade ist. Vielleicht hilft mir deine Spritzigkeit, ein bisschen lockerer zu sein. Ich meine, du arbeitest im Diner und hast jeden Tag mit den unterschiedlichsten Leuten zu tun. Da bin ich mir sicher, dass du auch super flexibel bist, was deine Gesprächspartner angeht.«

Bei Kians Worten wird mir zum ersten Mal bewusst, dass er wahrscheinlich wirklich davon ausgeht, dass ich nichts anderes draufhabe, als im Diner zu arbeiten. Aber wie sollte er auch mehr von mir wissen? Meine gescheiterte Studienkarriere habe ich ihm bisher bewusst verschwiegen, denn darauf bin ich wirklich nicht stolz.

»Nun, Smalltalk kann ich«, antworte ich ihm daher schnell und sehe, dass er aufatmet.

»Das heißt also, du begleitest mich?«

Mit großen Augen blickt er mich abwartend an. Sofort

verliere ich mich in ihnen und ihr Blau zieht mich magisch an. Hastig nicke ich.

»Einverstanden. Aber unter einer Bedingung.«

»Alles, was du willst«, erwidert Kian, ohne lange überlegen zu müssen.

»Du tanzt mit mir.«

»Wenn es mehr nicht ist, nichts lieber als das«, sagt er und ich spüre, wie die Röte in meine Wangen steigt.

Okay, Skye, du hast gehofft, dass das für ihn ein Opfer sein könnte, aber ich habe den Plan wohl ohne Kian Durnham gemacht.

Dieser Mann wird noch mein Verderben. Wenn er es nicht bereits ist.

18

SKYE

Okay, Skye, alles wird gut werden. Bekomm deine Aufregung in den Griff. Das hier ist kein Date, auch wenn es sich anfühlt, als wäre es eins. Einatmen, ausatmen. Du begleitest Kian auf ein Event seiner Fakultät. Kein Hauch von Romantik in Sicht. Du siehst wunderbar aus und wirst alle verzaubern.

Keine Ahnung, ob es mir wirklich hilft, aber wie ein kleines Mantra bete ich mir diese Sätze im Kopf vor, während ich mich im Spiegel betrachte. Ich sehe gut aus. Das Kleid, für das ich mich entschieden habe, passt wie angegossen. Es ist schwarz und seine verführerische Meerjungfrau-Silhouette unterstreicht die Weiblichkeit meiner Kurven. Der Schnitt des langen Rockes verleiht dem Kleid zusätzlich ein sehr sinnliches und durchaus gewagtes Design, da der Schlitz bis weit hoch zum Oberschenkel reicht. Es ist ein Kleid, das dem Anlass entspricht und die Spitzenapplikationen an den Ärmeln und am Oberteil geben ihm die Eleganz, die es verdient.

Ich habe darauf geachtet, dass das Kleid auch zu einer festlichen Verlobungsfeier passt. Trotz des kalten Wetters wage ich mich in hohe Riemchenschuhe und hoffe, dass Kian mir notfalls auf dem Kopfsteinpflaster seinen Arm reichen wird.

Meine blonden langen Haare trage ich offen, habe mir aber leichte Wellen gemacht, sodass sie locker über meine Schultern fallen. Mein Make-up ist dezent, trotzdem habe ich die Augen etwas stärker betont. Ich fühle mich gut und auch ein bisschen sexy.

Plötzlich klopft es leise an der Tür und ich halte die Luft an. Kian hat das Kleid noch nicht gesehen und ich hoffe, es wird ihm gefallen.

»Herein«, sage ich aufgeregt und Augenblicke später steht Kian im Türrahmen.

Halleluja, was sieht dieser Mann gut aus. Verboten gut. Er trägt einen schwarzen Anzug, der ihm förmlich auf den Leib geschneidert ist. Warum müssen Männer in Anzügen gleich noch drei Nummern schärfer aussehen als sonst schon? Und wie soll ich den Abend überleben, wenn ich jetzt schon von seinem bloßen Anblick nervös werde?

»Gut schaust du aus«, sagt er und lässt seinen Blick aufmerksam an mir auf und ab wandern.

Und du siehst so gut aus, dass ich deine Kinder bekommen will.

Gott sei Dank spreche ich den Gedanken nicht laut aus. Ich werde einfach nicht schlau aus mir selbst, ob ich mich nun zu ihm hingezogen fühle oder nicht. Das konstante Flattern in meiner Magengegend, wenn ich ihn anschaue, könnte natürlich Antwort genug sein. Was ist schon falsch daran, wenn ich Kian Durnham anziehend finde?

Vielleicht alles? Wenn ich ehrlich bin, sabbere ich bereits seit dem ersten Moment, seit ich ihn gesehen habe.

»Wollen wir?«, höre ich ihn dann sagen und er hält mir seinen Arm hin, um mich aus dem Raum zu geleiten.

»Sehr gern«, erwidere ich und greife beim Hinausgehen nach

der kleinen Tasche, in die ich eben noch schnell ein Taschentuch, Lippenstift und ein bisschen Puder gepackt habe.

Natürlich hält Kian mir die Wagentür auf und als er neben mir Platz nimmt, schaut er mich erneut an.

»Ich muss schon sagen, Skye, das Kleid steht dir hervorragend. Ich finde dich zwar auch in deinen Gammelklamotten ansprechend, aber dieses Outfit ist eine andere Hausnummer.«

Eins muss man Kian Durnham lassen: Er scheut sich nicht, Komplimente zu geben.

Kian startet den Wagen und als wir losfahren, atme ich tief durch.

»Bist du nervös?«, hakt er nach. »Glaube mir, dafür gibt es keinen Grund. Auch wenn mindestens die Hälfte der Menschen dort gleich so tun wird, als wären sie etwas Besonderes, sie kochen auch alle nur mit Wasser. Ja, es werden viele intelligente Köpfe da sein, aber du kannst dir sicher sein, Genie und Wahnsinn liegen oft sehr nah beieinander.«

»Ich weiß nicht, ob das wirklich beruhigend ist. Oder gibst du mir jetzt schon eine Erklärung für deine Verhaltensweisen?«

Ich freue mich zu sehen, dass meine Frage ins Schwarze trifft, denn Kian schnappt gespielt entrüstet nach Luft.

»Das hast du jetzt nicht ernsthaft gesagt!«

»Habe ich«, antworte ich grinsend und werde langsam etwas lockerer.

Tatsächlich bin ich mir auch nicht sicher, ob ich wegen des Events so angespannt bin, oder ob es an Kians Gegenwart liegt. Immer wieder dringt sein männlicher Duft in meine Nase und es ist keine Option, das Fenster zu öffnen, denn draußen ist es verdammt kalt. Ich mag es nicht laut sagen, aber eine Frau kann sich an einen Mann gewöhnen, der ihr ein gutes Gefühl gibt.

»Bist du eigentlich ein Katzen- oder ein Hundemensch?«

»Ähm, wo kommt diese Frage denn auf einmal her?«

Irritiert blicke ich zu ihm, aber Kian ist weiterhin auf die Straße vor ihm konzentriert.

»Keine Ahnung, ist mir gerade so eingefallen. Dachte, wir nutzen die Zeit mal, um uns besser kennenzulernen.«

Gut, nicht die schlechteste Idee.

»Hunde. Und du? Katzen?«

»Katzen? Bist du wahnsinnig? Ich hole mir doch keinen Soziopathen ins Haus, der dir das Gefühl gibt, dich zu vergöttern, und dir ein falsches Gefühl von Sicherheit vermittelt, nur um im nächsten Moment dein Gesicht zu essen.«

Ich muss lauthals auflachen, denn Kians Definition könnte von mir sein.

»Wir reden aber schon noch von Katzen, oder?«

»Tun wir«, sagt er, blickt kurz zu mir und zwinkert mir zu. »In meinen Augen sind Katzen hinterhältig, gerissen und manipulativ. Vielleicht liebt meine Mutter sie deshalb so sehr. Du bist dran.«

»Ich bin dran?«

»Ja. Damit, mir eine Frage zu stellen.«

»Ah, okay. Muss sie das Katzenniveau haben?«

»Du darfst fragen, was du möchtest«, bekomme ich als Antwort und hebe eine Augenbraue.

Kian sieht nicht nur gut aus, Kian ist auch sehr unterhaltsam.

»Erdbeeren oder Kirschen?«

»Uuuh, schwierig. Ich mag beides total gern. Wenn ich mich entscheiden müsste, Kirschen. Bevorzugt zu Waffeln mit leckerem Vanilleeis.«

»Gute Wahl«, antworte ich und mache mir eine mentale Notiz, dass ich in den nächsten Tagen definitiv einmal Waffeln backen sollte.

»Was muss ein Mann für dich unbedingt haben?«

»Einen Penis«, platzt es aus mir, wie aus der Pistole geschossen, heraus, und im nächsten Moment schlage ich mir die Hand vor den Mund.

Himmel, ich sollte definitiv erst denken, bevor ich antworte.

»Wie jetzt? Was ist das denn für eine Antwort? Das habe ich noch nie gehört.«

Da wir an einer Ampel stehen, dreht Kian sich zu mir und ich sehe die Fragezeichen auf seinem Gesicht. Schnell zucke ich mit den Schultern.

»Na ja, sagen wir so: Ich hatte bisher nicht das beste Händchen mit den Männern. Da senkt man seine Ansprüche. Ich erwarte nichts mehr, damit fahre ich ganz gut.«

»Und dann schraubst du deine Ansprüche so weit herunter, dass er erstmal nur einen Penis braucht?«

Noch immer starrt mich Kian ungläubig an.

»Na, sieh es positiv. So bist du wenigstens auch noch im Rennen.«

19

KIAN

Ich wusste, dass es wunderbar erfrischend werden würde, mit Skye auf die Geburtstagsfestlichkeiten meines Dekans zu gehen. Auch war mir im Vorfeld schon klar, dass sie nicht auf den Mund gefallen ist, aber der Penisspruch ist wirklich etwas Neues, das muss man ihr lassen. Ich bin selten jemand, der sprachlos ist, aber Skye hat es damit definitiv geschafft. Wer hätte das gedacht? Im Geheimen überlege ich nur, ob sie die Messlatte nicht tatsächlich ein bisschen niedrig legt, und ob der Spruch nicht ein bisschen Depression mitschwingen lässt. Da wir gerade an der Fakultät ankommen, belasse ich es erstmal dabei.

Ich weiß nicht, ob Skye überhaupt eine Ahnung hat, wie hinreißend sie aussieht, aber als wir aus dem Auto steigen und ins Gebäude treten, wo die Festlichkeiten anlässlich des Geburtstags stattfinden, wenden sich alle Blicke in unsere Richtung. Skye strahlt etwas aus, was ihr wohlmöglich nicht bewusst ist. Sie ist klassisch schön und ihr Lächeln nimmt den Raum ein. Ich beobachte sie, während sie neben mir herläuft, und natürlich entgeht mir nicht, wie nervös sie ist. In der Hoffnung, dass sie es zulässt, lege ich meine Hand auf ihren unteren Rücken. Sie schaut zu mir und als sich unsere Blicke treffen, huscht ein Lächeln über ihr Gesicht. Unwillkürlich muss ich zurücklächeln, was vielleicht auch daran liegt, dass mir dieser Körperkontakt gefällt. Verdammt gut gefällt.

»Bereit?«, frage ich sie und sie nickt eifrig.

»Lass mich bloß nicht irgendwo allein stehen. Ich werde mir sonst so furchtbar dumm zwischen all den intelligenten Menschen hier vorkommen.«

»Wir schaffen das«, spreche ich ihr Mut zu und nachdem wir unsere Mäntel an der Garderobe abgegeben haben, dauert es nicht lange, bis wir förmlich überfallen werden. Plötzlich steht mein Kollege Professor Dr. Kirklind vor uns, der seine Ehefrau im Schlepptau hat.

Bitte nicht, ich will mich nicht den ganzen Abend über Chaucer und seine Canterbury Tales unterhalten.

So sehr ich meinen Kollegen auch schätze, in seiner Welt gibt es nicht viel mehr als seine Arbeit. Auch mir sind meine Forschungen und die Literatur wichtig, aber zumindest glaube ich, noch über den Tellerrand blicken zu können. Vor allem jetzt, da jemand Neues in meinem Leben ist, der herrlich erfrischend ist.

Zu meiner Überraschung begrüßt Kirklind sowohl Skye als auch mich überschwänglich und wirkt deutlich entspannter als an einem normalen Tag in der Fakultät.

»Professor Durnham, welch Freude, Sie und Ihre Frau hier heute Abend zu sehen. Ich habe Sie auf dem letzten Fakultätsabend vermisst.«

Ich erwähne jetzt nicht, dass ich lieber zwei Nächte durchkorrigiere, als mir einen dieser schrecklichen Abende in der Englischfakultät zu gönnen. Es ist nicht so, dass ich meine Kolleginnen und Kollegen nicht mag, aber hin und wieder würde ich mir etwas mehr Innovation in meinen Reihen wünschen.

Ich merke Skye an, dass sie drauf und dran ist, Professor Kirklind für seinen Fehler zu korrigieren, jedoch komme ich ihr zuvor und lege ihr erneut die Hand auf den Rücken.

»Die Freude ist ganz auf unserer Seite. Schön, Sie beide ebenfalls zu sehen. Ja, das mit dem Fakultätsabend war etwas unglücklich. Ich hatte leider private Verpflichtungen. Beim nächsten Mal wieder. Sind Sie schon lange hier? Ich hoffe, Sie hatten bereits eine Chance, das Buffet in Augenschein zu nehmen?«

»Siehst du, Edward? Es gibt auch noch so etwas wie ein Privatleben und nicht nur deinen Beruf. Professor Durnham, lassen Sie sich bloß kein schlechtes Gewissen von meinem Mann einreden. Er würde für seine Arbeit selbst die Taufe seiner Enkeltochter verpassen.«

»Jetzt übertreibst du aber, Liebes«, antwortet der Beschuldigte und ich beobachte aus dem Augenwinkel, wie Skye die Szene aufmerksam verfolgt.

Sie steht dicht bei mir und hat die Hände vor sich übereinandergelegt.

»Meine Liebe«, wendet sich die Frau des Professors an sie, »was halten Sie davon, wenn wir unsere Männer ein bisschen philosophieren lassen und wir beide schauen einmal, ob wir etwas zu trinken für Sie bekommen?«

Kurz schaut Skye unsicher zu mir, doch dann regt sich etwas in ihrem Blick und sie nickt der Frau Professor zu.

»Sehr gern. Ich muss gestehen, es ist mein erstes Mal hier in dieser Gesellschaft. Vielleicht führen Sie mich ein bisschen herum?«

Als hätte sie nur darauf gewartet, hakt sich Mrs Kirklind bei Skye unter und zieht sie von mir weg. Tatsächlich ertappe ich mich bei dem Gedanken, dass mir gefällt, dass unsere Gesprächspartner der Auffassung sind, Skye wäre meine

Ehefrau. So wie ich die Situation einschätze, werden das gleich schon recht bald auch alle Übrigen denken.

»Ach, Kind, nichts lieber als das. Ich stelle Ihnen gern alle vor. Zumindest die, die ich kenne und die, die ich erträglich finde. Professor Dr. Havock lassen wir aus. Der fühlt sich als der zweite Shakespeare. Der ist mir zu anstrengend und selbst mein Mann dagegen harmlos. Und das hat etwas zu bedeuten, wenn ich so etwas sage.«

Da soll doch einer meinen, ich würde die Menschen in diesen Kreisen nicht gut einschätzen können. Na ja, vielleicht liegt es auch einfach daran, dass ich in solchen Kreisen großgeworden bin, in denen Ruf und Beziehung etwas bedeuten.

Skye gibt mir kein Signal, dass ich die Sache verhindern soll, also lasse ich sie mit Frau Professor Kirklind davonziehen und begebe mich mit ihrem Ehemann zusammen auf eine kleine Runde durch den Raum. Ich schätze meine werten Kollegen sehr, doch ich kann nicht behaupten, dass ich Freundschaften innerhalb der Fakultät pflege. Vielleicht liegt das auch daran, dass ich mit meinen dreißig Jahren definitiv zu den jüngsten Lehrbeauftragten gehöre und eine Professur innehabe. Ich weiß, dass ich bei den Studierenden beliebt bin, was sicherlich dem ein oder anderen älteren Kollegen übel aufstößt. Ich nehme mir aber nicht die Arroganz heraus, zu behaupten, dass das auf alle Studenten zutrifft, denn für manche bin ich bestimmt der blanke Horror. Wer bei mir bestehen will, muss lernen und sich mit dem Stoff beschäftigen, den ich lehre. Trotzdem habe ich den Ruf, gerecht zu sein, was mich stolz macht. Ich hoffe, wenigstens in einem Großteil meiner Studenten die Liebe zur Literatur zu wecken, oder ihnen zumindest die Bereitschaft zu entlocken, sich während des Semesters mit den Klassikern zu beschäftigen.

»Professor Durnham, schön Sie zu sehen.«

»Dekan Bromwich, die Freude ist ganz auf meiner Seite.

Herzlichen Glückwunsch zum Geburtstag und alles Gute zu Ihrem Jubelfest.«

»Danke, danke! Wie ich sehe, habe Sie und Professor Kirklind bereits ein Getränk in der Hand. Lassen Sie uns anstoßen.«

Gesagt, getan. Es dauert nicht lange, da befinde ich mich mitten in einem umschweifenden Gespräch über die Entwicklung der Studierenden, Neuausrichtungen der Aufnahmetests und mögliche Themen hierfür.

»Wie ich sehe, sind Sie heute nicht allein hier«, wechselt der Dekan doch unerwartet das Thema und ich versteife mich leicht.

Ich bin noch nie der Mensch gewesen, der sich mit Lügen durchschlägt, aber mit Professor Kirklind an meiner Seite kann ich schlecht behaupten, Skye wäre lediglich meine Begleitung und nicht meine Frau. Solange Dekan Bromwich jedoch nicht das Wort Ehefrau in den Mund nimmt, bin ich auf sicherer Seite.

»Sehr richtig. Sie wissen doch, wie das ist. Wir Männer schmücken uns gern mit hübschen Frauen.«

Die beiden Männer mir gegenüber lachen und prosten mir zu.

»Womit Sie recht haben, werter Kollege. Ihre ist aber ein besonders attraktives Exemplar, das muss ich Ihnen lassen.«

Ich nicke Professor Kirklind dankend zu und lasse meinen Blick durch den Raum wandern. Ob es Skye wohl gut geht? So nett Mrs Kirklind auch sein mag, für Skye sind diese Kreise fremd und ich erinnere mich daran, dass sie mich gebeten hat, sie nicht allein zu lassen. Sofort meldet sich mein schlechtes Gewissen. Wo steckt sie bloß?

»Wenn Sie Ihre Frau suchen, Professor Durnham, Sie steht dort drüben, nicht weit von der Balustrade entfernt, und scheint sich sichtlich wohlzufühlen.«

Bei Professor Kirklinds Aussage hebe ich überrascht eine Augenbraue und blicke in die Richtung, in die er deutet. Und tatsächlich. Ich entdecke Skye inmitten einer Menschentraube. Aber statt schüchtern und zurückhaltend am Rand zu stehen, lacht sie und scheint die Umstehenden wunderbar zu unterhalten. Auch ohne direkt neben ihr zu sein, kann ich erkennen, dass ihre Zuhörer ihr förmlich an den Lippen hängen. Skye wirkt gelöst, kommunikativ und scheint das Bad in der Menge zu genießen. Vielleicht ist es wirklich so, dass ihr ihre Arbeit im Diner zum Vorteil gereicht.

Ich lasse meinen Blick bewundernd an ihr entlang wandern und kann meinem Kollegen nur recht geben. Skye ist nicht nur attraktiv, sie ist regelrecht atemberaubend. Wie schon die Male vorher stelle ich fest, welch sagenhafte Ausstrahlung sie besitzt, und ich bin mir sehr sicher, dass sie davon keine Ahnung hat. Das schwarze lange Kleid, das sie für den heutigen Anlass gekauft hat, schmiegt sich an ihre sinnlichen Kurven, ohne für diesen Abend zu übertrieben zu wirken. Es ist schick und elegant. Trotz des hohen Beinausschnitts wirkt es stilvoll, was sicherlich auch daran liegt, wie Skye es trägt. Ihre Bewegungen sind fließend, feminin und unfassbar reizend. Wenn sie lacht, hat man gar keine andere Möglichkeit, als auf ihren wunderschönen Mund zu blicken. Selbst auf die Entfernung hin werde ich förmlich von ihren Lippen angezogen. Was mir besonders gefällt, ist, dass Skye mit ihren Händen redet, was sie enthusiastisch und charismatisch zugleich erscheinen lässt. Ob ich will oder nicht, ich komme nicht drum herum, zuzugeben, dass sie mich absolut in ihren Bann gezogen hat.

Ich entschuldige mich bei meinen Gesprächspartnern und nähere mich der Menschengruppe, zu der auch Skye gehört. Zu meiner Überraschung fällt mein Augenmerk auf Professor Bennett, die über das ganze Gesicht strahlt und Skye anlacht. Meine Kollegin hat den Ruf, ein furchtbar ernster Brocken zu sein und ein herzliches Lachen hört man selten bis gar nicht aus ihrem Mund. Das scheint sie gerade nachholen zu wollen, denn als ich neben Skye trete, schlägt sie mir nahezu freundschaftlich auf den Arm.

»Professor Durnham, wie konnten Sie uns Ihre Frau so lange vorenthalten? Sie ist herzerfrischend. Herrlich.«

Ihre Worte erfreuen mich und fast automatisch lege ich meine Hand auf Skyes Rücken.

»Das ist sie«, stimme ich ihr zu und bin gespannt, was Professor Bennett zu dieser Aussage veranlasst hat.

»Ich kann mir schon vorstellen, dass es in Sachen Literatur bei Ihnen zu Hause oft heiß hergeht.«

»Wie muss ich das verstehen?«

Okay, jetzt bin ich doch neugierig geworden.

»Nun, Ihre Frau setzt sich gerade vehement dafür ein, dass es mehr Seminare zu modernen Liebesromanen an der Universität geben sollte. Ich kann das nur bestätigen. Sie spricht mir damit aus der Seele.«

Hört, hört.

»Ja, Skyes Herz schlägt für Liebesromane, da haben Sie wohl recht«, sage ich und zwinkere der wunderschönen Frau zu, die sich wie selbstverständlich dicht an mich presst.

Ihr Strahlen stiehlt sich sofort in mein Herz und die Wärme ihres Körpers geht auf mich über.

»Ich versuche Kian ja zu *Fifty Shades of Grey* zu überreden und finde, er könnte ein Seminar zum Thema ›Die weibliche Lust als Ausdruck von Selbstbestimmung in der zeitgenössischen romantischen Literatur‹ anbieten. Sie können mir glauben, er sträubt sich.«

Für einen kurzen Augenblick ist es ruhig, doch dann brechen alle Umstehenden in Gelächter aus und ich bin mir sicher, unsere kleine illustre Runde fällt auf.

»Ich sage ja, ganz reizend Ihre Frau«, flötet Professor Bennett und ich sehe meiner Kollegin an, dass sie durchaus Gefallen an dieser Unterhaltung hat.

»Vielleicht sollten Sie wirklich ein Seminar dazu anbieten«, steigt jetzt auch die Frau von Professor Kirklind ein und Professor Bennett nickt euphorisch.

»Hervorragende Idee. Bieten Sie nicht im nächsten Semester einen Creative Writing-Kurs an? Haben Sie bereits ein Thema? Wenn nicht, wie wäre es mit dem, das ihre Frau gerade vorgeschlagen hat? Ich wette, Sie würden sich vor Bewerberinnen für das Seminar kaum retten können.«

Ich räuspere mich und schaue in die Runde, bei der mir jetzt erst auffällt, dass sie ausschließlich aus Frauen besteht. Nicht, dass ich mich hier unwohl fühlen würde. Ganz im Gegenteil.

»Nun, wenn ich ehrlich bin, hatte ich gehofft, mich mit Texten zu beschäftigen, die ein bisschen mehr Tiefgang haben.«

»Oh, Liebesgeschichten können durchaus mächtig viel Tiiiiiiiefgang haben. Es kommt immer auf die richtigen männlichen Protagonisten an.«

Bei der Art und Weise, wie Skye die Worte betont, bin ich zum wiederholten Mal an diesem Tag sprachlos. Dieser Zustand wird auch nicht besser, als alle Frauen um mich herum erneut zu lachen beginnen.

»Ich sage es gern noch einmal, werter Kollege: Ihre Frau ist nicht auf den Mund gefallen. Wunderbar charismatisch und so bildlich in ihrer Sprache.«

»Vielleicht sollten Sie selbst mal so einen Text schreiben, meine Liebe. Ich bin mir sicher, dass Sie das könnten. Sie haben eine wunderbare Fantasie.«

Neben mir errötet Skye und schiebt sich fast verlegen eine Haarsträhne hinter das Ohr. Dabei schaut sie kurz zu Boden, nur um dann im nächsten Moment laut zu sagen:

»Sie meinen also, ich sollte einen Liebesroman schreiben, in dem meine weibliche Protagonistin auf dem Weg zu ihrer sexuellen Befreiung lauter Dates mit Männern hat, die Heathcliff heißen, oder gar Darcy mit Nachnamen?«

»So lange Sie sie aussehen lassen wie Benedict Cumberbatch, habe ich nichts dagegen«, höre ich eine weitere Frau aus der Runde sagen, was erneut mit fröhlichem Gelächter quittiert wird.

Wenn ich heute Morgen auch nur einen Hauch von Angst verspürt habe, dass Skye auf dieser Fakultätsveranstaltung fehl am Platz sein könnte, so war das völlig unbegründet. Sie passt hervorragend hierher. Ich bin völlig fasziniert, wie geistreich, eloquent und durchaus belesen sie doch ist. Wer weiß, vielleicht stecken hinter dieser faszinierenden Frau, die gerade so wunderbar in meinem Arm aussieht, mehr Geheimnisse, als ich für den Moment zu ahnen wage.

Einer Sache bin ich mir jetzt nach diesem Abend aber mehr als bewusst: Dieses Weihnachten wird so besonders, wie ich es noch nie erlebt habe.

20

KIAN

»Du wirkst zufrieden.«

Als wir einige Zeit später wieder in meinem Wagen sitzen und auf dem Weg nach Hause sind, beobachtet Skye mich von der Seite.

Ich steuere das Auto durch die Nacht und bin froh, wenn wir gleich zu Hause sind, denn es ist Skye anzusehen, dass ihr kalt ist. Sie hat sich in ihren dicken Mantel gehüllt und die Hände unter die Oberschenkel geschoben.

»Das bin ich auch. Es war ein überraschend interessanter Abend, womit ich nicht gerechnet hatte. Vor allem Professor Bennett hat mich sehr erstaunt.«

Ich stelle die Heizung im Wagen etwas höher und drücke den Knopf für die Sitzheizung.

»Gleich wird es wärmer. Und ich beeile mich, damit wir schnell nach Hause kommen.«

»Alles gut, die kurze Strecke überlebe ich«, antwortet sie und ich sehe aus dem Augenwinkel, dass sie lächelt.

»Professor Bennett hat einen Narren an dir gefressen. Absoluten Respekt dafür. Keine Ahnung, wie du das geschafft hast. Sie macht Menschen, und vor allem weiblichen Studierenden, häufig Angst.«

»Ich weiß überhaupt nicht, wieso«, sagt Skye neben mir und ich erkenne das Lächeln in ihrer Stimme. »Ich fand sie erfrischend. Und so lebendig.«

Bei Skyes Beschreibung muss ich grinsen.

»Also, ich habe die Worte ›erfrischend‹ und ›lebendig‹ noch nie benutzt, wenn ich an meine werte Kollegin gedacht habe. Vom Optischen her erinnert sie mich immer etwas an die Schauspielerin Miriam Margolyes.«

»Ein bisschen hast du da recht. Eine gewisse Ähnlichkeit ist da. Aber gerade bei Miriam Margolyes passen die Wörter ›erfrischend‹ und ›lebendig‹ doch hervorragend. Vielleicht ist sie nicht mehr die Jüngste, aber ihren Witz und ihre Schlagfertigkeit hätte ich gern.«

»So wirklich weit bist du davon definitiv nicht entfernt. Das ist dir nur selbst nicht bewusst.«

»Ist das so?«

Jetzt bin ich es, der lachen muss.

»Aber sowas von. Du warst heute Abend großartig und wahnsinnig unterhaltsam. Und das meine ich absolut im positiven Sinn.«

»Danke«, höre ich Skye neben mir sagen.

»Sehr gern.«

Für einen Moment schweigt sie und blickt aus dem Fenster, bevor sie sich wieder zu mir dreht.

»Mir war es wichtig, dich nicht zu enttäuschen. Schließlich waren das dort alles deine Kolleginnen und Kollegen.«

»Deine Sorge war völlig unbegründet. Ich bin mir sicher, dass es gut war, dass wir im Vorfeld über ein paar Dinge wie unsere Hobbys, Interessen und so weiter gesprochen haben.

Einfach, um nicht in böse Fallen zu tappen. Aber selbst ohne, glaube ich, hättest du sie alle in deinen Bann gezogen. Du warst brillant. So gut sogar, dass man mir jetzt bestimmt noch einige Wochen Seminare mit dubiosen Themen vorschlägt.«

»Entschuldige.« Skye lacht und mein Herz wird warm. »Es ist einfach so über mich gekommen.«

»Das habe ich gemerkt«, antworte ich, drehe meinen Kopf kurz zu ihr und zwinkere ihr zu.

»Zumindest weiß ich jetzt auch, dass meine Kollegin Professor Bennett Schweinskram liest.«

»Schweinskram?«, ruft Skye neben mir aus. »Ich muss doch sehr bitten! Das ist grandiose Literatur.«

Ich kann es nicht verhindern, dass ich einen Hustenanfall bekomme.

»Du willst doch Austen, Brontë und Co. nicht mit so erotischen Romanen vergleichen?«

»Nicht jeder Liebesroman strotzt nur so von Erotik. Und selbst wenn. Austen, Brontë, Eliot und Co. waren Frauen, die eine Stimme hatten. Fortschrittlich waren. Würden sie heute schreiben, würden sie sicherlich auch ein bisschen freizügiger schreiben als damals.«

»Na, ich weiß nicht«, gebe ich ihr als Antwort. »Aber wir werden darauf wohl nie eine Antwort bekommen. Daher verrat mir lieber eins: warum Liebesromane?«

»Wie meinst du?«

»Warum magst du Liebesromane so sehr?«

Es dauert einen Moment, bis Skye mir antwortet, doch dann sprudelt es nur so aus ihr heraus.

»Hach, weil ich sie so vielfältig finde. Frauen schreiben über Sex, Liebe, Träume, Leidenschaften, Verluste und Ziele. Das sind Themen, die mich bewegen. Die Welt geht immer davon aus, dass es in Liebesromanen immer nur um das bloße Rein und

Raus geht. Um stumpfe Vögelei quasi. Aber viele moderne Liebesromane thematisieren so viel mehr. Eben auch kritische Themen. Ich finde es toll, wenn mich so ein Roman erreichen kann, weil das Schicksal der Protagonistin zum Beispiel auch Aspekte aus meinem Leben trifft. Na ja, und ich mag auch toughe Heldinnen, Frauen, die über sich hinauswachsen und Männer, die das zu schätzen wissen.«

Auch wenn ich es immer noch nicht ganz nachvollziehen kann, wieso Skye diese Form der Literatur als so bedeutend ansieht, nicke ich und schaue zu ihr.

Ihr Blick ist inzwischen aus dem Fenster gewandert und sie scheint in Gedanken versunken.

Skye fasziniert mich. Mit ihr wird es nicht langweilig und es gibt so viel, was ich noch an ihr entdecken möchte.

Für den Rest der Strecke schweigen wir und erst, als ich in unsere Straße einbiege und mein Haus vor uns auftaucht, dreht Skye sich wieder zu mir.

»Geschafft«, sagt sie lächelnd und schnallt sich ab, als der Wagen zum Halt kommt.

»Ich finde, wir waren heute Abend ein gutes Team, Mrs Durnham. Du machst dich gut als meine Ehefrau.«

Warum ich ausgerechnet das jetzt sage, weiß ich auch nicht, aber es scheint sie zu amüsieren.

Sie blickt zu mir und ihr Mund verzieht sich zu einem Grinsen.

»Ich habe keine Ahnung, wie du die Nummer wieder geraderücken willst.«

»Gute Frage.«

Warum genau denke ich gerade darüber nach, wie es wohl wäre, wenn ich das gar nicht tun müsste?

»Ich weiß, ich habe immer die besten.«

Sie will die Tür öffnen, doch ich halte sie auf.

»Moment, ich helfe dir.«

Ganz der Gentleman springe ich aus dem Auto, laufe um den Wagen herum und öffne ihr die Autotür.

Die kalte Luft der Winternacht dringt sofort durch mein Jackett und ich bin froh, gleich im Warmen zu sein.

Ich strecke meine Hand aus und Skye ergreift sie. Anmutig setzt sie ein Bein aus dem Wagen. Dann lässt sie sich von mir aus dem Auto ziehen. Was ich im Vorfeld nicht bemerkt habe, ist, dass sich neben der Beifahrertür eine kleine Eisfläche gebildet hat. Skye rutscht mit ihren hohen Schuhen aus, verliert beinahe den Halt und stolpert in meine Arme.

Auf einmal sind wir uns so nah, wie wir es noch nie waren. Ihr Gesicht ist dicht an meinem, während ihre Hände auf meinen Oberarmen ruhen und sie sicher in meinen Armen liegt. Es wäre ein Leichtes, sich jetzt nach vorn zu beugen und sie zu küssen, aber damit würden wir eine Grenze überschreiten. Und ob das so gut wäre, wage ich zu bezweifeln.

Obwohl es dunkel ist, sehe ich, wegen des Lichts der Straßenlaterne, wie Skye errötet. Ich bin mir sicher, würde ich sie berühren, könnte ich spüren, wie heiß ihre Wangen sind. Diese Nähe, die mich gerade um den Verstand bringt, scheint auch Skye nicht kalt zu lassen.

Was, wenn ich es einfach tue? Was, wenn ich sie einfach kurz küsse?

»Danke für den schönen Abend«, sagt sie dann plötzlich und drückt sich aus meinen Armen. »Und danke fürs Auffangen. Das wäre ein wenig glorreicher Abschluss geworden.«

Obwohl ich ein bisschen enttäuscht bin, muss ich schmunzeln.

»Jederzeit«, erwidere ich leise und stelle sicher, dass sie heile zur Haustür kommt.

Dort angekommen, drehe ich mich um und verschließe mit

einem Klick den Wagen, bevor ich die Haustür öffne. Gemeinsam treten wir ins Warme.

»Ich bin wirklich müde«, sagt Skye, bevor ich überhaupt fragen kann, ob wir noch etwas trinken wollen. »Ich muss dringend ins Bett. Gott sei Dank ist morgen Sonntag und wir können ausschlafen.«

Ihr Blick ruht auf mir. Fast sieht es so aus, als würde sie darauf warten, dass ich etwas sage, aber ich will nichts falsch machen und daher nicke ich nur.

»Ich wünsche dir eine gute Nacht, Kian«, fährt sie dann fort und ich beobachte wie angewurzelt, wie sie die Treppe hochsteigt.

Oben am Treppenabsatz angekommen, bleibt sie stehen und dreht sich noch einmal zu mir um.

»Ach übrigens«, beginnt sie. »Hast du morgen etwas vor? Musst du in die Bibliothek oder an den Schreibtisch? Obwohl Sonntag ist?«

Etwas irritiert durch ihre Frage, antworte ich wenig eloquent: »Wieso?«

»Beantwortest du Fragen immer mit Gegenfragen?«

»Vielleicht.«

Skye schmunzelt und schüttelt langsam mit dem Kopf.

»Nun sag schon, wieso?«, wiederhole ich mich und schiebe meine Hände in die Taschen meiner Anzughose.

»Du hast gesagt, dass du in Sachen Weihnachten noch nicht so bewandert bist. Also nimm dir nichts vor. Wir werden daran arbeiten.«

Mit diesen Worten lässt sie mich stehen, dreht sich um und ist Sekunden später in ihrem Zimmer verschwunden. Ich höre, wie sich die Tür leise hinter ihr schließt, und hoffe inständig, dass sie gleich noch einmal herauskommt.

Bitte, liebes Kleid, bitte lass den Reißverschluss klemmen.

Und bitte, liebes Universum, lass mich meinen Verstand und vor allem Anstand nicht verlieren.

Vor lauter Angst, ihr oben noch einmal auf dem Flur zu begegnen, reiße ich die Haustür erneut auf und überlege tatsächlich für eine Sekunde, wie effektiv ein kaltes Bad im Schnee jetzt wohl sein könnte, um mein erregtes Gemüt zu beruhigen.

21

SKYE

Sonntage sind dafür da, um lange auszuschlafen, im Bett zu liegen und den Tag ganz entspannt zu starten. Ich weiß nicht, ob man in meinem Alter schon von seniler Bettflucht sprechen kann, aber es ist kurz nach acht und ich stehe bereits frisch geduscht und angezogen in der Küche und backe Pancakes in einer Pfanne für Kian und mich aus.

Es verspricht, ein wunderschöner Wintertag zu werden, denn der Himmel ist wolkenlos und die Sonne strahlt warm in die Fenster der Küche. Über Nacht ist frischer Schnee gefallen. Schon als Kind habe ich es geliebt, die glitzernde Eisblumenwelt auf den Fenstern und die zahlreichen Kristallbilder im Sonnenlicht zu bestaunen. Das bunte Farbenspiel begeistert mich auch heute noch. Wie wunderschön das aussieht. Kaum zu glauben, dass all die Schneeflocken vordergründig so gleich sind, doch wenn man sie unter die Lupe nimmt, jede einzelne von ihnen in ihrer Andersartigkeit existiert. Die Welt ist voller Wunder und hat eine besondere Magie inne.

Mindestens ein genauso großes Wunder ist es, dass ich mich überhaupt auf irgendetwas konzentrieren kann, denn auf dem

Weg nach unten habe ich Kian im Bad gehört und ich verbiete mir seitdem konsequent, ihn mir nackt vorzustellen, was nur bedingt funktioniert. Sind wir ehrlich: was überhaupt nicht funktioniert.

In meinen Gedanken seift er sich mit gut riechendem Duschgel ein, während Wasser über seinen nackten Körper läuft. Noch nie habe ich mir so sehr gewünscht, ein Wassertropfen zu sein, wie in diesem Moment. Kian ist so heiß, dass ich verdampfen würde, aber welche Frau würde für ihn nicht liebend gern den Aggregatzustand wechseln?

Wie attraktiv er auf der Feier in seinem Anzug aussah. Ich habe mich selten so gut gefühlt wie gestern in seinem Arm. Kein Wunder, bei so einem Mann an seiner Seite. Kian ist nicht nur toll anzusehen, er ist dazu auch noch charmant, eloquent und unfassbar intelligent, was ihn noch sexyer macht. Sowieso ist Intelligenz bei einem Mann sexy. Mehr als nur das. Es ist berauschend. Als er mich gestern Abend am Auto aufgefangen hat, hätte ich nichts lieber getan, als ihn zu küssen. Aber ich bin mir bewusst, dass das falsch gewesen wäre. Es hätte diese Absprache zwischen uns verdammt kompliziert, wenn nicht sogar unmöglich gemacht. Ich weiß nur nicht, ob ich noch ein weiteres Mal so viel Kraft besitze, seiner Nähe zu widerstehen.

Liebes Universum, bitte stehe mir bei.

Plötzlich stellen sich meine Nackenhaare auf. Ich bin nicht mehr allein. Jemand hat die Küche betreten und dieser Jemand ist niemand Geringeres als Kian.

Woher ich das weiß, ohne dass ich mich zu ihm umdrehe?

Mein Körper steht in Flammen und das liegt definitiv nicht an der heißen Herdplatte vor mir. Ob man auf Kian wohl Pancakes backen kann?

»Es riecht gut bei dir.«

Du riechst gut, Sexy.

Und sofort möchte ich beim Klang seiner Stimme aufseufzen. Ob seine Studentinnen wohl direkt ohne Höschen in seinen Vorlesungen sitzen, weil seine samtige Stimme der Panty Dropper schlechthin ist?

Ich atme tief ein und drehe mich schließlich zu ihm um.

»Danke. Ich dachte, Pancakes gehen immer.«

»Sie sind auf jeden Fall jetzt schon mein Highlight des Tages. Ich kann mich nicht daran erinnern, wann ich das letzte Mal Pancakes gegessen habe.«

»Bei uns gab es die früher immer sonntags. Das war das Einzige, das mein Dad in der Küche gemeistert bekommen hat. Daher hat er es jeden Sonntag zelebriert und für mich gab es kaum etwas Schöneres, als ihm dabei zuzugucken.«

Beim Gedanken an meinen Vater werde ich sentimental und spüre den kleinen Stich in meinem Herzen, der immer da ist, wenn Erinnerungen in mir hochkommen.

Als ob Kian ahnen würde, dass ich Ablenkung gebrauche, lehnt er sich neben mir an die Arbeitsplatte an und fragt: »Verrätst du mir jetzt, was wir heute machen?«

»Lass mich raten, du hast gestern Abend stundenlang wachgelegen, weil du so neugierig warst, was ich heute mit dir vorhabe.«

Ich schmunzle und seine Antwort ist ein mindestens genauso freches Grinsen. Was geht bitte schön in seinem Kopf vor?

»Ich habe aus anderen Gründen noch eine Ewigkeit wachgelegen, aber die verrate ich dir nicht.«

Gespielt theatralisch stöhne ich auf.

»Männer. Kennst du einen, kennst du alle.«

»Ist das so?«

Es wäre sicher weise, sich nicht weiter auf diese Diskussion einzulassen, und daher lasse ich ihn nicht länger in Unwissenheit.

»Wir gehen auf den Weihnachtsmarkt.«

»Ach, echt?«

Ein Strahlen tritt in seine Augen.

»Ich weiß nicht, ob du ein regelmäßiger Weihnachtsmarktgänger bist, aber du warst noch nie mit mir auf dem Weihnachtsmarkt. Das ist also eine Premiere.«

Seine Augen leuchten und ich sehe den Schalk in ihnen.

»Wieso habe ich das Gefühl, dass ich nachher als Weihnachtsengel verkleidet Weihnachtslieder singen muss, während ich einen Glühwein in der Hand halte und Schlittschuhe unter den Füßen habe?«

»Keine Ahnung. Vielleicht kannst du hellsehen?«

Kian reißt die Augen auf und starrt mich an.

»Nicht dein Ernst.«

Ich zucke lediglich mit den Schultern.

»Ich hatte dich für einen mutigen Mann gehalten, also lass doch einfach alles auf dich zukommen. Ich verspreche dir, du wirst es überleben.«

»Sicher?«

Zweifelnd blickt er mich an.

Ich zwinkere ihm zu und wende mich wieder der nächsten Ladung Pancakes zu, die gerade in der Pfanne fertig wird.

»Nein.«

»Also, du hast mir ja bereits gesagt, dass du eine Fake-Freundin für deine Familie brauchst, aber mir ist immer noch nicht ganz klar, warum das überhaupt nötig ist. So schlimm wird die Familienfeier doch wohl nicht sein.«

Ich sitze Kian gegenüber am Tisch und beobachte, wie er bereits den dritten vollen Teller Pancakes genüsslich mit Ahornsirup isst. Dieser Mann hat einen gesunden Appetit. In seinen rechten Mundwinkel hat sich ein bisschen Ahornsirup gestohlen und meine Gedanken haben nichts Besseres zu tun, als sich vorzustellen, was meine Zunge dort alles anstellen könnte. Oder was seine Zunge mit mir anstellen könnte.

Herrje, kann ich bitte meinen Verstand und meine Manieren zurückbekommen? Irgendwie habe ich die komplett verloren, seit Kian und ich uns begegnet sind. Das ist doch nicht normal.

»Um ehrlich zu sein«, beginnt er und ich hänge abwartend an seinen Lippen. »Meine Familie ist anstrengend. Vor allem meine Mutter. Für sie ist es wichtig, dass der Ruf der Familie gewahrt ist. Und sie hat eine besondere Vorstellung davon, wie eine Familie eben auszusehen hat. Und das überträgt sie natürlich auch auf ihre Kinder. Wir sind alle im heiratsfähigen Alter und das möchte sie dann nun auch förmlich erledigt wissen. Mein älterer Bruder William hat die Tochter des Geschäftspartners meines Vaters geheiratet. Sowieso ist klar, dass William irgendwann in die Fußstapfen unseres Vaters tritt. Er arbeitet auch bereits im Unternehmen und übernimmt dort mehr und mehr Aufgaben.«

»In welchem Bereich sind dein Vater und dein Bruder tätig?«, erkundige ich mich.

»Sie sind beide Steuerberater und Wirtschaftsprüfer. Mein Vater hat zusammen mit seinem Studienfreund damals eine Kanzlei gegründet.«

»Ich verstehe. Und deine Schwester?«

»Charlotte? Sie ist ein bisschen jünger als wir. Vierundzwanzig. Charlotte ist im Eventmarketing. Zieht für große Firmen Events auf. Ich glaube, sie macht das ganz gut. Zumindest wird sie, beziehungsweise ihre kleine Firma, regelmäßig gebucht. Mag sein, dass das am Vitamin B meiner Eltern liegt, aber sie scheint glücklich und zufrieden zu sein. Jetzt vor allem noch viel mehr, da sie heiratet. Sie hat ihren Zukünftigen über den Golfclub kennengelernt. Quasi durch meine Mutter. Die hat es sich nämlich zur Aufgabe gemacht, ihre

Kinder passend zu platzieren. Wenn ich es mal so böse ausdrücken darf.«

Mich erstaunen Kians Erzählungen, so eine Art ist mir völlig fremd.

»Sollte man da nicht ab irgendeinem Alter drüberstehen? Ich will dir nichts, aber du bist ein erwachsener Mann. Du wirst sicherlich nicht enterbt werden, wenn du deiner Mutter Paroli bietest und dein eigenes Ding machst.«

Für einen Moment wirkt er in sich gekehrt. So, als ob meine Worte etwas in ihm aufrütteln würden.

»Definitiv eine andere Welt als meine«, sage ich nach einem kurzen Augenblick des Schweigens und zucke mit den Achseln.

»Mmmh«, gibt Kian von sich und ich hebe eine Augenbraue. »Ich höre?«

Erstaunt blickt er mich an.

»Wie meinst du?«

»Nun, du siehst so aus, als hättest du etwas ausgefressen. Oder zumindest so, als würdest du mir noch etwas Wichtiges verschweigen.«

»Die Pancakes sind wirklich lecker.«

»Kiiiiaaaaan. Raus mit der Sprache.«

»Man kann dir nicht sonderlich gut etwas verheimlichen, oder?«

»Pffff«, pruste ich und verdrehe die Augen. »Frag meine ehemaligen Mitbewohner. Die haben ihr Ding eine ganze Weile vor mir verheimlichen können. Sonderlich aufmerksam scheine ich nicht zu sein.«

»Zumindest bist du feinfühlig genug, was mich angeht. Also … vielleicht sollte ich da wirklich noch etwas beichten.«

Ich stütze mich mit den Ellenbogen auf der Tischplatte ab, schaue ihm in die Augen und versuche möglichst cool zu klingen.

»Ich höre. Hau raus.«

Kian räuspert sich und fährt sich dann mit einer Hand durch sein Haar.

»Es könnte sein, dass meine Mutter zur Verlobungsfeier meiner Schwester eine andere Frau für mich eingeladen hat.«

Okay, mit den Neuigkeiten habe ich jetzt nicht gerechnet.

»Könnte das so sein oder ist das so?«

»Och, Skye.«

»Soll ich meine Frage wiederholen?«

Er schüttelt den Kopf. »Nicht nötig. Gut, also die Wahrscheinlichkeit ist sehr hoch, dass dort eine Frau auftaucht, die ich noch von früher kenne. Eliza Kenneth.«

»Und diese Eliza Kenneth ist eine Exfreundin von dir, die dich zurückwill? Oder ein ehemaliges Betthäschen?«

»Nein.«

»Dann verstehe ich das Problem nicht.«

Ich zucke mit den Schultern, während ich ihm seinen Teller wegnehme und ihn gemeinsam mit meinem in die Spülmaschine stelle.

»Meine Mutter will mich mit ihr verkuppeln.«

»Dazu gehören ja immer zwei.«

»Ich liebe es, wie herrlich unkompliziert du das siehst.«

Er stöhnt leise auf. »Wenigstens einer von uns. Sie wird halt auf der Feier sein.«

Jetzt muss ich doch lachen. Kian schaut mich verwirrt an.

»Was lachst du denn jetzt so?«

»Na, weil ... Eigentlich kann diese Eliza einem leidtun, dass sie die Feier unter falschen Voraussetzungen besuchen wird. Vielleicht macht sie sich sogar Hoffnungen, die dann aufs Übelste enttäuscht werden. Wenn du sagst, dass deine Mutter das eingestielt hat, dann wird sie Eliza die Sache bestimmt auch schmackhaft gemacht haben.«

»Auch wieder wahr.«

»Siehst du. Noch etwas, das ich unbedingt wissen müsste?

Irgendwelche Leichen, die deine Familie im Keller hat? Bestimmte Themen, die ich vermeiden sollte?«

Wieder dauert es einen kurzen Moment, bis Kian antwortet.

»Da wäre vielleicht noch eine klitzekleine Kleinigkeit, die ich dir gestehen müsste. Also ... sie ist nicht schlimm, aber ... Argh.«

»Du machst es spannend. So schlimm?«

»Nein. Aber ich habe schon ein bisschen Angst, dass du dann gleich deine Sachen packst und verschwindest.«

Okay, jetzt werde ich doch hellhöriger.

»Los, spuck es aus. Du hast den kleinen Joker, dass ich überall lieber wäre als in meinem alten WG-Zimmer. Vielleicht kann ich es ja gut abwägen.«

Er lächelt gequält, was mir nicht das beste Gefühl gibt. Dann beginnt er, mir von Gabriels Vorschlag zu erzählen, was für ein Typ Frau er sich suchen sollte, um seine Mutter besonders zu ärgern.

Kurz muss ich schlucken.

»Siehst du mich etwa so?«

»Gott bewahre! Nicht im Geringsten. Ich habe Gabriel sowieso sofort gesagt, was ich von seiner Idee halte.«

Ich nehme ihm ab, dass er die Idee seines Freundes eigentlich blöd fand und im Diner wirklich nur Nachos bei mir holen wollte. Trotzdem sehe ich ihm an, dass er bei seinen Ausführungen gerade leidet. Schließlich hat er mir in den letzten Tagen nicht einmal das Gefühl gegeben, als hielte er mich für dumm oder so.

Kian atmet tief ein.

»Ich finde dich äußerst interessant und deine Schlagfertigkeit imponiert mir. Um ehrlich zu sein, freue ich mich schon fast auf dein Zusammentreffen mit meiner Familie. Trotzdem tut es mir leid.«

»Alles gut«, antworte ich. »Ich danke dir für deine Ehrlichkeit in der Sache. Diese Sache mit der möglichst dummen Freundin hättest du mir gar nicht zu erzählen brauchen und hast mich trotzdem nicht im Dunkeln gelassen. Das ist cool. Ich verspreche dir, die beste Fake-Freundin zu sein, die die Welt je gesehen hat.«

Das Lächeln, das sich auf seinem Gesicht ausbreitet, lässt mein Herz nahezu schmelzen.

Ich werde mich auf der Feier gar nicht anstrengen und so tun müssen, als ob ich ihn vergöttere. Aber das verschweige ich ihm. Mit jeder Minute, die ich in seiner Nähe verbringe, wird mir eins schmerzlich bewusst - dieser Mann gefällt mir. Mehr als er es eigentlich sollte.

22

KIAN

»Erst Glühwein oder erst eislaufen?«
Als Skye und ich einige Zeit später den Weihnachtsmarkt erreichen, ist schon recht viel los. Das Wetter an diesem Sonntag bietet sich an, mit der Familie hierherzukommen, oder einfach mit Freunden eine gute Zeit zu haben. Es ist kalt, aber die Sonne lacht vom Himmel.

Eingemummt in warme Wintermäntel, Schal und Handschuhe sind Skye und ich bestens gerüstet. Von überall her dringt Weihnachtsmusik an meine Ohren und mit jedem Schritt, den wir uns den vielen bunten Ständen nähern, riecht es mehr nach Plätzchen, Reibekuchen und Glühwein.

Natürlich ist es nicht das erste Mal, dass ich einen Weihnachtsmarkt besuche, aber jetzt mit Skye an meiner Seite wirkt das, was sich mir hier präsentiert, so anders als all die Male zuvor. Ich überlege, woran das liegen mag und genau kann ich das nicht benennen. Aber alles erscheint heimeliger, festlicher, schöner. Mir ist bewusst, dass wir kein Paar sind. Verdammt, wahrscheinlich sind wir auch noch weit davon entfernt, Freunde zu sein, aber trotzdem glaube ich, dass wir uns mögen. Zumindest hoffe ich das.

»Kopf einziehen«, sagt sie plötzlich neben mir und ich kann gerade noch verhindern, gegen den Holzengel zu laufen, der etwas tiefer an einer der zahlreichen Glühweinhütten angebracht ist.

»Das war knapp«, antworte ich grinsend und nehme mir im selben Moment vor, ein bisschen aufmerksamer durch die Gegend zu laufen.

Was muss Skye in ihrem winterlichen Outfit aber auch so gut aussehen? Sie trägt ihren langen camelfarbenen Wintermantel und hat einen dicken weißen Wollschal um ihren Hals gewickelt. Ihre blonde Haarpracht steckt unter einer ebenfalls weißen Wollmütze. Unter dem Mantel trägt sie eine schwarze Lederleggings und ihre Füße stecken in dicken schwarzen Winterboots. Ein beiger Rollkragenpullover rundet das Outfit ab und ich muss zugeben, dass sie wie ein moderner Weihnachtsengel aussieht.

Okay, Kian. Reiß dich zusammen. Weihnachtsengel. Wo kommen wir denn da hin? Jetzt geht deine Fantasie mit dir durch.

»Ob du zuerst einen Glühwein trinken möchtest, oder direkt mit mir auf die Eisbahn gehst, habe ich dich gefragt.«

Wie selbstverständlich hakt sich Skye bei mir unter und für den Hauch einer Sekunde überlege ich, was wohl wäre, wenn man uns so sehen würde. Dann wird mir aber bewusst, dass wir für meine Fakultät eh schon als verheiratet gelten und ich ertappe mich dabei, dass mir der Gedanke immer noch gefällt.

»Puuh, mein Verstand sagt mir, dass wir erst eislaufen gehen sollten, aber ich stand Jahre nicht mehr auf Schlittschuhen, daher wohl besser andersherum.«

Skye grinst neben mir.

»Weil du dir erst Mut antrinken musst?«

»Könnte sein«, erwidere ich und ziehe sie beim Laufen ein bisschen näher an mich.

Rein freundschaftlich, versteht sich. Es ist schon verrückt, wie vertraut wir nach so kurzer Zeit miteinander sind. Skyes Versuche, mir Weihnachten näher zu bringen, scheinen zu fruchten. Dass ihr das nämlich wichtig zu sein scheint, wird mir jeden Tag mehr bewusst. Eine sehr schöne Geste. Ich hätte es nicht für möglich gehalten, dass es jemandem gelingen könnte, dass ich einen Weihnachtsbaum in meinem Wohnzimmer aufstelle.

An einer der zahlreichen Buden bestelle ich uns zwei Glühwein und schon bald stehen wir voreinander und wärmen unsere Hände an dem Heißgetränk. Dann genehmigen wir uns den ersten Schluck.

»Laufen dir eigentlich viele deiner Studentinnen über den Weg, wenn du hier in Oxford unterwegs bist?«

Mich überrascht ihre Frage, aber weil sie in Seelenruhe dabei durch die Gegend blickt, messe ich der Sache keine große Bewandtnis zu.

»Hin und wieder. Wieso?«

»Ach, ich überlege nur, ob ich eifersüchtig werden würde. Ich teile so ungern meinen Freund.«

»Deinen Freund?«

Okay, auch wenn ich eben einen ähnlichen Gedanken hatte, überrascht es mich, dass unsere Gehirne in diesem Moment auf die gleiche Weise zu funktionieren scheinen. Ein bisschen sprachlos macht mich das schon.

Skye lacht neben mir auf.

»Na, ich dachte, ich übe schon einmal, wie es sich anfühlt, dich so zu bezeichnen. Ich kann bei deinen Eltern ja nicht immer nervöse Zuckungen bekommen, wenn ich dich so nenne.«

Ich weiß nicht, ob es bereits der Glühwein ist, aber zu hören, wie Skye mich als ihren Freund bezeichnet, lässt mich ein bisschen erröten und noch schlimmer, ich ertappe mich dabei, wie ich sie anstarre.

Okay, das tue ich eh ständig. Aber irgendwas heute hier mit ihr zusammen auf dem Weihnachtsmarkt ist besonders.

Meine Blicke scheinen sie aber nicht zu stören, tatsächlich fasst sie mich hin und wieder an und legt wie beiläufig ihre Hand auf meinen Arm.

»Also, wollen wir?«, fragt sie dann und weist mit einer Hand in Richtung der großen Eisfläche, die zwischen all den Buden aufgebaut ist.

Erst jetzt wird mir bewusst, dass so ziemlich jeder mitbekommen könnte, wenn ich mich im Minutentakt auf den Hintern setze. Vielleicht war es doch keine gute Idee, vorher den Glühwein zu trinken. Dann rede ich mir ein, dass mich eh nicht jeder beachten wird.

»Okay, aber nur unter einer Bedingung: Du darfst nicht lachen. Ich stelle mich bestimmt dämlich an und werde ständig hinfallen. Ich habe das das letzte Mal als Jugendlicher gemacht. Ich bin zwar nicht unsportlich, aber ich befürchte, du wirst gleich einiges zu lachen haben.«

Skye nimmt mir den Glühweinbecher ab und stellt ihn zurück auf die Theke. Dann schmunzelt sie und ihre blauen Augen funkeln.

»Wenn du willst, fange ich dich auf. Oder tust du nur so und bist eigentlich ein Profi auf dem Eis?«

Schelmisch blickt Skye mich an, doch ich schüttle vehement den Kopf.

Spätestens, als wir die ersten Zentimeter auf dem Eis fahren, weiß Skye, dass ich die Wahrheit sage.

»Ich dachte schon, ich wäre vielleicht nach all der Zeit ein bisschen wackelig auf den Beinen, aber bei dir sieht das noch unbeholfener aus als bei mir.«

Sie lacht und ich verziehe gequält den Mund, während ich krampfhaft versuche, nicht sofort hinzufallen. Es dauert eine Weile, in der ich die Bande immer in meiner Nähe weiß, um mich notfalls sofort festzuhalten, aber dann scheint mein Körper sich an die Bewegungen zu erinnern.

Irgendwann reicht mir Skye ihre Hand und wir laufen gemeinsam weiter. So, als wäre es das Natürlichste der Welt. Fast bin ich ein bisschen traurig darüber, dass wir beide Handschuhe tragen, aber auch so ist dieser Moment irgendwie besonders, weil wir uns so nah sind und dieses Mal sogar Körperkontakt haben. Mehr noch. Wir geben aufeinander acht, gleichen jede Regung des anderen mit unserem Körper aus und geben uns gegenseitig Halt. Ich kann mich nicht daran erinnern, wann ich das letzte Mal mit einer Frau so unbeschwert Zeit verbracht habe. Nach etwa einer halben Stunde fahren wir zurück an den Rand, verlassen die Eisbahn und geben die Schlittschuhe wieder ab.

»Wie schaut es aus? Trinken wir noch einen Glühwein? Auf einem Bein kann man doch so schlecht stehen.«

»Wo hast du den Spruch denn ausgegraben?«, fragt Skye nahezu tadelnd, aber ich sehe, wir ihr Mundwinkel zuckt. Sie kann einfach nicht ernst bleiben. Ich zucke lediglich mit den Schultern.

»Keine Ahnung. Alte Binsenweisheit. Also? Was sagst du?«

»Einen können wir gern noch trinken. Vielleicht werden wir dann auch wieder anständig warm.«

Gesagt, getan.

Ich besorge uns einen zweiten Glühwein und beide nippen wir vorsichtig an dem warmen Getränk, das zugegebenermaßen nicht berauschend schmeckt, aber seinen Zweck erfüllt. Langsam tauen wir beide wieder auf.

Ich beobachte Skye über den Rand meiner Tasse hinweg. Ihre Wangen glühen rosig und sie wirkt befreit.

»Glaub ja nicht, dass du drum herumkommst, gleich noch mit mir Weihnachtslieder zu singen. Ich hoffe, du hast bereits gesehen, dass dort drüben eine kleine Gruppe Musiker steht, die weihnachtliche Musik spielt.«

Bei ihren Worten muss ich schmunzeln.

»Sicher, dass das die beste Idee ist? Ich meine, du hast bestimmt mehr Stimmtraining als ich, da du ständig unter der Dusche singst, aber ich bezweifle, dass mich jemand hören möchte.«

»Ich singe unter der Dusche?«

Perplex schaut sie mich an und setzt ihren Becher auf dem kleinen Stehtisch ab, an dem wir uns befinden.

»O ja, krumm und schief und mit Vorliebe Weihnachtslieder. Aber tatsächlich ist das recht putzig.«

»Ich sollte zwar fragen, woher du das weißt, aber was viel wichtiger ist: Du findest mich putzig?«, entfährt es ihr und sofort schlägt sie sich die Hand vor den Mund.

»Ich habe gesagt, dass dein Singen putzig ist, aber wenn du das auf dich münzen möchtest, kann ich damit leben.«

Sie schweigt, aber vielleicht ist das auch ganz gut so.

Ich bin nämlich genauso verwirrt, wie mir die Worte über die Lippen kommen konnten. Und noch verwirrter bin ich, dass ich es ihr gern öfter sagen möchte, wie hübsch und bezaubernd sie ist.

23

KIAN

Wie sonderbar es ist, dass ein Weg, den man schon so viele Male gegangen ist, auf einmal ganz anders wirkt, wenn man ihn mit einem Menschen bestreitet, der etwas in einem weckt, das man selbst noch nicht wirklich in Wort fassen kann.

Ich habe Oxford bereits zu allen Jahreszeiten erlebt, aber heute, mit Skye neben mir, wirkt die Stadt anders. Irgendwie magisch.

Wieder einmal stelle ich fest, warum ich Oxford so liebe. Wenn man hier unterwegs ist, spürt man das Feeling der Universitätsstadt in allen Gassen. Ich mag, dass es hier nicht so viel Autoverkehr gibt und ein Großteil der Leute das Fahrrad nutzt. Die Stadt ist geprägt von den Universitätsgebäuden und den zahlreichen Grünflächen, die jetzt unter einer wunderschönen Schneedecke liegen. Oxford ist nicht hektisch wie London, hier ist es das ganze Jahr trotz der vielen Studenten ruhig und überall, wo man sich hindreht, steckt ein Stückchen Geschichte vergraben. Selbst die Touristen ändern an der gelassenen Atmosphäre wenig. Häufig tummeln sie sich in den Gärten der einzelnen Colleges, die für die Besucher geöffnet sind, oder laufen die High Street entlang. Überall sieht man regelmäßig Stadtführer mit kleinen Gruppen entlanglaufen, die eins der bekannten Colleges besuchen wollen: Magdalen, Christ Church, Trinity oder Balliol stehen immer besonders hoch im Kurs.

Mein persönlicher Favorit in Oxford ist jedoch die Bodleian Library und ich empfehle jedem, diese einmal zu besichtigen. Die Bodleian Library ist eine der wichtigsten Forschungsbibliotheken und gehört zu den sechs Pflichtexemplarbibliotheken des Landes. Die Vorstellung, dass jedes im Land gedruckte Werk hier hinterlegt werden muss, ist gigantisch.

Es ist nicht übertrieben zu sagen, dass Oxford mich in seinen Bann gezogen hat. Mindestens genauso wie diese interessante Person zu meiner Rechten, die neben mir durch den Schnee nach Hause läuft.

Obwohl wir eben auf der Eislaufbahn lange Hand in Hand gelaufen sind, berühren wir uns jetzt nicht. Zumindest so lange nicht, bis Skye auf einmal neben mir stolpert.

»Hoppla!«, rufe ich und lege ruckartig den Arm um sie, um sie vorm Hinfallen zu bewahren.

»War es da glatt oder ist das der Glühwein?«, erkundige ich mich und kann mir ein Grinsen nicht verkneifen.

»Vielleicht eine Mischung aus beidem?«, erwidert Skye und presst ihren Körper dichter an meinen.

»Vielleicht ist es besser, wenn du aufpasst, dass ich nicht hinfalle?«

»Du meinst also, ich sollte besser den Arm um dich gelegt lassen?«

»Vielleicht«, antwortet sie und errötet leicht.

Die Antwort hätte für mich nicht schöner ausfallen können. Sie in meinem Arm zu wissen, fühlt sich natürlich an und ein bisschen so, als sollte es so sein. Ich wundere mich nicht darüber, dass sie es zulässt und freue mich über diesen Augenblick der Nähe. Vielleicht ist es eine Geste unter Freunden. Ich hoffe, dass es mehr ist.

»Kann sein, dass der dritte Glühwein nicht mehr hätte sein müssen. Ich vertrage aber auch echt nichts mehr. Vor allem nicht mit nur ein paar Pancakes im Magen. Das hätte ich schlauer angehen können.«

»Das stimmt wohl. Aber hey, wir bekommen dich schon heile nach Hause. Oder wollen wir noch irgendwo etwas essen gehen?«

Sie schüttelt den Kopf.

»Nein, bring mich heim«, antwortet sie und ihre Worte klingen wie Musik in meinen Ohren.

Gemeinsam laufen wir die letzten eineinhalb Meilen bis zum Haus und jeder, der uns sieht, könnte vermuten, dass wir ein Paar sind. Als wir vor der Haustür ankommen, löse ich meinen Arm und schließe die Tür auf. Dann treten wir ein.

»Danke für die schönen Stunden. Das war mit Abstand der beste Weihnachtsmarktbesuch seit Langem.«

»Finde ich auch«, stimme ich ihr zu und schaue zu, wie sie sich die Mütze vom Kopf zieht.

Ihre Haare sind leicht elektrisch geladen und ich muss lachen.

»Struwwelpeter«, kommentiere ich das Ganze amüsiert und fahre ihr über den Kopf.

»Nicht witzig«, antwortet sie und zieht sich im nächsten Moment den Mantel aus. Ich nehme ihn ihr ab und hänge ihn gemeinsam mit meinem an der Garderobe auf. Aus dem Augenwinkel nehme ich wahr, wie Skye sich auf die dritte Treppenstufe setzt und leise aufstöhnt.

»Was ist los?«

»Ich glaube, ich bin zu schlapp, um meine Schuhe auszuziehen.«

Sie streckt ihre Beine aus und lehnt sich auf der Treppe nach hinten.

»So schlimm?« Ich betrachte das Schauspiel ausgiebig und gehe dann vor ihr auf die Knie. »Lass mich nur machen.«

Ehe sie reagieren kann, ziehe ich ihr zunächst den ersten Schuh aus und dann den zweiten. Aufmerksam beobachtet Skye mich dabei, gibt aber keinen Ton von sich. Das ändert sich schlagartig, als ich einen Fuß in die Hände nehme und beginne, ihn zu massieren.

»Argh, Kian. Füße!«

Skye will ihren Fuß ruckartig zurückziehen, aber ich halte ihn fest.

»Und? Gefällt es dir nicht, wenn man dir die Füße massiert?«

»D...d...das habe ich nicht gesagt. Aber, o mein Gott, Füße!«

»Ich verstehe nur Bahnhof«, antworte ich und fahre mit der Massage fort, denn ich sehe durchaus, dass es ihr gefällt.

»Kennst du diese Theorie nicht?«

»Welche?«

»Na, dass der liebe Gott sich etwas dabei gedacht hat, dass er die Füße am weitesten vom Gesicht entfernt angesetzt hat.«

Jetzt muss ich lachen.

»Du spinnst. Magst du etwa keine Füße?«

»Ich hasse Füße!«, platzt es aus Skye heraus.

»Wieder etwas, das ich über dich gelernt habe«, kommentiere ich ihr Geständnis und wechsle mit meiner Massage von ihrem linken Fuß zu ihrem rechten.

»O Gott«, haucht sie und schließt genüsslich die Augen, während sie ihren Kopf in den Nacken legt.

»Kian reicht vollkommen.«

Natürlich erntet mein Spruch ein *Tzzz* mit anschließendem Kopfschütteln.

»Wer von uns beiden spinnt hier nun?«

»Wir können uns ja darauf einigen, dass wir beide einen

leichten Schaden haben«, antworte ich auf ihre Frage, höre mit der Massage auf und erhebe mich. Sie öffnet ihre Augen und beobachtet mich. Dann halte ich ihr meine Hand hin, die sie umgehend ergreift. Mit einem Ruck ziehe ich Skye zu mir hoch. Ich war wohl etwas zu schwungvoll, denn plötzlich landet sie an meiner Brust und mir bleibt sprichwörtlich die Luft weg. Für einen Moment sagt keiner von uns beiden ein Wort. Dann spüre ich, wie Skye ihre Hände auf meine Brust legt, während sich mein Arm um ihre Taille schlängelt. Wieder verharren wir so, ohne uns zu regen. Ich atme angestrengt und auch ihr Atem geht unruhig. Wir schauen uns an und auf einmal entdecke ich in ihren Augen etwas, das mir furchtbar bekannt vorkommt. Ich glaube Verwirrung zu entdecken. Und diese ist gepaart mit einer Sehnsucht, die nahezu übermannend ist. Ich schlucke. Dann bringe ich alle Kraft auf, die in meinem Körper steckt, und trete einen Schritt zurück.

Verlegen räuspert sich Skye und löst auch ihre Hände von meinem Brustkorb.

»Hast du eigentlich schon eine Idee, wie du mich loswirst?«

Mit der Frage habe ich nicht gerechnet.

»Ähm, wie bitte?«

Ich trete noch einen Schritt zurück, denn der Duft, der von ihr ausgeht, macht mich noch nervöser, als ich eh schon bin. Irgendwie muss ich wieder zu Verstand kommen. Da hilft eine Frage wie diese überhaupt nicht.

»Na, ich meine unsere Trennung. Die musst du deinen Eltern doch verkaufen.«

»Ach so. Ähm, nö. Haben wir mit unserer Trennung nicht noch ein bisschen Zeit?«

Skye nickt.

»Haben wir. Schließlich hatten wir noch nicht einmal eine gemeinsame Nacht.«

Himmel, diese Frau ist noch mein Verderben. Ich kann

meinem Kopf unentwegt sagen, dass er sich von ihr distanzieren soll. Leider funktioniert das nicht so gut mit meinem besten Freund in meiner Hose.

»Willst du überprüfen, ob ich wirklich einen Penis habe? Schließlich ist das das Mindestkriterium, das Männer bei dir ja haben müssen.«

Skye baut sich vor mir auf und lässt ihren Blick einmal langsam an mir auf und ab wandern. Ich habe mit Vielem gerechnet, aber nicht mit dem Satz, der mich dann erwartet.

»Glaube mir, ich weiß, dass ich mir deinen nicht mehr vom Weihnachtsmann wünschen muss.«

Schlagartig reiße ich die Augen auf und starre sie an.

»Wie bitte?«

»Du brauchst gar nicht so entsetzt zu tun. Ich habe Augen im Kopf.«

Mit diesen Worten kommt sie mir noch einmal ganz nah und drückt mir dann zu meiner Überraschung einen Kuss auf die Wange.

»Mein lieber Fake-Boyfriend, ich werde mich ein Stündchen hinlegen und Augenpflege betreiben. Vielleicht ist der Glühwein dann gnädig mit mir. Falls du Hunger hast, findest du im Kühlschrank frischen Salat. Ums Essen kümmere ich mich später. Ach, und nimm dir morgen Nachmittag nichts vor und arbeite nicht so lang.«

»Willst du etwa schon wieder mit mir auf den Weihnachtsmarkt?«

Sie schüttelt den Kopf und ihre Augen strahlen.

»Wir müssen noch ein Geschenk kaufen.«

»Wie? Ein Geschenk?«

Ich stottere mehr, als dass ich meine Gedanken in klare Worte fassen kann.

»Für deine Schwester zur Verlobung. Wir können dort schlecht mit leeren Händen auftauchen.«

Dann stupst sie mir mit ihrem Zeigefinger auf die Nase und dreht sich im nächsten Moment um, um die Treppe hochzulaufen.

Warum fühlt sich meine Fake-Freundin plötzlich nicht im Geringsten mehr wie eine Fake-Freundin an? Und warum wünschte ich, sie würde nicht in ihr eigenes Zimmer laufen, sondern auf direktem Weg in mein Bett?

24

SKYE

Ich habe es schon mehr als einmal gesagt: Es soll Menschen geben, die anfangen zu essen, wenn sie emotional oder gestresst sind. Ich koche. Ich backe. Und am besten auch noch beides zusammen. Immer dann, wenn mich irgendetwas beschäftigt, verschwinde ich für Stunden in der Küche und lenke mich ab.

Heute Morgen ist das besonders nötig, denn natürlich habe ich letzte Nacht so gut wie gar nicht geschlafen. Erst habe ich mich über mich selbst aufgeregt, dass ich die Nähe zu Kian gesucht habe. Dann hat sich diese Aufregung in Erregung gewandelt, die auch eine kalte Dusche nicht abstellen konnte. Letztendlich habe ich mir meinen Laptop geschnappt und habe wohl die heißeste Sexszene geschrieben, die ich jemals runtergetippt habe.

Als die Studentin im Hörsaal durch den sexy Professor gleich dreimal hintereinander zum Höhepunkt gebracht worden war, habe ich meinen Kopf im Kissen vergraben und hätte am liebsten laut aufgeschrien.

Okay, kurz habe ich überlegt, ob ich nicht einfach zwei Türen weitergehe und meine Fantasie in die Tat umsetze, aber letztendlich hat mein Verstand gewonnen und ich habe, die Hände mehr oder weniger auf der Bettdecke, langsam in den Schlaf gefunden. Dass ich mir dafür gleich dreimal die Einschlafmeditation auf meinem Handy anhören musste, verschweige ich besser. Ich hätte auch kurz masturbieren können, aber ich hatte Angst, dass Kian mein Stöhnen hört.

Heute Morgen bin ich gerädert aufgewacht und natürlich sind meine Gedanken sofort wieder zu Kian gewandert und seinen sinnlichen Lippen. Zu seinen starken Armen, in die mein Körper nur allzu gut passt, und diesem unfassbar attraktiven Gesicht, das ich die ganze Zeit nur anstarren möchte. Ach, was sage ich anstarren. Berühren. ABLECKEN!

Lieber Weihnachtsmann, darf ich mir vielleicht doch etwas Größeres in diesem Jahr wünschen? Ich bin doch die letzten Jahre wirklich bescheiden gewesen. Ich mache es auch nicht kaputt. Versprochen.

Ich stemme die Hände in die Hüften und schaue auf das Chaos vor mir. Zu meiner Linken ruht fertiger Pastateig, der darauf wartet, ausgerollt zu werden. Rechts steht schon alles bereit, um mich an eine Ladung Scones zu wagen, die es später zum Kaffee geben soll. Ich traue mich gar nicht, in die Spüle zu schauen, denn auch wenn ich jede Küche wieder blitzblank verlasse, sieht sie zwischendurch aus wie ein Schlachtfeld. Überall stapeln sich Töpfe, Pfannen und Rührschüsseln.

»Hatte ich dich nicht eigentlich ursprünglich eingestellt, dass du hier unter anderem Ordnung machst und nicht mein Haus in ein heilloses Chaos verwandelst? Also irgendwie sah die Jobbeschreibung anders aus.«

Kian ist in die Küche gekommen und als ich mich zu ihm drehe, sehe ich die gespielte Entrüstung in seinem Blick.

»Ein Genie beherrscht das Chaos. Sagst du das nicht auch immer, wenn du von deinem Schreibtisch sprichst?«

»Hör mir mit meinem Schreibtisch auf«, stöhnt er, holt sich ein Glas Wasser und setzt sich auf den Stuhl neben die Arbeitsplatte.

»Ich mache drei Kreuze, wenn der Artikel fertig ist. Wobei, da bin ich eigentlich soweit mit durch.«

»Was beschwerst du dich dann so?«, hake ich amüsiert nach und schiebe ihm den Teller mit den Plätzchen rüber, von dem er sich gleich bedient. Der Mann hat einen guten Appetit. Und definitiv für diese Uhrzeit einen süßen Zahn.

»Diese Aufsätze. Die machen mich fertig.«

»Jetzt übertreibe mal nicht. Du lehrst intelligente Menschen. So schlecht können die gar nicht schreiben.«

»Das hatte ich auch erst gedacht. Aber irgendwie hoffe ich immer, dass mir da mal ein Highlight begegnet, aber der Großteil ist Blabla.«

»Heißt, die sind durchgefallen?«

»Nein. Inhaltlich sind die Sachen meist in Ordnung, aber irgendwie fehlt mir ein bisschen die Leidenschaft in ihren Texten.«

»Wie muss ich das verstehen?«

Jetzt, da Kian plötzlich über das Schreiben spricht, halte ich mit meiner Arbeit inne und blicke ihn an.

»Ich wünschte, ich könnte mal einen Text lesen, bei dem man merkt, dass der Urheber oder die Urheberin für die Sache brennt. Vielleicht darf ich ja mal etwas von dir lesen? Ich bin mir sicher, das wäre eine wunderbare Abwechslung.«

»Ähm«, entfährt es mir sofort und ich bin ein bisschen überfordert.

»Wie kommst du darauf, dass ich schreibe?«

Okay, eigentlich ist Leugnen zwecklos, aber man kann es ja mal versuchen.

»Weil ich Augen im Kopf habe.«

Ich schlucke, denn tatsächlich weiß niemand, dass ich in

meiner Freizeit still und heimlich Liebesromane schreibe. Na ja, schreiben *will*. Und scheinbar ist das Ganze auch nicht mehr so still und heimlich, denn Kian hat auf für mich unerklärliche Weise davon Wind bekommen. Und dabei war ich doch so vorsichtig.

Wie war das? Angriff ist die beste Verteidigung?

Ich atme tief durch und schaue ihn an.

»Und du glaubst also, meine Texte sprühen nur so vor Leidenschaft?«

Er grinst.

Hör auf damit, Kian, ich bekomme weiche Knie. Oder einen Herzinfarkt. Eins von beiden.

»Ich glaube das nicht nur, ich bin mir da ziemlich sicher. Deine Texte haben bestimmt mächtig Tiiiiiiiiiefgang.«

Okay, der war gut. Bei Kians Anspielung auf meinen Kommentar von neulich Abend muss ich lachen.

»Hin und wieder könnte das schon sein«, gebe ich unverfroren zu und versuche nicht in Panik auszubrechen, dass jemand davon weiß, dass ich schreibe.

»Aber ich bin mir sicher, für einen vielbelesenen Literaturprofessor ist mein Schreiben eine Beleidigung.«

»Mach dich nicht kleiner, als du bist«, kommentiert er meinen Satz unverzüglich und legt seinen Kopf schräg. Er mustert mich und unwillkürlich verlagere ich unruhig mein Gewicht von einem Bein aufs andere.

»Na, aber im Ernst. Noch niemand hat jemals gelesen, was ich so schreibe. Wahrscheinlich ist es fürchterlich.«

»Wirklich? Du hast deine Texte noch nie jemandem gezeigt?«

Ich schüttle vehement den Kopf und versuche mich damit abzulenken, den Pastateig auszurollen. Natürlich gelingt mir das nur spärlich und innerhalb von Sekunden kippe ich mir das halbe Mehl über die Klamotten, das eigentlich auf die Arbeitsfläche sollte. Hektisch klopfe ich das weiße Pulver von mir ab und fahre mir durchs Haar, was dazu führt, dass Kian in schallendes Gelächter ausbricht.

»Steht dir.«

»Was?«

»Mehl im Haar. Sei froh, dass du blond bist.«

»Mach dich nicht über mich lustig«, meckere ich und verziehe schmollend den Mund. Ich klopfe meine Hände sauber und fahre mir erneut durchs Haar, um möglichst alle Mehlspuren zu beseitigen.

»Ich mache mich nicht lustig über dich. Ich finde das spannend. Und auch, wenn du dich hier klein machst, was mir tatsächlich überhaupt nicht gefällt, kannst du doch stolz auf dich sein. Wer kann schon behaupten, dass er Bücher schreibt?«

»Tue ich ja nicht. Ich habe noch keins fertig geschrieben«, antworte ich schulterzuckend und lasse meinen Frust am Pastateig aus.

»Noch nicht«, höre ich Kian sagen, der im nächsten Moment aufsteht und neben mich tritt. Dann fasst er mich an den Schultern und dreht mich zu sich um. Ich halte die Luft an.

»Zweifle nicht so viel an dir. Und ich würde gern etwas von dir lesen. Oder du liest mir vor. Nur wenn du magst, versteht sich.«

Puuuuuh, momentan möchte ich vor allem eins: eine eiskalte Dusche. Kians Nähe setzt mein Blut in Wallung und auf einmal ist mir furchtbar warm.

»Es würde mir etwas bedeuten«, sagt er dann plötzlich und dieser Satz erwischt mich eiskalt. Ich kann mich nicht daran erinnern, wann jemand das letzte Mal so viel Interesse an mir gezeigt hat.

Es ist dieser kleine, aber feine Satz, der mich erkennen lässt, dass diesen Mann vor mir der Himmel geschickt hat. Nicht nur, weil er mir ein Dach über dem Kopf gibt. Zum ersten Mal seit dem Tod meiner Eltern kann ich die Weihnachtszeit genießen und erlaube mir, glücklich zu sein. Zwar haben sich Oscar und Sofia auch bemüht, mir die Zeit leichter zu machen, aber die Schwermut, die ich jedes Jahr gefühlt habe, konnte ich nie wirklich ablegen.

Dass er sich nicht über meine Schreibversuche lustig macht, bedeutet mir viel.

Eine Träne sucht ihren Weg über meine Wange und schnell will ich sie wegwischen, doch es ist Kian, der seine Hand sanft auf meine Haut legt und sie mit seinem Daumen auffängt.

»Nicht weinen, Frau Professor. Wenn du mir jetzt hier zusammenbrichst, stehe ich allein vor dem Küchenchaos.«

Er deutet hinter und um uns herum.

»Und ich habe keine Ahnung, wie ich uns daraus ein so tolles Essen zaubern soll, wie du das immer schaffst.«

Ich schniefe, denn natürlich muss ich bei Kians Worten lachen.

»Ernsthaft, Skye. Zweifle nicht an dir und es ist doch gut, wenn man Träume hat, die man verwirklichen möchte. Mich hast du auf jeden Fall in deiner Ringecke. Ich feuere dich an.«

Wieder schniefe ich.

»Aber du hast doch noch gar nichts von mir gelesen.«

»Egal. Das holen wir vielleicht heute Abend nach. Aber jetzt zeigst du mir erstmal, wie man Pastateig ausrollt.«

Er tritt einen Schritt zurück und schiebt sich hinter mir her, um seine Hände zu waschen.

Obwohl er mich nicht berührt, spüre ich seine Nähe so intensiv wie selten zuvor. Wie sehr ich ihn will. Begehren flutet meinen Körper, schiebt sich in jede Ader und stellt all die kleinen Härchen auf, die ich besitze.

Ich versuche mich zu beruhigen, doch dann mache ich den Fehler und schaue ihn an, als er neben mich tritt. Unsere Blicke treffen sich und augenblicklich verliere ich mich im Blau seiner Augen. Es wäre so leicht, diese kleine Grenze jetzt zu übertreten.

Mich einfach zu ihm zu beugen und ihn zu küssen. Ich bilde es mir nicht ein. Wir kämpfen beide.

»Wollen wir?«, entfährt es Kian neben mir euphorisch und er stürzt sich auf den Pastateig. Dass er dabei grinst wie ein Honigkuchenpferd, macht mich unheimlich glücklich.

Mit ganz viel Glück finde ich auch endlich eine Antwort auf die Frage, was ich tun werde, wenn Kians Eltern erwarten, dass wir uns küssen. So intelligent dieser Mann hier neben mir auch ist, das hat er in seinen ganzen Planungen wohl nicht bedacht. Wunderbar, Herr Professor.

25

SKYE

Die nächsten Tage vergehen wie im Flug, was aber vielleicht auch daran liegen mag, dass wir beide viel zu tun haben. Während ich morgens dafür sorge, dass der Kühlschrank gefüllt ist und das Essen auf den Tisch kommt, verbringt Kian Unmengen an Zeit an seinem Schreibtisch. Ähnlich wie die Beobachtungen, die ich jedes Jahr aufs Neue mache, wenn die Studierenden in ihren Prüfungsphasen sind, zeigt sich auch an Kian, dass er gestresst ist und ihm zehntausend Dinge gleichzeitig durch den Kopf gehen. Drei Tage hintereinander sehen wir uns nur morgens kurz, bevor wir uns beide an unser Tagewerk machen und dann erst wieder spät abends, wenn ich von der Arbeit nach Hause komme. Wenn Kian es schafft und er das Bedürfnis hat, vor die Tür zu kommen, holt er mich am *Lion's* ab, und wir laufen die Strecke gemeinsam nach Haus.

Ein bisschen wirkt es so, als würden wir beide bewusst Abstand halten, damit wir nicht in eine Situation kommen, die unser Unterfangen auf den letzten Metern ausbremsen könnte.

Zwei Tage vor Heiligabend ist Kians Deadline, die er schafft.

Danach ist ihm anzumerken, welch großer Stein ihm vom Herzen fällt und er endlich wieder ein bisschen befreiter atmen kann. Ich lerne von ihm, dass er zwar gern an Forschungsprojekten sitzt, aber trotzdem nicht so gut damit umgehen kann, wenn er eine feste Deadline hat.

Weil ich von mir aus nicht davon angefangen habe, hat bisher keine Vorlesesession stattgefunden und tatsächlich bin ich ein wenig froh darüber. Überraschenderweise liegt das nicht daran, was er über meinen Schreibstil denken könnte, aber die Vorstellung, Kian eine Sexszene vorlesen zu müssen, gruselt mich. Natürlich hätte ich ihm auch etwas Harmloseres vorlesen können, aber mein Gefühl sagt mir, das hätte Kian so nicht stehenlassen.

Viel zu schnell ist nun der vierundzwanzigste Dezember und wir sind auf dem Weg zu Kians Eltern und somit auch zur Verlobungsfeier seiner Schwester. Ich habe die letzten zwei Nächte furchtbar schlecht geschlafen, denn obwohl ich das Gefühl habe, dass wir uns einen guten Schlachtplan überlegt haben, weiß ich nicht, ob alles so aufgeht, wie wir es uns erhoffen. An mögliche Kussszenarien will ich gar nicht denken.

Kian sitzt hinterm Steuer seines Land Rovers und ich, dick eingepackt, neben ihm. Während wir die Strecke von Oxford nach Sevenoaks fahren, mustere ich ihn hin und wieder von der Seite. Wie attraktiv dieser Mann einfach ist. Sein volles blondes Haar lädt förmlich dazu ein, mit der Hand hindurchzufahren. Seit wir uns kennengelernt haben, trägt er den Bart etwas länger, was mir abgöttisch gut gefällt, weil es ihm einfach noch ein bisschen mehr Männlichkeit verleiht. Ich war noch nie die Frau, die auf Bubis gestanden hat, und war immer schon eher Team Holzfäller. Kians Gesichtszüge sind gleichmäßig, seine Nase gerade und die Wangenknochen samt Kinnpartie einfach zum Niederknien. Was ihn für mich aber besonders attraktiv macht, sind seine blauen Augen mit den unverschämt langen Wimpern.

Jedes Mal, wenn er mich damit anblickt, möchte ich am liebsten zerfließen.

Ich lehne den Kopf gegen den Sitz und blicke aus dem Fenster. Natürlich sind heute die Straßen besonders voll, denn wie auch wir fahren zahlreiche andere Menschen zu ihren Familien, um dort gemeinsam Weihnachten zu feiern. Wehmütig muss ich daran denken, wie gern ich diesen Weg jetzt selbst einschlagen würde, werde mir aber schnell bewusst, dass ich es nie wieder erleben darf, meine Eltern zu Weihnachten zu besuchen. So sehr man vielleicht auch hin und wieder genervt von seiner Familie ist, so sehr liebt man sie doch.

Hinten im Auto liegt unser Gepäck verstaut und das Geschenk für Charlotte und ihren Zukünftigen. Auch wenn ich es mehrmals versucht habe, hat Kian darauf bestanden, keine weiteren Geschenke für den Rest seiner Familie zu kaufen, denn diese Tradition gäbe es bei ihnen nicht und er wolle damit auch nicht brechen.

Während leise Weihnachtslieder aus dem Radio dringen, liegen Kians Hände ruhig auf dem Lenkrad, während er konzentriert nach vorn auf den Verkehr schaut. Er wirkt angespannt. Mein Blick fällt auf die kleine Narbe auf seiner Wange, die er von einer kleinen Schlägerei davongetragen hat, als er im ersten Semester seinem besten Freund Gabriel zur Hilfe geeilt ist, als sich dieser mit älteren Studierenden angelegt hatte. Grund war natürlich eine Frau.

Ich weiß, dass Kian Hunde vergöttert und er seine Frühstückseier lieber ein bisschen zu weich als zu hart isst. Er heißt mit Zweitnamen Alexander und hätte er eine Superkraft, dann würde er sich gern überallhin beamen können.

Es fühlt sich seltsam an, dass ich all diese Dinge über ihn weiß, obwohl das doch alles nur ein einstudiertes Schauspiel ist, das wir in den nächsten achtundvierzig Stunden an den Tag legen werden, um seine Eltern an der Nase herum zu führen. Ich hoffe nur, dass man uns auch abnimmt, dass wir ein Paar sind. Kians Kollegen in der Fakultät zu täuschen ist eine Sache, das Ganze aber bei seiner Familie zu versuchen, ist eine ganz andere Hausnummer. Schließlich kennt ihn niemand so gut wie sie.

»Wieso bist du eigentlich so kritisch, was deine Familie angeht?«, erkundige ich mich bei ihm, da wir für mein Empfinden schon viel zu lang schweigen. »Zwar hast du mir Einiges erklärt, aber Familie ist und bleibt doch Familie. Sicher, wir können uns unsere Liebsten nicht aussuchen, aber vielleicht tust du ihnen Unrecht? Wäre das möglich?«

Kians Blick löst sich kurz von der Fahrbahn und er schaut zu mir herüber.

»Ich wünschte, das wäre so einfach. Glaube mir, du wirst spätestens in einer halben Stunde wissen, was ich meine. Ich hoffe nur, sie werden gut zu dir sein. Ich entschuldige mich jetzt schon einmal im Voraus.«

»Das ist nicht nötig«, versuche ich ihn zu beruhigen und sein Mund verzieht sich zu einem nahezu spöttischen Grinsen. »Ich habe dir doch gesagt, ich bin Profi. Ich bekomme das hin.«

»Wenn nicht du, wer dann?«, sagt er, blickt erneut kurz zu mir und zwinkert mir zu. »Vielleicht sollten wir noch eine hammermäßige Performance zu *Last Christmas* hinlegen, damit wir uns verausgaben, bevor wir gleich bei meinen Eltern ankommen?«

Kian deutet auf sein Radio, aus dem die ersten Töne zu *Whams* Weihnachtsklassiker dringen.

»Ich wusste gar nicht, dass du neuerdings so auf Weihnachtslieder stehst?«

»Tue ich auch gar nicht«, bekomme ich als Antwort. »Aber ich amüsiere mich jedes Mal köstlich darüber, wie herrlich schief du singen kannst.«

Gespielt entrüstet haue ich ihm mit meiner Hand auf den Oberschenkel, was Kian mit einem herzhaften Lachen quittiert und das Radio lauter dreht. Sekunden später grölt er förmlich den Rest der ersten Strophe zu Ende, sodass ich mir nur noch die Ohren zuhalten kann.

Kians Begeisterung ist ansteckend und mit dem vermeintlichen Weihnachts-Muffel vom Anfang unserer gemeinsamen Zeit hat das rein gar nichts mehr zu tun. Inzwischen hat er es akzeptiert, dass sein komplettes Haus weihnachtlich geschmückt ist, ich immerzu überall Weihnachtsbeleuchtung anmache und er hat mir sogar gestanden, dass er unsere gemeinsamen Leseabende am Weihnachtsbaum genießt.

Kian in diesen Situationen so ausgeglichen zu sehen, lässt mein Herz strahlen. Rasch versuche ich mich abzulenken, als dieses wohlige Gefühl in mir aufsteigt, aber wie so oft in den letzten Tagen gelingt es mir nur schwer.

Ich mag Kians Nähe und die Vorstellung, dass dies hier bald vorbei ist, setzt mir zu. Auch wenn ich weiß, dass er mich nicht bereits morgen vor die Tür setzen wird, ist unsere Zeit zusammen endlich.

Ich klappe die Sonnenblende herunter und begutachte mich im Spiegel. Wir haben nachher noch ausreichend Zeit, um uns für die Verlobungsfeier fertig zu machen, denn bereits im eleganten Kleid die Autofahrt bestreiten zu müssen, hätte ich als suboptimal empfunden. Ich habe meine Haare bereits gelockt und bei meinem Anblick im Spiegel wuschle ich sie jetzt erneut durch, damit sie voll und locker über meine Schultern fallen. Gott sei Dank sind meine Haare nicht widerspenstig und machen das, was ich von ihnen will. Ich trage nur leichtes Makeup, das ich für die Feier noch einmal auffrischen werde. Meine Lippen ziert ein nudefarbener Lippenstift. Ich blicke an mir herunter. Ich habe mich für einen langen beigen Rock entschieden, zu dem ich einen kurz geschnittenen und farbig passenden Rollkragenpullover trage. Meine Füße stecken in braunen Boots mit einem flachen Absatz.

Schließlich passieren wir das Ortsschild von Sevenoaks und während Kian die ganze Fahrt über schon recht still war, verstummt er nun völlig.

Seine Eltern wohnen in einer Gegend, in der Leute mit Geld leben. Wenn ich Kians Haus daheim in Oxford schon still und heimlich als Anwesen bezeichne, dann braucht das, was ich jetzt vor mir sehe, definitiv noch eine Steigerung. Tatsächlich führt eine kleine Einfahrt zum Haus seiner Eltern, die links und rechts mit Bäumen bewachsen ist. Sevenoaks in der Grafschaft Kent liegt etwa fünfunddreißig Kilometer von London entfährt und gehört zu den wohlhabendsten Ortschaften des Landes. Mit seinen knapp unter dreißigtausend Einwohnern wirkt es nahezu beschaulich, was sicherlich auch daran liegen mag, dass hier Menschen mit Geld leben, die ihre Ruhe wollen.

Als wir uns dem Haus mit der weißen Fassade mit dem Wagen nähern, erkenne ich, dass es weihnachtlich geschmückt ist. Lichterketten sind in den Fenstern auszumachen und die Haustür ziert ein üppiger Weihnachtskranz, der prachtvoll gebunden ist. Natürlich passt er farblich in das Gesamtbild. Sowieso erscheint mir alles, als wäre nichts dem Zufall überlassen worden. So sind auch die Pflanzenkübel, die die kleine Treppe zur Haustür säumen, farblich auf den Eingangsbereich abgestimmt.

Kian parkt auf dem gepflasterten Stück vor der Haustür und stellt den Motor aus, während ich angespannt durch das Fenster blicke. Noch ist alles ruhig, aber irgendwie habe ich es im Gefühl, dass unsere Ankunft nicht lange unbemerkt bleibt. Ich soll mit meiner Vermutung recht behalten.

Kian springt aus dem Auto, läuft um das Auto herum und öffnet mir die Beifahrertür. Galant hält er mir die Hand hin und hilft mir beim Aussteigen. Meine zitternden Finger liegen in seiner warmen Hand und sofort durchströmt mich ein Gefühl der Sicherheit.

Just in diesem Moment öffnet sich die Haustür und zwei Personen treten nach außen auf die kleine Treppe. Die beiden starren uns ungeniert an. Kians Griff um meine Hand verstärkt sich und er lächelt mir nahezu gequält zu.

»Auf in den Kampf.«

Was wie eine Aufforderung klingen soll, hat den Hauch einer Frage und so nicke ich Kian schnell zu, der tief einatmet.

»Wir schaffen das.«

Sofort ist zu erkennen, von wem Kian sein gutes Aussehen geerbt hat. Sein Vater überragt seine Frau um gut einen Kopf und sieht trotz seines vorangeschrittenen Alters noch sehr gut aus. Seine Haare sind grau und adrett frisiert. Er trägt eine dunkelblaue Stoffhose und ein Oberhemd, über das er einen braunen Wollpullover gezogen hat. Kians Mutter ist elegant gekleidet, in einem dunkelblauen Rock und farblich passender Bluse. Ihre Haare trägt sie kinnlang und obwohl sie kleiner als ihr Mann ist, wirkt sie energisch und wachsam. Selbst auf die Distanz spüre ich ihre musternden Augen auf mir.

Kian hat meine Hand erneut ergriffen und zusammen überbrücken wir die kurze Distanz zwischen Auto und Eingangstür. Endlich stehen wir voreinander.

»Hallo zusammen«, begrüßt Kian seine Eltern. »Da wären wir. Darf ich euch Skye vorstellen?«

Während Kians Vater freundlich nickt, »Hallo« sagt und mir die Hand entgegenstreckt, scheint sich seine Mutter noch nicht entschieden zu haben, wie sie reagieren will. Schließlich tritt sie einen Schritt vor und legt ihre Arme um Kian, um ihn zu begrüßen.

»Kian, wie schön, dass du es geschafft hast. Warum hast du nicht erzählt, dass du jemanden mitbringst?«

Ihr Ton wirkt alles andere als warmherzig und ich schlucke. Also hat Kian sich wirklich dazu entschieden, niemanden aus seiner Familie darüber in Kenntnis zu setzen, dass er mit Begleitung kommt.

»Ich habe mir gedacht, das könnte so etwas wie meine Weihnachtsüberraschung für euch sein«, antwortet er seiner Mutter und begrüßt anschließend auch seinen Vater. »Ich hoffe, das macht keine Umstände.«

Kurz wechseln er und ich einen Blick und inzwischen kenne ich ihn genug, um zu wissen, was mir das kurze Heben seiner Augenbraue verraten soll.

»Die Weihnachtsüberraschung ist dir gehörig gelungen«, presst seine Mutter hervor und streckt nun auch mir ihre Hand entgegen. »Willkommen, ich bin Harriet und das ist mein Mann und Kians Vater, Philipp.«

»Freut mich«, antworte ich offen und schüttle ihr mit einem Lächeln auf den Lippen die Hand. »Sehr schön leben Sie hier.«

Kians Mutter nickt und deutet auf das Auto hinter uns.

»Ich gehe davon aus, ihr habt Gepäck mitgebracht? Bis zur Feier sind es noch drei Stunden. Genug Zeit also, euch frisch zu machen und umzuziehen. Ich hoffe, ihr habt Verständnis dafür, dass ich Skye jetzt nicht ausgiebig das Haus zeigen kann, aber ich muss mich wieder um die Vorbereitungen kümmern und mich dann selbst herrichten. Vor allem muss ich Charlotte darüber in Kenntnis setzen, dass es Änderungen am Tisch der Familie gibt.«

»Aber selbstverständlich, Mutter«, antwortet Kian und verkneift sich jeden weiteren Kommentar.

»Ich gehe davon aus, Skye schläft mit in deinem Zimmer?«

Okay, atmen nicht vergessen, Skye. Atmen.

»Aber natürlich. Mir würde sonst etwas fehlen«, sagt er und ich weiß für einen Augenblick nicht, ob ich mich geschmeichelt fühlen soll, oder ob die ganze Sache die katastrophalste Idee ist, auf die ich mich hätte einlassen können.

»Hättest du uns deinen Besuch angekündigt, hätte ich auch

noch ein zweites Set Handtücher bereitlegen lassen«, tadelt Harriet, bevor sie sich wieder in Richtung Haustür dreht und langsam zurück ins Haus geht.

Ein bisschen unsicher blicke ich ihr nach.

»Komm rein, Skye. Es ist schrecklich kalt draußen und du musst halb durchgefroren sein«, sagt Kians Vater und ich atme erleichtert auf, dass mir nicht jeder hier feindselig gesonnen ist.

Er weist mir den Weg und ich gehe mit ihm ins Haus, während Kian sich mit einem Dienstboten ums Gepäck kümmert.

Es war nicht anders zu erwarten, dass das Haus, in dem Kians Eltern leben, auch von innen überzeugend ist. Es wirkt elegant und Vieles scheint hier renoviert und modernisiert worden zu sein, ohne den alten Charme des Traditionellen verloren zu haben. Ein Großteil der Möbel ist in weiß oder creme gehalten, aber hier und da finden sich alte, noch sehr gut erhaltene Möbelstücke, die eine hervorragende Abwechslung in die Einrichtung bringen. Die große Eingangshalle ist weiß gefliest. Ich bin mir sicher, ähnlich chic wird auch die Küche sein, aber die kann ich leider von hier nicht einsehen. Was ich jedoch sehen kann, ist, dass Kians Eltern ein Vermögen in Teppiche investiert haben müssen, zumindest wenn ich von dem Teppich ausgehe, der im Eingangsbereich liegt. Die Fenster sind groß und bieten so die Möglichkeit, dass viel Licht hereinscheinen kann. Durch die Halle hindurch kann man bis in den Garten gucken und ich sehe das große Zelt, das dort aufgebaut ist, und in dem in wenigen Stunden die Verlobungsfeier stattfinden soll.

»Kian wird dir sicher nun sein Zimmer zeigen«, eröffnet Harriet dann wieder das Gespräch. »Ich werde veranlassen, dass ihr gleich noch Handtücher vor die Tür gelegt bekommt. Um alles Weitere kann sich Kian kümmern, er kennt sich hier ja aus.«

»Natürlich, Mutter«, sagt der Mann neben mir, der wieder meine Hand in seiner hält und nun einmal zaghaft zudrückt.

»Skye, Kian«, verabschiedet sich dann auch Phillip und keine dreißig Sekunden später stehen wir allein nebeneinander da und blicken uns an.

»Das hat doch schon einmal besser funktioniert als erwartet«, sagt Kian und strahlt mich an.

Ich glaube, mich verhört zu haben. Wenn er dies schon als positiv bewertet, dann bin ich gespannt, was uns noch erwartet. Sicher, seine Eltern haben uns nicht sofort die Tür vor der Nase zugeworfen, aber ein herzlicher Empfand sieht anders aus.

Wären Kian und ich zu meinen Eltern gefahren, hätten wir uns gar nicht vor lauter Umarmungen retten können, und ich bin mir sicher, mein Vater hätte es sich nicht nehmen lassen, Kian sofort das ganze Haus zu zeigen und ihn mit offenen Armen willkommen geheißen.

Vielleicht bin ich in anderen Verhältnissen aufgewachsen, aber so langsam verstehe ich, was Kian mir versucht hat, weiszumachen.

Liebe, Wärme und Herzlichkeit fühlt sich in diesem Haus eine Spur kälter an.

26

KIAN

»Wenn du weiterhin so ernst und verkrampft schaust, könnten die Menschen denken, du würdest einen Mordkomplott planen. Außerdem gibt das Falten, wenn du deine Stirn so krauszieht.«

Ich schnaube und wünschte, es wäre so einfach. Innerlich brodelt es in mir, weil meine Eltern Skye so eine unterkühlte Begrüßung beschert haben. Sicherlich war ich darauf vorbereitet, dass vor allem meine Mutter mit dieser Überraschung überhaupt nicht klarkommt, aber ich hatte erwartet, dass sie sich besser im Griff hat, und Skye wenigstens in Ansätzen das Gefühl gibt, willkommen zu sein. Vielleicht muss ich auch dankbar sein, dass meine Mutter ihr nicht sofort einen Tritt in den Allerwertesten verpasst hat mit dem Kommentar »Du bist hier nicht erwünscht.«.

Wenigstens hat mein Überraschungspaket funktioniert. Meine Mutter ist aus dem Konzept gekommen und allein das ist es mir wert. Natürlich ist mir nicht der Satz entgangen, dass sie Änderungen am Familientisch vornehmen muss. Es war klar, dass sie ihrem Frust Luft machen muss. Mit großer Wahrscheinlichkeit wird die arme Eliza nun woanders platziert. Was soll ich sagen? Sie wird es überleben.

Skye drückt vorsichtig meinen Arm, den ich ihr gereicht habe. Ich bin froh, dass sie da ist. Sie scheint meine Anspannung zu spüren, denn sie lächelt mich aufmunternd an.

»Ich habe doch eben schon gesagt, dass wir das schaffen.«

Ihr Wort in Gottes Gehörgang. Ich hoffe nur, die Hyänen da drinnen werden sie freundlich empfangen. Die Vorstellung, Skye könne sich unwohl fühlen, setzt mir zu. Ich habe das Bedürfnis, sie zu beschützen, und ich schwöre, dass ich das tun werde. Mit vollem Einsatz, wenn es sein muss.

»Ich habe dir nicht zu viel versprochen, oder? Tut mir leid für den frostigen Empfang. Und entschuldige, dass ich meiner Mutter nicht gesagt habe, dass sie dich gefälligst anständig begrüßen soll.«

»Du hast dich inzwischen dreimal entschuldigt und ich sage es dir auch gern noch einmal: alles in Ordnung. Du hattest mich vorgewarnt. Ich wäre dir nur sehr dankbar, wenn du mich schnell ins warme Zelt bringen könntest, denn hier draußen auf der Terrasse ist es ein bisschen kalt. Dafür ist das Kleid dann doch nicht warm genug.«

Ich blicke zu ihr und lege ihr umgehend den Arm um die Taille, um ihr ein bisschen von meiner Wärme abzugeben. Wie dumm von mir, nicht daran gedacht zu haben, dass sie frieren könnte, während ich hier auf der Terrasse versuche, mich auf die nächsten Stunden vorzubereiten.

Skye sieht wunderschön aus. Sie trägt das Kleid von neulich Abend, aber dieses Mal hat sie irgendetwas mit ihrem Make-up anders gemacht. Ihre Augen strahlen noch magischer, als sie es sonst schon tun. Warme Gold-und Brauntöne unterstreichen das Leuchten ihrer blauen Augen und wenn ich mich nicht ganz täusche, schimmern ihre Schlüsselbeine so, als hätte sie ihnen einen besonderen Glow verliehen. Mag sein, dass es Männer gibt, denen so etwas nicht auffällt, aber ich nehme alles an Skye wahr. Sie hat ihre Haare offengelassen, was ich besonders an ihr mag. Lediglich einzelne Haarsträhnen hat sie am Hinterkopf zusammengenommen und interessant verflochten. Wie sie das allein geschafft hat, ist mir ein Rätsel. Ich hätte mir wahrscheinlich die Hände dabei verknotet und nach einer Weile frustriert aufgegeben.

Auch ich habe mich heute Abend für einen schwarzen Anzug entschieden. Klassisch und in meinen Augen stilvoll und dem Anlass entsprechend.

Jetzt, zusammen mit Skye neben mir, bin ich mir sicher, dass wir ein schönes Paar abgeben. Ich habe kaum noch Bedenken, dass das jemand anzweifeln könnte. Schließlich haben wir zu Hause ausgiebig geübt. Ich weiß so viel von ihr und würde wahrscheinlich jedes Wissensquiz über sie mit Eins bestehen. Und das liegt nicht nur daran, dass wir in den letzten zwei Wochen unfassbar viele Infos übereinander ausgetauscht haben, nein, es liegt auch daran, dass ich Skye unentwegt beobachte.

Ich weiß, wie sie lacht, und dass das Grübchen auf ihrer rechten Gesichtshälfte minimal größer ist als auf der linken. Manchmal, wenn sie etwas besonders lustig findet und einen Lachkrampf bekommt, geht sie irgendwann in lautloses Lachen über und man könnte denken, sie erstickt. Sie mag ihren Kaffee mit Milch und spart sich beim Essen immer den Bissen, den sie am liebsten mag, bis zum Schluss auf. Sie vergöttert ihre Liebesromane und nimmt beim Lesen immer so eine Sitzposition ein, dass ich Angst um die Durchblutung ihrer Beine habe.

»Tust du mir einen Gefallen?«

Meine Gedanken werden durch Skyes Frage unterbrochen und erst jetzt fällt mir auf, dass ich immer noch keinen Schritt in Richtung des Zelts gemacht habe, wo bereits die Feier in vollem Gange ist. Musik dringt zu uns herüber und der Klang von zahlreichen Gesprächen. Wenn wir Glück haben, sind alle so mit sich beschäftigt und in Diskussionen vertieft, dass kaum jemand mitbekommt, wenn Skye und ich eintreffen.

»Was?«, frage ich und lasse meinen Daumen sanft über ihren Rücken gleiten.

Fast scheint es so, als würde sie kurz die Luft anhalten.

»Tanzt du gleich einmal mit mir? Ich habe schon so lange nicht mehr getanzt. Und irgendwie hat dieses Kleid einen Tanz verdient.«

Ich verkneife mir zu sagen, dass dieses Kleid es auch verdient hat, es ihr von ihrem verdammt heißen Körper zu reißen, weil es mich anmacht.

»Sehr gern«, antworte ich stattdessen und lächle sie an. »Wollen wir?«

Skye nickt und dann schreiten wir zusammen auf das weiße Zelt zu.

Zu meiner großen Erleichterung drehen sich nicht sofort alle Köpfe in unserer Richtung, als wir die Location betreten. Alle scheinen in ihre Gespräche vertieft und wir fallen nicht weiter auf. Vielleicht wird auch kein großes Gewusel darum gemacht, dass ein weiterer Gast ankommt. Da ich schon lange nicht mehr in Sevenoaks verweile, habe ich kaum noch Bekannte hier. Ich besuche meine Familie gelegentlich, aber das beschränkt sich für gewöhnlich auf ein oder zwei Tage am Wochenende, sodass Aktivitäten im Ort eh nicht auf dem Programm stehen.

Der Großteil der Gäste scheinen Bekannte von Charlotte und ihrem Verlobten zu sein, denn der Altersdurchschnitt ist ein bisschen jünger als erwartet. Zumindest scheint das so auf den ersten Blick, denn als ich mich weiter im Zelt umschaue, sehe ich die wirklich wichtigen Gesichter bereits an den Tischen sitzen. Und diese Gesichter haben mich und Skye sofort entdeckt. Natürlich hat Charlotte die Crème de la Crème eingeladen. Ich sehe Geschäftsfreunde meines Vaters und mehr oder weniger bekannte Gesichter aus dem traditionsreichen Gesellschaftsklub des Ortes, in dem meine Eltern schon jahrelang Mitglieder sind. Selbstverständlich musste Charlotte auf die Gästeliste achten und da sie durchaus die Tochter unserer Mutter ist, hat sie dies liebend gern und mit der passenden Unterstützung getan.

»Wollen wir uns zuerst etwas zu trinken holen?«

Skye scheint Gedanken lesen zu können. Um ehrlich zu sein, könnte ich mir auch gleich zehn Whisky genehmigen. Tatsächlich ist mir alles recht, das mir hilft, dies hier heute Abend zu überstehen. Nachdem wir unsere Drinks besorgt haben, lasse ich meinen Blick durch den Raum gleiten und entdecke den Familientisch, an dem bereits mein Bruder und seine Frau Cassie Platz genommen haben. Mein Bruder strahlt wie immer eine gewisse Arroganz aus. Optisch unterscheiden wir uns nicht sonderlich. Er ist ein bisschen kleiner als ich, aber ähnlich gebaut. Trotzdem wirkt sein Gesichtsausdruck immer hart und unnahbar. Vielleicht übt er schon, weil er irgendwann meinen Vater in seiner Kanzlei ablösen wird. Es scheint ihm inzwischen besonders wichtig, Geld und Einfluss auszustrahlen. Vielleicht liegt das auch an seiner Frau, die alles daransetzt, das gemeinsame Heim so einzurichten, dass es nach außen sowohl beeindruckend wie auch einschüchternd wirkt. Natürlich wirken Anwesen von Menschen, die Geld haben, immer etwas pompöser, aber es macht einen gewaltigen Unterschied, ob man das auch nach außen heraushängen lässt oder nicht.

Ich wünschte, Cassies Schwangerschaft würde sie nicht davon abhalten, Alkohol zu trinken, denn tatsächlich gehört sie zu der seltenen Spezies an Menschen, die nüchtern unausstehlicher ist als betrunken.

Mein Blick fällt auf Charlotte, die neben Cassie sitzt und ihr den Bauch tätschelt. Hinter ihr steht ein Mann, der ihr seine Hand auf die Schulter gelegt hat, und sich das ganze Schauspiel anschaut. Das muss Samuel sein, ihr Verlobter. Irritiert lege ich den Kopf schräg und dann wird mir bewusst, woher ich ihn kenne. Natürlich. Samuel Donwright! Dass ich da nicht früher draufgekommen bin. Er ist der Enkel eines ehemaligen Parlamentsmitglieds und ich kenne ihn noch aus Schulzeiten. Bereits damals hatte er seine eigenen politischen Ambitionen, aber um ehrlich zu sein, kam der kleine Erfolg, den er politisch zu verbuchen hatte, von den Menschen um ihn herum, die für ihn arbeiteten. Denn Samuel Donwright war zu dumm, um selbst das Potenzial für Karriere zu besitzen. Aber er hatte einen Namen und die Leute mochten seinen Großvater, und so unterstützten sie auch ihn. Ich hoffe für Charlotte, dass er inzwischen ein bisschen mehr auf dem Kasten hat. Und wenn nicht, hoffe ich, ist sie schlau genug, einen passenden Ehevertrag aufzusetzen.

»Was ist?«, erkundigt sich Skye neben mir. »Dir steht die Schadenfreude ins Gesicht geschrieben. Über was denkst du nach?«

Ich deute auf den Tisch mit meinen Geschwistern und weihe sie in meine Gedanken ein.

»Als Bruder solltest du ein bisschen unterstützender sein. Wir gehen jetzt mal davon aus, dass sich die zwei wirklich lieben. Menschen ändern sich.«

»Menschen werden aber nicht von heute auf morgen intelligent.«

Sie zuckt mit den Schultern.

»Es soll dir doch egal sein, wie intelligent er ist. Solange er gut zu deiner Schwester ist und sich um sie kümmert, geht dich deren Beziehung nichts an. Du willst doch auch nicht, dass jemand in dein Leben quatscht, oder?«

Ich atme tief ein. Natürlich hat Skye recht und ich muss mir eingestehen, dass ich dieses furchtbare Merkmal der Oberflächlichkeit, das ich bei meiner Familie so verachte, gerade selbst an den Tag lege.

»Entschuldige«, sage ich und sie zupft an meinem Arm. »Deine Eltern kommen auf uns zu.«

Ich setze mein Glas Whisky an und leere es in einem Zug. Der Whisky läuft meine Kehle hinunter und für einen Moment genieße ich das Brennen, bevor ich meinen Mund zu einem Grinsen verziehe.

»Hurrikan Harriet im Anmarsch, würde Gabriel jetzt sagen.« Skye boxt mich in die Seite und schüttelt tadelnd den Kopf.

Meine Eltern lieben große Auftritte, meine Mutter natürlich um Längen mehr als mein Vater. Tatsächlich habe ich das Gefühl, dass er alles, was er tut, nur ihr zuliebe macht. Vor allem, wenn es um familiäre Dinge geht. Da hält er sich zurück und lässt sie entscheiden. Vielleicht ist das das Geheimnis ihrer nun fast vierzigjährigen Ehe. So gut mein Vater auch in Geschäftsdingen ist, so schlecht ist er darin, mit seiner Familie zu interagieren. Häufig sieht es so aus, als wäre er ein Anhängsel. Er spielt lieber Golf, geht segeln oder trifft sich mit Klienten und anderen Geschäftsleuten aus dem Klub.

Heute trägt er einen dunkelgrauen Anzug mit passender Krawatte, während meine Mutter ein hellblaues Ensemble gewählt hat, das sie mit einer großen Perlenkette samt passenden Ohrringen abgestimmt hat. Ihre durch den Friseur organisierten blonden Haare trägt sie hochgesteckt. Um ehrlich zu sein, kann ich mich nicht daran erinnern, meine Mutter jemals unfrisiert gesehen zu haben.

Seit ich denken kann, hasst meine Mutter es, wenn die Aufmerksamkeit nicht auf sie gerichtet ist. Sie hat ein Talent darin, Geschichten, die andere erzählen, an sich zu reißen und sich so wieder in den Mittelpunkt zu rücken.

An meinem achtzehnten Geburtstag hatte ich entschieden, für jedes Mal, wenn meine Mutter sich wieder in den Mittelpunkt rückt, einen Schnaps zu trinken, aber bereits nach zehn Minuten hatte ich die Idee verworfen, sonst wäre ich wahrscheinlich mit einer Alkoholvergiftung im Krankenhaus gelandet.

Ich kenne mich mit der richtigen Terminologie nicht aus, aber ich bin mir ziemlich sicher, dass meine Mutter narzisstische Züge hat. Immer geht es um sie, um das, was sie möchte und das, was sie für richtig hält. Inzwischen kann ich mich davon distanzieren, als Kind und Jugendlicher war das schwieriger.

»Da seid ihr ja«, werden wir dann auch alsbald begrüßt und Mutter gibt sowohl mir als auch Skye einen Kuss auf die Wange.

Mein Vater entscheidet sich dankenswerter Weise für einen festen Handschlag.

»Wir haben uns noch einen Moment ausgeruht«, erwidere ich. »Die letzten Tage waren anstrengend, da ich für die Uni so viel zu erledigen hatte und meinen Artikel fertigstellen musste. Skye hat mich, Gott sei Dank, so gut unterstützt wie nur möglich und mir zuhause den Rücken freigehalten.«

»Ach, ich bin auch gefragt worden, ob ich für die nächste Ausgabe des Klubmagazins Interesse an einer Homestory habe. Ich muss das dringend noch mit unserer Innenarchitektin besprechen.«

Und der erste Schnaps für mich ...

»Das ist ja aufregend«, sagt Skye und ich ärgere mich für einen Moment, dass scheinbar niemand meiner Eltern auch nur in Ansätzen Interesse an meinem beruflichen Leben zeigt.

Es ist also alles wie immer.

»Kian, ich habe gesehen, du hast einen neuen Wagen?« Mein Vater bemüht sich zumindest um ein wenig Interesse, was ihm sichtlich schwerfällt. »Ich kann zwar mit Geländewagen nichts anfangen, freue mich aber, dass du inzwischen zu einem britischen Autohersteller gewechselt hast.«

»Das dachte ich mir«, erwidere ich und weiß nicht so recht, ob ich mich jetzt mit meinem Vater über Autos unterhalten möchte.

Wahrscheinlich wird das aber unser sicheres Gesprächsthema des Abends, um größere Fauxpas zu umgehen.

»Eliza hat sich auch ein neues Auto gekauft. Ihr müsst euch unbedingt darüber unterhalten, wie zufrieden ihr seid.«

»Natürlich, Mutter«, antworte ich pflichtbewusst und lächle gequält.

Gott sei Dank habe ich Skye im Vorfeld darüber informiert, wer Eliza ist. Dass meine Mutter diesen Kommentar bewusst platziert hat, steht außer Frage.

Skye bleibt neben mir aber völlig ruhig und schafft es sogar, meiner Mutter ein Kompliment zu ihrem Outfit zu machen. Wie nicht anders zu erwarten, springt meine Mutter sofort darauf an. Innerhalb von einer Minute wissen wir nun auch, wo sie es gekauft hat, dass es ja extra für sie geändert wurde und sie sowieso viel zu selten aktuell dazu kommt, sich für Veranstaltungen chic zu kleiden.

Dann entschließt sich meine Mutter, mit uns die Runde zu machen und so werden wir nacheinander allen wichtigen Anwesenden vorgestellt. Wir sind dabei immer Kian und seine Begleitung Skye. Nie nimmt meine Mutter das Wort *Freundin* oder *Partnerin* in den Mund. Natürlich ist dieses Vorgehen kalkuliert, aber ich setze alles daran, nach außen sehr wohl zu vermitteln, dass Skye zu mir gehört. Ich halte ihre Hand oder lege sie ihr beschützend um die Taille. Sowieso besteht zwischen uns die ganze Zeit Körperkontakt, der nur einmal abbricht, als ich uns noch etwas zu trinken hole.

Irgendwann erreichen wir dann auch den Familientisch, wo wir bereits sehnsüchtig erwartet werden.

»Da seid ihr ja endlich. Ich habe schon gedacht, Mutter entlässt euch nie aus ihren Fängen.«

Charlotte steht auf und drückt mich.

»Du weißt doch, wie sie ist. Herzlichen Glückwunsch zur Verlobung, Schwesterherz.«

»Danke«, erwidert sie strahlend und zieht Samuel zu sich hoch. »Darf ich dir meinen Verlobten vorstellen? Ich glaube, ihr kennt euch?«

»Das tun wir. Freut mich, Samuel. Willkommen in der Familie.«

»Die Freude ist ganz meinerseits« antwortet er und ich beschließe, mir Skyes Worte zu Herzen zu nehmen.

Vielleicht war ich zu vorschnell mit meiner Wertung. Wie war das? Im Zweifel für den Angeklagten?

»Darf ich euch Skye vorstellen? Meine Freundin?«

Natürlich entgeht mir nicht, dass bei dem Wort ›Freundin‹ alle Anwesenden hellhöriger werden. Aber Skye wird von allen herzlich begrüßt, was mich ein bisschen entspannt. Vielleicht besteht meine Familie doch nicht nur aus Drachen, für die ich sie halte.

»Dann habe ich meine Warnung neulich ja ganz umsonst geschickt«, murmelt William mir zu, als er mir zur Begrüßung die Hand reicht und ich nicke.

»Wohl wahr. Trotzdem danke. So wusste ich wenigstens, was auf mich zukommt.«

»Welche Warnung?«

Meine Schwester hat Ohren wie ein Luchs und ich überlege kurz, ob ich die Sache unter den Tisch fallen lasse, aber da meine Mutter mit tödlicher Sicherheit ihre Ohren ebenfalls gespitzt hat, kann ich mir den nächsten Satz nicht verkneifen.

»Ach, William berichtete darüber, wer alles zu deiner Verlobungsfeier eingeladen ist.«

»Ich verstehe«, erwidert Charlotte und lässt die Sache Gott sei Dank so stehen.

»Ich habe gehört, du hast einen neuen Wagen? Bist du mit dem Rover zufrieden? Ich überlege tatsächlich, mir auch einen anzuschaffen.«

Zu meiner Überraschung eröffnet Samuel sogleich das

Gespräch, als wir am Tisch platzgenommen haben. Natürlich hält er sich ähnlich wie mein Vater an ein sicheres Thema, aber immerhin scheut er sich nicht davor, Kontakt aufzubauen. Das rechne ich ihm hoch an. Dass dies auch Skye aufgefallen ist, merke ich daran, dass sie kurz ihre Hand auf meinen Oberschenkel legt, kaum merklich nickt und mich anlächelt. Wie viel leichter sich Familienfeiern doch anfühlen, wenn man nicht allein ist.

27

KIAN

Eins muss man meiner Schwester lassen: Sie hat ein Händchen dafür, eine gute Veranstaltung auszurichten. Das Ambiente ist sehr stimmig und das Essen lässt keine Wünsche übrig.

Zu meiner eigenen Überraschung unterhalte ich mich sehr angeregt mit Samuel, William und meinem Vater und auch die Frauen scheinen gemeinsame Gesprächsthemen zu finden. Zwischendurch schaue ich immer wieder zu Skye, um sicherzustellen, dass es ihr gutgeht, aber wie auch auf den Geburtstagsfeierlichkeiten meines Dekans unterhält sie sich angeregt und wirkt weder schüchtern noch zurückgezogen.

Irgendwann, als einer der Kellner an unserem Tisch ist und uns Getränke nachschenkt, lehne ich mich zu ihr.

»Ich habe den Tanz nicht vergessen.«

»Das ist schön zu wissen«, antwortet sie lächelnd und warum auch immer wünschte ich, es wären jetzt gerade nicht gefühlt einhundert Leute um uns herum und wir wären allein in meinem Wohnzimmer mit dem Weihnachtsbaum im Hintergrund und leiser Musik.

»Skye, was hältst du davon, wenn wir einmal gemeinsam die Runde machen? Ich möchte dir gern jemanden vorstellen, der ebenfalls in der Region großgeworden ist, aus der du herkommst. Vielleicht kennen sich eure Familien.«

Ich blicke zu meiner Mutter, die sich an Skye gewandt hat und schlucke. Doch Skye meistert die Situation ohne meine Hilfe.

»Das fände ich sehr schön«, sagt sie. »Leider lebt meine Familie nicht mehr, aber ich würde mich freuen, jemanden kennenzulernen, der meine Eltern vielleicht kannte.«

Für einen Moment ist es still am Tisch.

»Das tut mir sehr leid«, sagen Cassie und Charlotte fast gleichzeitig und auch die Männer schauen mitleidsvoll zu Skye und scheinen nicht wirklich zu wissen, wie sie auf die Information reagieren sollen.

»Umso wichtiger, dass wir das jetzt tun«, höre ich meine Mutter sagen und im Nu ist sie aufgestanden und signalisiert Skye, das Gleiche zu tun.

Kurz wechseln wir einen Blick, doch Skye legt mir die Hand auf die Schulter und drückt sanft zu.

»Bis später«, sagt sie und ich lege kurz meine Hand auf ihre.

»Bis später.«

»Endlich erwische ich dich auch mal allein.«

Als der Stuhl neben mir zurückgezogen wird und ich die Stimme von Eliza wahrnehme, weiß ich, was meine Mutter eigentlich im Sinn gehabt hat. Noch bevor ich meine neue Sitznachbarin begrüße, blicke ich mich im Zelt um und sehe natürlich sofort, wie meine Mutter die Szene beobachtet. Sie steht etwas abseits mit Skye bei einem älteren Ehepaar, das sich angeregt mit Skye unterhält. Meine Mutter wollte es Eliza also ermöglichen, Kontakt mit mir aufzunehmen. Ich kann nicht glauben, dass sie das wirklich wagt.

»Eliza, schön, dich hier zu sehen. Wie geht es dir?«

Ich mache gute Miene zum bösen Spiel und begrüße die Frau, die sichtlich alle Register zieht. Sie küsst mich auf beide Wangen und legt sofort ihre Hand auf meinen Arm.

»Kian, endlich sehen wir uns wieder. Ich habe Charlotte schon so oft gesagt, dass wir unbedingt mal wieder alle etwas zusammen unternehmen müssen.«

Als hätten wir jemals in den letzten Jahren alle etwas zusammen unternommen.

»Nun, ich bin nicht mehr häufig in Sevenoaks.«

»Was wirklich schade ist«, wirft sie sofort ein und beginnt, mit einer ihrer Haarsträhnen zu spielen.

Eliza ist hübsch und sie trägt ihr dunkelbraunes Haar zu einem stylischen Longbob frisiert. Sie trägt ein dunkelgrünes Kleid, das zu ihren Augen passt und natürlich muss man neidlos zugeben, dass sie darin sehr gut aussieht. Das Problem bei der Sache ist nur, dass mich das nicht im Geringsten interessiert.

»Wie ich sehe, bist du nicht allein hier.«

»Das ist richtig«, erwidere ich knapp und genehmige mir einen kräftigen Schluck Whisky.

Es ist mein dritter an diesem Abend und wenn ich morgen nicht die Kopfschmerzen des Todes haben möchte, sollte es auch mein letzter sein. Im Gegensatz zu früher vertrage ich nämlich nichts mehr.

»Du siehst ein wenig gelangweilt aus. Wenn dir deine Begleitung also nicht zusagt, darfst du mir gern an meinem Tisch Gesellschaft leisten.«

Mutig ist sie, das muss man ihr lassen. Wahrscheinlich trifft *dreist* es aber noch eher.

»Ich fühle mich nicht gelangweilt, Eliza. Alles gut. Wenn du mich jetzt auch entschuldigen würdest, meine Freundin möchte noch tanzen.«

Zugegeben, es ist nicht die feine englische Art, dieses Gespräch so schnell zu verlassen, aber alles in mir schreit danach, mich sofort von Eliza zu entfernen. Meine Sehnsucht nach Skye ist größer. Ich kann nur erahnen, wie sehr meine Mutter gerade innerlich kocht, da ich die Frau, die sie für mich auserkoren hat, sprichwörtlich sitzenlasse.

Als ich aufstehe, nicke ich Eliza kurz zu und überquere die kurze Distanz zwischen dem Tisch und dem Platz, wo meine Mutter gerade mit Skye und dem Ehepaar steht. Als ich mich nähere, verabschiedet sich dieses gerade und scheint sich weiter in Richtung Bar zu machen.

»Was war das?«, werde ich umgehend von meiner Mutter in Empfang genommen, doch ich suche Skyes Gesicht nach irgendeiner Regung ab.

Ich bin mir sicher, sie hat ebenfalls mitbekommen, dass ich am Tisch aufgesucht worden bin. Doch Skye lässt sich nichts anmerken, sondern lächelt mich an.

»Ich wollte dich zum Tanzen entführen. Hast du Lust?«

Bevor sie überhaupt reagieren kann, mischt sich meine Mutter ein.

»Das könnt ihr später noch machen. Jetzt müsst ihr bitte noch schnell zur Fotoecke, damit ihr auch fotografiert werdet. Alle Gäste werden das.«

»Fotoecke?«

Fragend blicke ich meine Mutter an.

»Ja, dort drüben. Charlotte und Samuel wünschen sich, dass sich alle Gäste fotografieren lassen, damit sie später ein Buch von heute binden können, das sie auch noch in vielen Jahren an diesen schönen Abend erinnert.«

»Oh, welch wundervolle Idee«, haucht Skye neben mir.

»Man hat viel zu wenig Bilder, die Erinnerungen an wichtige Momente sind.«

Inzwischen kenne ich sie so gut, dass ich weiß, was der Ausdruck in ihren Augen bedeutet. Sie vermisst ihre Familie. Schnell ergreife ich ihre Hand und drücke sie fest.

»Dann wird es wohl Zeit, dass wir unsere eigene Erinnerung an heute festhalten«, sage ich und bin über mich selbst überrascht, dass ich in ihrer Gegenwart auf einmal zu so viel Gefühlsduselei in der Lage bin. Und das freiwillig.

Der Großteil der Gäste scheint sich schon fotografiert haben zu lassen, denn als Skye und ich an der kleinen Fotoecke ankommen, wo die Fotobox steht, ist niemand sonst mehr da.

»Perfekt, dann könnt ihr ja gleich loslegen«, jauchzt Charlotte, die zusammen mit William, Samuel und Cassie dazugestoßen sind.

»Wollen wir?«, wende ich mich an Skye, die zu meiner Rechten steht und die Props begutachtet, die auf einem kleinen Tisch neben der Fotobox liegen. Es überrascht mich, dass Charlotte nicht einen Fotografen für diesen Anlass abgestellt hat, aber wie mir scheint, gefällt ihr die Idee mit der Fotobox. Jeder so, wie er mag.

Ausgeschnittene Kussmünder an Holzstangen liegen neben überdimensionalen Sonnenbrillen und Engelsflügeln. Ich war noch nie der Typ, der Fan von diesen Dingen war, sodass ich Skye auf Knien danke, als sie die Nase rümpft.

»Puuh, die Nummer lassen wir aber aus, oder?«

»Wie wunderbar sympathisch du mir doch bist«, gebe ich ihr lachend zur Antwort, bevor ich sie mit mir vor die Fotobox ziehe.

Meine Mutter lässt es sich nicht nehmen und schiebt uns dicht zusammen, damit wir auch bloß gut auf das Foto passen.

Wir stehen noch nicht ganz parat, als Charlotte auf einmal laut aufjauchzt und Cassie in die Hände klatscht.

»Okay, was ist jetzt passiert?«

Irritiert blicke ich in die Runde und erkenne das süffisante Grinsen meiner Mutter. Ihr Blick wandert abwechselnd von Skye zu mir und dann hoch zu etwas, das sich über uns befinden muss. Sie deutet mit ihrem Finger nach oben.

»Ihr steht unter einem Mistelzweig. Ihr wisst ja, was das bedeutet. Es sollte euch doch nichts ausmachen, euch zu küssen.«

Erschrocken fliegt mein Blick zu Skye, die mindestens genauso sparsam aus der Wäsche schaut wie ich. Wenn mich nicht alles täuscht, atmet sie erschrocken auf. Dann blicken wir beide nach oben und tatsächlich. Wir befinden uns direkt unter einem Mistelzweig, der mit tödlicher Sicherheit genau dort platziert wurde, damit sich all die glücklichen Paare küssen.

Natürlich sind alle Blicke meiner Familie auf uns gerichtet. Charlotte strahlt mich an.

»Los! Ihr müsst euch küssen. Ihr kennt doch die Tradition!«

Wieder schaue ich Skye an und versuche aus dem Ausdruck in ihren Augen schlau zu werden. Sicherlich ist uns beiden klar gewesen, dass wir beobachtet würden, aber wer kann denn damit rechnen, dass hier so ein gottverdammter Mistelzweig hängt, der auf einmal von uns verlangt, Körperlichkeiten auszutauschen? Auch ohne mich zu meiner Mutter umzudrehen, weiß ich, dass sie uns mit Argusaugen verfolgt. Es ist nicht so, als hätte ich mir nicht schon unzählige Male vorher gewünscht, Skyes Lippen auf meinen zu spüren, aber in meiner Vorstellung waren wir dabei allein.

Ich schlucke und nehme wahr, wie ich unbewusst einen kleinen Schritt zurücktrete. Nicht, weil ich Skyes Nähe nicht mag, sondern weil ich ihr nicht das Gefühl geben will, dass wir dies hier unbedingt machen müssen.

Und wenn unser ganzes Cover auffliegt, ist mir das inzwischen egal. Ich will einfach, dass sich Skye nicht unwohl mit mir fühlt.

Natürlich hat meine Mutter die kleine Regung bemerkt und auch Cassies Augen entgeht nichts.

»Was ist los, werter Schwager? Auf einmal so schüchtern? Ihr werdet euch wohl noch vor anderen Leuten küssen können.«

Es fühlt sich wie eine halbe Ewigkeit an, die Skye und ich reglos unter diesem Mistelzweig stehen, doch dann ist sie es, die einen Schritt auf mich zugeht und meine Hand in ihre nimmt. Dann lehnt sie sich gegen mich und küsst mich.

Himmel, nie im Leben hätte ich mich auf dieses Gefühl vorbereiten können, das sich in meinem ganzen Körper ausbreitet. Ich wusste, dass ich auf Skye reagiere, aber dass mein ganzes Wesen es tun kann, damit habe ich nicht gerechnet. Ihr Duft steigt mir in die Nase und ich kann auf einmal nicht mehr richtig atmen. Mir wird gleichzeitig heiß und kalt und all die Stellen, an denen ihr Körper den meinen berührt, stehen in Flammen. Ach, was sage ich, ich brenne lichterloh.

Ich kann nicht anders und muss diesen Kuss unterbrechen.

Atemlos sehen wir uns an und würden wir uns nicht gegenseitig halten, wer weiß, was passieren würde. Ich suche Antworten in Skyes Blick auf all die Fragen, die ich gerade habe, aber das Einzige, das ich sehe, ist Leidenschaft pur.

Ich kann nicht anders und lege meine Hand auf ihre Wange. Ich ziehe sie wieder an mich und im Nu schmilzt jegliche Distanz zwischen uns und das Feuer in mir entfacht erneut. Ihre Lippen sind sanft und doch sprechen sie eine Sprache, die mir unmissverständlich klarmacht, dass sie dies hier genauso ersehnt hat wie ich. Dass dies hier der Moment ist, auf den wir beide gewartet haben. In diesem Kuss liegt all die Sehnsucht der letzten Tage. Sie muss es genauso spüren wie ich. Sie küsst mich, als würde sie es genauso fühlen. Ich vergesse alles um uns herum und als sich unsere Zungenspitzen berühren, durchfährt mich ein Gefühl, das ich bisher nicht gekannt habe. Es ist ein Verlangen nach dieser Frau vor mir, das seinesgleichen sucht. Es ist nicht nur der Wunsch, ihr unsagbar nah zu sein. Nein, es ist der Wunsch, ihr all den Schmerz und die Trauer zu nehmen, die ihr vor allem diese Weihnachtszeit beschert. Ihre sogenannten Freunde zu beschimpfen, weil sie diese tolle Frau nicht zu schätzen wissen.

Mein Blut rauscht durch meine Adern und als sich unsere Lippen trennen, ringe ich nach Luft.

»Herrje, get a room!«, stöhnt mein Bruder auf und aus dem Augenwinkel nehme ich wahr, wie Cassie sich die Hände vor die Augen hält.

»Okay, ich glaube, wir können die Fotostation samt Mistelzweig einpacken. Die Nummer kann keiner mehr toppen«, kommentiert Samuel das Ganze und auch Charlotte scheint mit dem, was sie gesehen hat, sichtlich zufrieden. Zu meiner Überraschung sagt meine Mutter kein Wort, aber das stört mich gerade nicht im Geringsten.

Ich ergreife Skyes Hände, die sie auf meine Brust gelegt hat. Ich spüre ihren schnellen Atem und sehe die Röte, die ihre Wangen ergriffen hat.

»Tanz mit mir«, hauche ich ihr zu und dann führe ich sie an meiner Familie vorbei auf die Tanzfläche.

28

SKYE

Ich bin so froh, dass Kian mich hält, während wir uns langsam zum Takt der Musik bewegen. Mein ganzer Körper ist wie elektrisiert und ich schwebe auf Wolken.

Wie sehr ich mir diesen Kuss gewünscht habe. Herbeigesehnt habe, und doch nie wusste, ob er passieren würde.

Auch wenn er nur für Kians Familie inszeniert war, ich habe ihn gebraucht.

Das einzige Problem, das ich jetzt habe, ist, dass ich mehr will. Mehr Küsse. Mehr von diesem Mann, der mich von Minute zu Minute stärker fasziniert. Es ist die Art, wie er spricht. Wie er mich anschaut. Wie er darauf achtet, dass es mir gut geht. Ich wünschte, es wäre nicht nur für diese zwei Tage. Es kann einfach nicht nur für diese zwei Tage sein. Ich will nicht irgendwann wieder bei ihm ausziehen müssen.

»Du zitterst«, haucht Kian dicht an meinem Ohr und sein Atem streicht über meinen Hals.

Stumm nicke ich und versuche, meine Gedanken zu sammeln.

»Es ist«, beginne ich, halte aber sofort inne, weil ich nicht weiß, wie ich das, was ich spüre, in Worte fassen soll.

»Dieser Kuss ...«, versuche ich es erneut, komme aber wieder nicht weiter.

»Ich weiß«, flüstert Kian und zieht mich noch etwas enger an seinen Körper. »Ich habe es auch gespürt.«

Ich schmiege mich an ihn und suche seinen Blick. Ich wünschte, wir zwei wären jetzt allein und nicht umgeben von lauter Leuten, denen wir wahrscheinlich völlig egal sind. Unsere Augen finden sich und was würde ich dafür geben, durch sie kommunizieren zu können.

»Wollen wir gehen?«, fragt er mich leise.

Okay, meine Augen scheinen magische Fähigkeiten zu haben.

»Ich weiß, diese Sache zwischen dir und mir war eigentlich anders geplant, aber ...« Er hält inne und scheint sich sammeln zu müssen. »Aber ich würde gern mit dir allein sein. Und ich hoffe, du möchtest das auch.«

Überwältigt blicke ich ihn an. Dann nicke ich.

»Komm«, flüstert er und zieht mich mit sich.

Dabei legt er mir seine Hand um die Taille und dieses Mal stelle ich mir vor, wie sie sich auf meiner nackten Haut anfühlen wird. Ich schließe die Augen und gebe mich für einen Moment der Fantasie hin, die sowieso schon viel zu wild in meinem Kopf tobt. Ich will ihn. So verdammt sehr, dass es schon weh tut.

Es ist mir egal, dass wir wahrscheinlich von seiner Familie beobachtet werden und es sich eigentlich gehören würde, sich ordnungsgemäß zu verabschieden. Aber wir haben nur Augen für uns. Wir verlassen das Festzelt und überqueren die wenigen Meter von dort durch den Garten zum Haus.

Als die Terrassentür hinter uns ins Schloss fällt, ist es auf einmal still. Im Haus befindet sich niemand und wir sind allein.

Zu meiner Überraschung fängt Kian plötzlich lauthals an zu lachen. Irritiert blicke ich ihn an.

»Alles okay bei dir? Was ist auf einmal so witzig?«

»Mir ist gerade aufgefallen, dass ich gleich Sex in meinem Kinderzimmer haben werde.«

»Wenn du das so sagst, weiß ich nicht, ob ich das sexy finden soll oder bedenklich. Aber eine ganz andere Frage: Du hattest noch nie in deinem Zimmer Sex? Und was macht dich so sicher, dass du überhaupt Sex haben wirst?«

Er zwinkert mir zu.

»Wenn wir es genau nehmen, sind das gleich zwei Fragen. Ich habe tatsächlich nie in meinem Kinder-, Jugend-oder-wie-auch-sonst-wir-das-nennen-wollen-Zimmer Sex gehabt. Ich hatte immer Angst, dass meine Mutter plötzlich in der Tür stehen könnte. Und zu deiner zweiten Frage: Ich bin mir da nicht sicher.«

Er dreht sich zu mir und nimmt meine Hände in seine.

»Ich möchte dir einfach nah sein. Wir müssen das nicht tun, wenn du nicht möchtest. Ich …« Wieder hält er inne. »Ich verzehre mich nach dir. Und das schon so verdammt lange.«

Kian lässt den Kopf sinken und schaut auf unsere ineinander verschränkten Hände.

»Und wieso tust du dann gerade so, als wäre das etwas furchtbar Schlimmes?«

Mein Daumen streicht über seinen Handrücken.

»Na ja.« Er schluckt. »Schlimm ist es nicht, aber eigentlich haben wir ja einen anderen Deal und ich will nicht, dass du denkst, ich hätte es jetzt hier drauf abgesehen. So ist das nämlich nicht. Ich …«

»Shhhh«, unterbreche ich ihn und lege ihm meinen Finger auf die Lippen. »Du brauchst dich nicht zu erklären. Außerdem haben wir keinen schriftlichen Vertrag, den wir notfalls wahrscheinlich jetzt eh zerrissen hätten. Ich verzehre mich mindestens genauso nach dir wie andersherum. Du glaubst gar nicht, wie häufig ich darüber nachgedacht habe, einfach diese Strecke von meinem Zimmer zu deinem zu überqueren.«

Sein Mund verzieht sich zu einem Grinsen.

»Vielleicht genauso häufig wie ich darüber nachgedacht habe?«

»Möglich.«

Kian legt seine Hand auf meine Wange und presst sanft seine Lippen gegen meine. Als er sich wieder von mir löst, brennt ein Feuer in seinen Augen.

»Komm«, raunt er mir zu und zieht mich mit sich.

Hand in Hand laufen wir über den langen Flur in Richtung seines Zimmers. Er zieht die Tür auf und gemeinsam treten wir ein. Sie fällt hinter uns ins Schloss und sofort legt Kian seinen Arm um meine Taille und zieht mich an sich. Er umfasst meine Wange und dann küsst er mich endlich wieder. Ich stöhne leicht auf und als er langsam meinen Mund erobert, würde ich ihm am liebsten sofort die Klamotten vom Leib reißen.

Ich spüre seinen Körper, fühle seine Erregung und seine Leidenschaft, die ich ebenso stark erwidere. Wahnsinn, dass es uns beiden ähnlich geht. Also habe ich mir all die Blicke und diese Nähe nicht eingebildet.

Kians Zunge spielt mit meiner und der Tanz, den wir kreieren, ist nichts im Vergleich zu dem vorhin auf der Tanzfläche. Dieser hier ist heiß, fordernd, zügellos.

Ich streife Kian seine Anzugjacke ab und öffne nach und nach die Knöpfe seines Oberhemdes. Zeitgleich entledigt er sich seiner Krawatte und beobachtet dabei heftig atmend jede meiner Regungen.

Kian hilft mir, sein Oberhemd auszuziehen und dann muss ich doch einmal kräftig einatmen. Kian geht es genauso, denn sein Oberkörper hebt und senkt sich deutlich.

Lieber Herr Professor, diese Muskeln zeigst du deinen Studentinnen aber bitte nicht.

Vorsichtig lasse ich meine Fingerspitzen über seinen muskulösen Oberkörper gleiten. Meine Hände streicheln zum ersten Mal seine nackte Brust, die nur leicht behaart ist. Wie gut er sich unter meinen Berührungen anfühlt. Ich will mehr. Kian scheint es ebenso zu gehen, er beugt sich vor und küsst mich. Seine Lippen sind weich, warm und gleichzeitig so fordernd, dass ich kaum noch an mich halten kann.

Meine Hände gehen auf Wanderschaft und machen sich an seinem Gürtel zu schaffen. Unsere Lippen verlieren dabei keine einzige Sekunde den Kontakt zueinander, lassen von ihrem Spiel nicht ab. Doch ich will mehr. Meine Lippen, meine Zunge, meine Hände. Ich will einfach mehr von diesem Mann. Mein ganzer Körper verlangt nach ihm und so begebe ich mich auf eine Reise. Ich erforsche seine Brust, fahre mit der Zunge über seinen durchtrainierten Bauch runter zu seinem Nabel.

Ich nestle am Knopf seiner Hose und als es mir nicht schnell genug geht, hilft Kian mir mit einem gekonnten Händegriff. Durch den Stoff seiner Hose kann ich seine Erregung deutlich spüren. Für den Bruchteil einer Sekunde zögere ich, doch dann ist mir alles egal. Ich fahre mit der Hand über seinen Schritt und als Kian heftig einatmet, fühle ich mich berauscht. Ich schiebe meine Finger in seine Hose und sein zitternder Körper verrät mir, dass auch Kian kaum noch an sich halten kann. Erneut streife ich über seine Erregung, die jetzt nur noch von dem dünnen Stoff seiner Boxershorts von mir getrennt wird. Mutig lasse ich meine Finger unter den Stoff gleiten und dann spüre ich endlich das, nach dem ich mich so sehne. Sein Schwanz drängt sich mir entgegen und ich umfasse ihn zunächst vorsichtig und Kian stöhnt auf. Er ist hart und mit sanftem Druck und gleichmäßigen Bewegungen dauert es nicht lang, bis ich ihm den ersten Lusttropfen entlocke. Ich lasse meinen

Daumen über seine Eichel gleiten und kann mir ein Grinsen nicht verkneifen.

»Du fühlst dich gut an«, presse ich hervor, bevor ich zu ihm hochschaue.

Unsere Blicke treffen sich, Begehren lodert in seinen Augen. Ich massiere ihn weiter und immer wieder schließt er seine Augen, um es zu genießen. Kurz halte ich inne, was dazu führt, dass er mich mustert. Ohne den Blickkontakt zu unterbrechen, gehe ich vor ihm auf die Knie und ziehe ihm die Shorts runter. Seine Augen weiten sich und ich spüre, dass er etwas sagen will, doch bevor er das kann, lasse ich meine Zunge einmal an seinem Schaft entlangfahren.

»Skye«, stöhnt er und als ich meine Zunge erneut an ihm abwärts gleiten lasse, zieht er scharf die Luft ein.

»Was machst du da mit mir?«

»Nach was sieht es denn aus?«, murmle ich, bevor ich ihn mit meinem Mund umschließe.

Tief nehme ich ihn in meiner Mundhöhle auf und sauge an ihm.

Ich habe keine Ahnung, warum manche Frauen keinen Gefallen daran finden, den Mann oral zu stimulieren und das Gefühl haben, sich ihm so unterzuordnen. Tatsächlich gibt es doch kaum eine Situation, in der die Frau einen Mann so in der Hand hat, wie bei einem guten Blow- oder Handjob. Meistens ist er dann nämlich genau eins: machtlos.

Ich lasse von Kian ab, nur um dann rasch mit meiner Hand seinen Schaft zu umschließen und meine Lippen wieder um seine Spitze zu legen.

Plötzlich tritt Kian einen Schritt zurück und zieht mich zu sich hoch.

»Wow«, presst er hervor und streicht mir eine Haarsträhne hinter das Ohr. »Einfach nur wow.«

»Ich war doch noch gar nicht fertig«, antworte ich ihm grinsend, woraufhin er mich küsst.

Mir wird bewusst, dass ich noch völlig bekleidet bin, und gleichzeitig spüre ich, wie seine Hände sanft über meinen Rücken streicheln. Langsam öffnet er meinen Reißverschluss und hilft mir dabei, aus dem Kleid zu steigen.

Schließlich stehe ich in Unterwäsche vor ihm und nehme seinen feurigen Blick auf mir wahr.

»Du bist wunderschön«, haucht er.

Seine Finger berühren meine Hüften und das wohlige Kribbeln, das durch meinen Körper schießt, erwischt mich eiskalt. Aus dem Kribbeln wird ein kleines Züngeln und als seine Finger sanft über meine Seiten streichen, steht mein Körper in Flammen.

Ob man die Funken wohl sehen kann, die auf meiner Haut tanzen?

Seine Hände wandern hoch zu meinen Brüsten und Kian lässt quälend langsam seine Finger über den dünnen Spitzenstoff gleiten, bevor er eine Hand hineinschiebt. Meine Brustwarzen reagieren sofort und stellen sich auf. Seine andere Hand wandert auf meinen Rücken und mit sicherem Griff schnippt er meinen BH auf. Wieder finden sich unsere Blicke und Kian küsst mich erneut und ich zerfließe. Sein Mund zieht eine Spur von Liebkosungen über meinen ganzen Körper. Er beginnt bei meinen Lippen, tastet sich meinen Hals hinunter und als er seine Hand in mein Höschen schiebt, bäume ich mich ihm entgegen.

Er zieht meinen Slip runter und endlich sind wir beide nackt. Seine Hände packen meine Hüften und drücken mein Becken gegen seins. Das brennende Verlangen zwischen uns ist kaum in Worte zu fassen und der Kontakt unserer Haut entlockt mir ein Stöhnen.

»Verdammt, Skye«, keucht er und schaut mich an. »Ich will dich.«

Sein feuriger Blick bringt mich nahezu um den Verstand. Seine Augen wandern an meinem ganzen Körper entlang. Als präge er sich alles haargenau ein. Meine Brüste, meinen Bauch, meine Beine. Als sein Blick zwischen meinen Beinen haften bleibt, atmet er scharf ein.

Ob er sehen kann, wie erregt ich bin? Dass alles dort prickelt und nach Erlösung schreit?

»Halt dich an mir fest«, raunt Kian mir zu und im Nu hebt er mich hoch und trägt mich zum Bett.

Mühelos bettet er mich auf die Matratze, bevor er sich neben mich legt.

»Du bist wunderschön, Skye«, wiederholt er ehrfürchtig, während er einen Finger über mein Dekolleté wandern lässt.

Ich lächle und ziehe ihn für einen langen Kuss an mich. Sofort wird das Feuer in meinem Körper neu entfacht. Wie könnte es auch nicht bei der Art, wie Kian mich küsst? Seine Küsse sind Leidenschaft pur und wir beide werden mitgerissen. Unser Atem vermischt sich und die Lust zwischen meinen Beinen ist kaum noch auszuhalten.

»Nimm mich endlich«, entfährt es mir, nicht mehr Frau dieser glühenden Wogen.

Ich klammere meine Beine um seine Taille, ziehe ihn an mich heran. Seine Hände gleiten zwischen meine Beine und ich stöhne heftig auf.

»Du wirst mir jetzt den Kopf abreißen«, raunt er und ich halte inne.

»Wieso?«

»Ich habe Kondome eingepackt.«

»Wieso sollte ich dir deswegen den Kopf abreißen?«, erkundige ich mich atemlos.

»Na ja, weil es so aussieht, als hätte ich das hier geplant. Dabei habe ich es nur still und heimlich gehofft.«

»Kian«, presse ich flehend hervor. »Hol die verdammten Dinger endlich. Ich vergöttere dich dafür, dass du sie mithast.«

Umgehend lässt Kian von mir, sprintet förmlich ins Bad und kommt Augenblicke später mit einer Kondompackung zurück, die in seiner Kulturtasche gewesen sein müssen.

»Du wirst mich gleich hoffentlich wegen etwas ganz anderem vergöttern«, raunt er und meine Nerven liegen blank.

Er reißt die Kondompackung auf und zieht sich das Kondom über.

Endlich kommt er zu mir, legt sich auf mich und schon bald spüre ich seinen steifen Schwanz zwischen meinen Schenkeln pochen. Vorsichtig dringt er in mich ein. Zunächst bewegt er sich langsam, dann werden seine Stöße stärker. Wieder und wieder nehme ich ihn in mir auf. Seine Bewegungen werden intensiver. Mein Körper reckt sich seinem entgegen und ich bäume mich auf.

Als ich zum langersehnten Höhepunkt komme, entschlüpft mir eine Kombination aus Stöhnen, Keuchen und Kraftausdrücken, die ich nicht für möglich gehalten habe. Dass ich parallel dazu auch noch Gott anrufe, nehme ich nur im Rausch wahr.

Sowieso ist Rausch das Stichwort, mein Orgasmus entlädt sich schnell und hart. Ich kralle mich an Kian fest und gebe mich ihm hin. Kian ist nicht der erste Mann, mit dem ich schlafe, aber nie hätte ich gedacht, dass ich Sex so intensiv empfinden kann. Es ist nicht nur so, dass ich diesen Mann wahnsinnig anziehend finde. Nein, ich begehre ihn.

Wieder und wieder dringt er in mich und dann erfasst der Orgasmus auch ihn. Er atmet schwer, bevor sein Körper auf meinem erschlafft, bedacht darauf, mich nicht zu erdrücken. So bleiben wir für einen Moment liegen, bis unser Verlangen langsam abebbt.

Kian zieht sich aus mir behutsam zurück, rollt sich auf den Rücken und entledigt sich des Kondoms. Er schnappt nach Luft. Anschließend zieht er mich in seine Arme und küsst mich auf die Schläfe.

Ich habe meine Augen geschlossen, während ich mit meinen Fingern über seine Brust streiche. Leicht spüre ich die Schweißperlen auf seiner Haut. Es fühlt sich gut an, an seinem großen, muskulösen Körper zu liegen.

»Kannst du mir sagen, warum wir das nicht schon längst getan haben?«

Ich grinse.

»Weil wir unseren Businessdeal nicht gefährden wollten.«

»Du bist ja nur froh, dass ich das Mindestkriterium erfülle.«

»Und du bist doof.«

Kians Lachen fühlt sich wunderbar an, sodass ich ihn instinktiv auf seine Brust küsse.

»Du erfüllst das Mindestkriterium mehr als nur ein bisschen.«

»Sagst du das jetzt nur, um mich aufzumuntern?«

»Ich sage es, weil es stimmt.«

Wieder ist da dieses warme Lachen, das mich glücklich macht. Er hebt den Kopf, um mich zu küssen und obwohl ich gerade erst gekommen bin, schafft er es allein durch seine Küsse, dass ich sofort wieder erregt bin. Ich drücke mich von der Matratze hoch und gleite auf ihn. Mit großen Augen schaut Kian mich an.

»Du kannst schon wieder?«

Unschuldig zucke ich mit den Schultern.

»Vielleicht?«, antworte ich lachend und beuge mich zu ihm herunter, um meine Lippen erneut auf seine zu drücken. Kreisend bewege ich mein Becken. Das lässt auch Kian nicht kalt. Er fasst mit beiden Händen meinen Hintern und stöhnt auf.

»Frau, du schaffst mich.«

Ich beuge mich vor, greife nach der Kondompackung, die auf dem Nachttisch liegt und ziehe ein neues Kondom hervor.

»Ich habe noch nicht einmal angefangen. Frohe Weihnachten, Herr Professor.«

29

SKYE

»Meinst du, wenn wir liegenbleiben und uns ganz ruhig verhalten, vergessen sie uns und wir können einfach den ganzen Tag im Bett bleiben?«
Ich liege dicht an Kian gekuschelt unter der Bettdecke und kann nicht glauben, was ich diese Nacht habe erleben dürfen.

Sex mit ihm ist atemberaubend. Ist sinnlich, abwechslungsreich und so viel mehr, als ich mir in meinen kühnsten Träumen hätte ausmalen können. Ich fühle mich befriedigt und würde am liebsten gar nicht mehr aus diesem Bett aufstehen.

»Ich befürchte, so viel Glück haben wir nicht«, raunt er an meinem Ohr und zieht mich noch näher an sich. »Viel schlimmer, ich glaube, wir müssen langsam aufstehen. Das Familienfrühstück ist für neun Uhr angesetzt.«

»Och, nein«, bringe ich hervor und will mir die Decke über den Kopf ziehen, was Kian zu verhindern weiß.

»Ich würde auch viel lieber noch einmal mit dir schlafen, aber ich glaube, ich brauche eine Pause. Du hast mich geschafft.«

»Ach, echt?«, sage ich amüsiert und rutsche auf ihn, was er mit einem Lachen quittiert.

Er lässt die Arme an seinen Seiten herabfallen und stellt sich scheintot.

Ich wusste im Vorfeld, dass ich Kian gut um mich haben kann und Zeit mit ihm wie im Flug vergeht, aber dass wir auch im Bett so gut miteinander harmonieren, ist die Kirsche auf der Torte.

Ich versuche nicht daran zu denken, dass unser Deal bald ausläuft. Genauso wenig will ich daran denken, dass sich meine Wohnungssituation noch nicht im Geringsten gelöst hat, was sicherlich daran liegt, dass ich einfach nicht nach Wohnungen Ausschau gehalten habe. Es mag naiv von mir gewesen sein, aber diese Zeit mit Kian hat mich förmlich von allem abgelenkt, was mich hätte beschäftigen können. Innerhalb kürzester Zeit waren wir ein eingespieltes Team. Selbst die Gedanken an meine Familie fühlten sich weniger schwer an. Es ist, als wären er und ich zu einer Einheit zusammengewachsen.

Ich hatte ein bisschen Angst, heute Morgen neben ihm aufzuwachen und dass die ganze Situation seltsam sein könnte, aber wir gehen völlig unbefangen miteinander um, was mich aufatmen lässt.

»Meinst du, wir sollten uns gleich vor deiner Familie küssen? Schließlich haben sie es a) schon gesehen und b) wir inzwischen reichlich Training darin?«

»Fragst du mich das jetzt, weil du a) Dinge mit mir absprechen willst oder b) meine Familie ärgern möchtest?« Amüsiert blickt Kian mich von unten an und es ist mir völlig egal, dass ich ohne Klamotten auf ihm sitze und er den besten Blick auf meinen nackten Oberkörper hat.

Hey, meine Brüste sind schön, warum soll ich sie verstecken? Außerdem kennt er sie seit letzter Nacht eh.

»C«, necke ich ihn und bewege mein Becken auf seinem Schoß.

»Aaaaah«, brummt er und hält mich fest. »Nicht bewegen. Mach mich nicht hibbelig. Was ist C?«

»Wer weiß«, antworte ich augenzwinkernd und rutsche von ihm runter.

Ich schwinge die Beine aus dem Bett und mache Anstalten, im Bad zu verschwinden, aber Kian hält mich auf und zieht mich zurück ins Bett.

»Was C ist, habe ich gefragt.«

Er kitzelt mich, was ich alles andere als witzig finde. Ich versuche mich zu wehren, habe aber natürlich überhaupt keine Chance gegen ihn.

»Also?«, erkundigt er sich erneut und beißt mir in die Brustwarze. »Was ist C?«

Überrascht von dem leichten Schmerz schreie ich kurz auf, muss dann aber lachen, weil Kian sofort kleine Küsse auf meinem Bauch verteilt.

»C ist, dass ich einfach hoffe, dich heute vielleicht noch ein oder zweimal küssen zu dürfen, bevor wir morgen wieder zurück in die normale Welt fahren.«

Er hält inne und lässt von mir ab.

»Ist das hier nicht die normale Welt?«

»Schon, aber hier spielen wir ja ein Paar und ich war schon in der Schulzeit so, dass wenn ich eine Aufgabe bekommen habe, diese auch sehr zufriedenstellend bearbeitet habe.«

»Ich verstehe«, antwortet Kian und setzt sich neben mich auf die Bettkante. »Dann machen wir uns besser mal schnell fertig, damit die anderen nicht auf uns warten müssen. Ich befürchte nämlich, das könnte vor allem meine Mutter verärgern.«

»Und das wollen wir ja nicht«, ergänze ich, während ich beobachte, wie Kian aufsteht und das Fenster öffnet.

Sofort weht die kalte Morgenluft herein und ich fröstele.

»Willst du zuerst unter die Dusche?«, frage ich ihn, doch er schüttelt den Kopf.

»Geh du ruhig.«

»Okay«, antworte ich ihm und laufe ins Bad.

Ist das nur mein Gefühl oder ist es plötzlich nicht nur im Zimmer ein bisschen kälter geworden?

»Guten Morgen«, begrüßen Kian und ich seine Familie, als wir das Esszimmer betreten, wo bereits alle platzgenommen haben und nur auf uns zu warten scheinen. Es ist zwei Minuten vor neun und wir sind somit nicht zu spät. »Frohe Weihnachten, zusammen.«

»Frohe Weihnachten«, klingt es uns entgegen und mir entgeht nicht, dass wir eingehend gemustert werden.

»Das wurde aber auch Zeit.«

Es scheint, als könne sich Harriet einen Kommentar nicht verkneifen und sofort misst die Temperatur im Raum gefühlt zehn Grad weniger.

Kian drückt meine Hand, bevor wir uns voneinander lösen und auf unseren Stühlen Platz nehmen.

»Ich hoffe, ihr hattet gestern noch eine schöne Feier?«, erkundige ich mich bei Charlotte und sehne den Kaffee herbei, den Kian mir soeben in die Tasse gießt.

Irgendwie habe ich das Bedürfnis, schnell ein Gespräch anzufangen.

»Es war noch ganz wunderbar. Schade, dass ihr so früh verschwunden seid, aber ein bisschen kann ich das ja auch verstehen. Junge Liebe ist immer etwas Wundervolles. Das kennen Samuel und ich nur zu gut. Wir haben auch Tage, da wollen wir lieber allein sein.«

Sie zwinkert mir beim Räuspern von Harriet zu und zum

ersten Mal habe ich das Gefühl, ein bisschen offene Freundlichkeit hier im Haus zu erfahren. Zwar sind die anderen, Harriet mal außen vorgelassen, auch nett zu mir, aber warmherzige Worte habe ich bisher vermisst.

Ich erröte ein bisschen bei Charlottes Worten und blicke hilfesuchend zu Kian. Dieser scheint selbst überrascht über das, was seine Schwester sagt, und nickt lediglich.

»Ich sehe schon, der Gentleman genießt und schweigt«, kommentiert William das Ganze von der anderen Seite des Tisches und gießt sich etwas Milch über sein Müsli.

Damit ist die Sache vom Tisch und wir beginnen mit dem Frühstück. Dabei erfahren wir dann, dass die letzten Gäste um vier Uhr morgens gegangen sind, Charlotte und Samuel noch ein paar Spiele erdulden mussten und Kians Schwester ihrer Schwägerin Cassie versprochen hat, ihre Babyshower auszurichten. Klingt nach einem erfolgreichen Restabend. Niemand scheint anzuzweifeln, dass Kian und ich ein Paar sind. Wir haben unsere Rolle somit gut gespielt. Und unsere private Zugabe war schließlich auch nicht von schlechten Eltern.

Als wir mit dem Frühstück fertig sind, gehen wir gemeinsam ins Wohnzimmer, wo eine kleine Bescherung stattfinden soll. Hier steht ein übergroßer Weihnachtsbaum, der prunkvoll geschmückt ist. Ich weiß jetzt, was Kian damals damit meinte, dass Weihnachten bei seiner Familie immer anders war als bei anderen. Auch wenn nach außen alles danach aussieht, dass hier eine weihnachtliche Stimmung herrscht, wirkt es weniger herzlich, als ich es von zuhause gewohnt bin. Bei uns gab es früher immer Geschenke für jeden und auch untereinander schenkte man sich Kleinigkeiten. Zu meiner Überraschung gibt es wirklich nur jeweils ein Geschenk der Kinder für Harriet und Philipp. Die Geschwister untereinander wünschen sich frohe Weihnachten und das war es.

Harriet bekommt eine Heizdecke und Philipp einen neuen

Federhalter samt passendem Kugelschreiber und Gravur. Wie herrlich praktisch.

»Meint ihr nicht, ihr könnt mir eurer Scharade jetzt langsam aufhören?«

Harriets spitze Frage kommt wie aus dem Off und erschrocken blicken Kian und ich uns an.

»Ich weiß nicht, wovon du redest, Mutter«, sagt er mit fester Stimme und legt beschützend den Arm um meine Schulter, während wir auf der Couch nebeneinandersitzen. Sofort ist ihm anzumerken, dass er in Alarmbereitschaft ist.

»Ich bitte dich, Kian. Du glaubst doch wohl nicht, dass ich dir abnehme, dass du dir eine Freundin suchst, die als einfache Bedienung in einem Diner arbeitet und nicht mehr zu bieten hat.«

Es ist still geworden im Raum und plötzlich sind alle Blicke auf uns gerichtet. Man könnte eine Stecknadel fallen hören. Zumindest so lang, bis Kian explodiert.

»Mutter!«, donnert er neben mir und ich zucke zusammen. »Ich verbitte mir, dass du so über Skye redest. Was fällt dir ein?«

»Was fällt dir ein, dein Leben so wegzuwerfen? Ich habe ja akzeptiert, dass du nicht für die Familie arbeiten willst, aber musst du uns das jetzt antun? Ja, sie ist hübsch anzusehen, aber meinst du nicht, du hast jetzt genug gespielt und es wird Zeit für eine vernünftige Frau? Eliza würde sich sehr freuen, wenn du sie anrufst. Sie nimmt es dir auch nicht übel, dass du sie gestern einfach hast am Tisch sitzenlassen.«

Leben wegwerfen? Antun? Hübsch anzusehen?

Ich traue meinen Ohren nicht und bin entsetzt, was Harriet da über ihren Sohn und mich äußert. Es ist eine Sache, wie sie über mich spricht, aber wie abwertend sie ihrem eigenen Sohn gegenüber ist, schlägt dem Fass den Boden aus.

Kian ist an den Rand des Sofas gerutscht und es wundert mich, dass er noch nicht aufgesprungen ist. Ich für meinen Teil habe genug gehört. Ich mag nicht studiert haben und mag auch nur aus einfachen Verhältnissen kommen, aber so redet niemand mit mir.

Ich stehe auf.

Natürlich spüre ich die Blicke aller Anwesenden auf mir.

»Charlotte, Samuel, vielen Dank für den schönen Abend gestern. Ich habe mich sehr gefreut, euch kennenzulernen. Das Gleiche gilt natürlich auch für euch, William und Cassie. Philipp, danke für nette Begrüßung gestern, aber ich denke, meine Anwesenheit ist hier nicht länger erwünscht.«

Welch Untertreibung.

»Ich werde meine Sachen packen und dann auf dem Zimmer warten, bis wir fahren. Harriet, Ihnen alles Gute und ich bin mir sicher, bei all dem, das Sie sagen, haben Sie nur das Wohl Ihres Sohnes im Sinn und nicht das Eigene.«

»Wir gehen gemeinsam«, knurrt Kian, steht ebenfalls auf und dann wendet er sich an mich. »Skye, es ist dir hoch anzurechnen, dass du hier deinen Kopf hinhältst, aber du hast es nicht verdient, dass man so über dich spricht. Du bist das Beste, das mir seit Langem passiert ist. Die Vorstellung, dass jemand so ein Bild von dir hat, setzt mir zu. Dass es meine eigene Mutter ist, ist furchtbar.«

Mit einem giftigen Blick wendet er sich an Harriet.

»Ich weiß, dass du es am liebsten hättest, Mutter, wenn ich meine Zelte in Oxford abbräche und zurück nach Sevenoaks käme. Hier jemanden heirate, der einen gewissen Standard hat. Ich habe es viel zu lange hingenommen, dass du jedes Mal diese Spitzen verteilst, wenn wir miteinander kommunizieren. Akzeptiere, dass ich meine Entscheidungen getroffen habe und auch weiterhin für mich treffe. Ich bin glücklich in Oxford. Ich bin dort erfolgreich und wenn du dich ein bisschen für mein Leben interessieren würdest, wüsstest du das auch. Skye hat sich ganz wunderbar in mein Leben eingefügt und hat mir als einziges noch gefehlt, um anzukommen. Wenn du das nicht akzeptieren kannst, ist es besser, wenn ich vorerst nicht mehr nach Hause komme. Man kann sich seine Familie nicht aussuchen, aber man kann entscheiden, wen man seine Familie nennen möchte. Es ist erschreckend, dass du deine vergraulst. Andere wären glücklich, wenn sie noch Familie hätten.«

Mit diesen Worten nimmt er meine Hand in seine und drückt sie fest.

»Kian«, hauche ich. »Du musst meinetwegen nicht …«

Doch ich komme nicht weiter, denn Kian unterbricht mich. »Du hast immer gewollt, Mutter, dass ich ein Mann mit Rückgrat werde. Mit einem gewissen Standing, der anerkannt wird. Ich stehe jetzt für mich ein. Und für Skye. Und es tut mir leid, dass dir der Ruf wichtiger ist als die Liebe.«

»Ich weiß gar nicht, wieso du dich hier jetzt so aufspielst«, ruft Harriet empört aus, aber wird im nächsten Moment von ihrem Mann unterbrochen.

»Harriet, es reicht!«, entfährt es Philipp und alle Köpfe drehen sich in seine Richtung. »Unser Sohn ist alt genug, seine eigenen Entscheidungen zu treffen. Ich habe mir jetzt lange genug angeschaut, wie du deinen Kopf durchsetzen willst. Wie du deine Finger gern in Dinge steckst, die dich nichts angehen. Ich lasse es nicht zu, dass wegen sowas unsere Familie auseinanderbricht. Vergiss nicht, dass auch du nicht von Anfang an so ein Leben hattest.«

Ich horche auf, denn bei Philipps letztem Satz zuckt Harriet kaum merklich zusammen.

»Skye, es tut mir furchtbar leid, wie abfällig sich meine Frau dir gegenüber verhält. Ich habe meinen Sohn noch nie so ausgeglichen und glücklich gesehen. Dafür danke ich dir. Kian, ich bin stolz auf das, was du erreicht hast. Dass du endlich den Mut hast, genau dafür hier für dich einzustehen. Und auch wenn ich nicht verstehe, warum alle Welt für diese Jane Brontë und die

Austen Schwestern schwärmt, ich würde mich freuen, wenn du es mir irgendwann erklärst. Ich glaube, da kann ich noch etwas lernen.«

Ich blicke zu Kian und sehe, dass die Worte seines Vaters etwas mit ihm machen. Selbst wenn sein Vater die Namen der wichtigsten Autorinnen der englischen Literatur durcheinandergeworfen hat, sehe ich Kian an, dass ihm die Worte seines Vaters etwas bedeuten. Dass er sie gebraucht hat. Und dann erkenne ich, dass es ihm das Herz brechen muss, dass seine Familie eben nicht so ist, wie meine es war. Dass Weihnachten hier unter den Voraussetzungen auch nie die Chance hatte, für ihn bedeutend zu werden.

»Wollen wir heim?«, frage ich vorsichtig und hoffe, dass er mich versteht.

»Ja, lass uns nach Hause fahren«, antwortet er und mehr muss ich für den Moment nicht hören.

30

KIAN

Die Entfernung von Sevenoaks bis Oxford beträgt genau achtundachtzig Meilen. Das sind mehr als eineinhalb Stunden, in denen man sich anschweigen kann. Wortlos nebeneinandersitzen kann, ohne auch nur den Hauch einer Kommunikation aufzunehmen. Genau das tun Skye und ich gerade. Und es fühlt sich bescheiden an. So richtig.

In mir brodelt es. Immer und immer wieder versuche ich zu verstehen, was in den letzten Stunden passiert ist. Versuche zu greifen, wie meine Mutter so sein kann, und wieso ich jetzt so aufgewühlt bin, obwohl ich doch im Vorfeld wusste, dass sie ihrem Unmut Luft machen würde.

Ich kenne es nicht anders. Sie hat es auch vorher schon gemacht. Doch dieses Mal ist eine Sache anders. Sie hat nicht nur mich angegriffen. Sie hat Skye attackiert.

Skye zu sehen, wie sie tapfer den verbalen Entgleisungen meiner Mutter standgehalten hat, während es mir innerlich das Herz zerriss, hat mich aufgewühlt. Um nicht zu sagen völlig umgehauen.

Als wir das Ortsschild von Oxford hinter uns lassen, wendet

Skye ihren Blick in meine Richtung. Sie wirkt müde. Kein Wunder. Ihre Gedanken müssen genauso rasen wie meine.

»Gleich haben wir es geschafft«, murmle ich und starre auf die Fahrbahn vor mir.

Meine Hände sind so fest um das Lenkrad gekrallt, dass meine Knöchel weiß erscheinen.

»Wir haben noch etwas ganz anderes geschafft«, erwidert sie und blickt dann wieder aus dem Fenster.

»Was?«

»Nun, unser Plan hat funktioniert. Ich glaube nicht, dass deine Familie mir die Freundinnenrolle nicht abgekauft hat.«

»Pffff«, puste ich die Luft aus und versuche das Toben in mir in den Griff zu bekommen.

»Mehr hast du dazu nicht zu sagen?«

»Nein.«

Für einen Moment ist es ruhig.

»Du scheinst sauer auf mich zu sein. Bist du nicht zufrieden, wie ich dort aufgetreten bin? Ich meine, ich hätte mir auch etwas Schöneres vorstellen können, als an Weihnachten so angemacht zu werden wegen eines nicht vorhandenen Studiums. Aber ich habe mir wirklich Mühe gegeben, dass wir zwei glaubhaft rüberkommen.«

Ich bin froh, dass wir just in diesem Moment in unsere Einfahrt einbiegen und ich den Wagen parken kann, denn sonst wäre ich wohl einfach links rangefahren, um keinen Unfall zu bauen. Vielleicht trete ich etwas zu ruckartig auf die Bremse und es wäre auch nicht nötig gewesen, auf das Lenkrad zu hauen, aber tatsächlich bekomme ich mich gerade kaum unter Kontrolle.

Erschrocken blickt Skye zu mir herüber, während sie ihre Tasche aus dem Fußraum wieder hochzieht, die wegen meiner rapiden Bremsung heruntergerutscht ist.

»Kannst du mir mal verraten, was in dich gefahren ist?«

Ihr Schock scheint Wut zu weichen.

»Nichts.«

»Hör auf, mich mit so einem dummen Kommentar abzuspeisen. Das habe ich nicht verdient. Also, was ist in dich gefahren?«

»Du verdammt. Ich bin sauer.«

Skye reißt die Augen auf und scheint ihren Ohren nicht zu trauen.

»Echt jetzt?«

»Ja, verdammt.«

»Ich habe echt keine Ahnung wieso. Wenn ich mich recht entsinne, habe ich tapfer all den Spitzen standgehalten, die mir in den letzten Stunden begegnet sind. Keine Sorge, der Deal ist ja jetzt durch, ich kann auch ausziehen. Mein WG-Zimmer ist ja schließlich noch da.«

Sie greift neben sich, um die Tür zu öffnen, doch ich greife über sie und hindere sie daran.

»Den Teufel wirst du tun!«

»Das ist ja wohl immer noch meine Entscheidung.«

»Ja, ja, du bist nun wieder in der normalen Welt und kannst tun und lassen, was du möchtest.«

»Wie bitte?«

»Du hast mich schon verstanden.«

»Um ehrlich zu sein, habe ich keine Ahnung, was du auf einmal hast. Von was für einer normalen Welt redest du? War unsere Welt jemals nicht normal?«

Erneut stoße ich frustriert die Luft aus.

»Wenn ich deiner Aussage heute Morgen glauben kann, dann scheinbar für die paar Stunden, in denen wir Sex hatten.«

»Kian, so intelligent und eloquent du vielleicht auch sein magst, ich verstehe nur noch Bahnhof und so langsam werde auch ich wütend.«

»Egal«, presse ich hervor und öffne meine Wagentür, um auszusteigen.

»Ach, und du darfst diese Unterhaltung jetzt einfach so verlassen?«

Frustriert ziehe ich die Wagentür wieder zu.

»Du benimmst dich hier gerade wie ein kleiner Junge, dem man sein Spielzeug geklaut hat. Ich habe keine Ahnung, was ich falsch gemacht habe. Ich dachte, wir wären cool. Dass wir unseren Deal wie zwei erwachsene Menschen hinter uns bringen und gut. Aber dass du hier jetzt auf einmal so ungehalten bist, verstehe ich nicht.«

»Skye, verdammt«, knurre ich beinahe und starre aus dem Fenster, nicht in der Lage, die Frau neben mir anzuschauen. Sie hat recht, ich verhalte mich wirklich wie ein Kleinkind.

»Wenn du möchtest, dass ich gehe, dann kann ich das tun. Ich brauche nur eine Weile, meine Sachen zusammenzupacken, aber ich müsste es bis heute Abend schaffen. Dann hast du dein Leben zurück.«

»Du verstehst überhaupt nichts. Ich will nicht, dass du gehst.«

Da, jetzt ist es gesagt.

»Verdammt«, entfährt es mir und dann öffne ich die Tür und renne um den Wagen herum. Dass ich dabei fast ausrutsche, ist mir egal. Es hat über Nacht noch einmal heftig geschneit und natürlich ist der Gehweg vor meinem Haus nicht gekehrt. Ich reiße die Beifahrerseite auf und blicke auf eine völlig verdatterte Skye, die wohl selbst gerade nicht weiß, was sie von meinem Verhalten denken soll.

»Bitte«, presse ich hervor, »ich will es dir erklären. Aber nicht hier. Nicht so.«

Ich halte ihr die Hand hin und hoffe, dass sie sie ergreift und nicht gleich wegstößt. Für einen Moment scheint sie zu zögern, doch dann legt sie ihre Hand in meine und lässt sich von mir aus dem Auto helfen.

Da sie keine Jacke anhat, fröstelt sie sofort und ich blicke zwischen ihr und dem Haus hin und her.

»Lass uns reingehen. Es ist kalt und ich möchte nicht, dass du frierst.«

Sie nickt lediglich und hilft mir, unser Gepäck ins Haus zu tragen. Dann stehen wir uns im Flur gegenüber und ich schiebe verlegen die Hände in die Hosentasche, nur um sie im nächsten Moment wieder herauszuziehen. Ich bin nervös. Scheiße, was bin ich nervös.

»Ich werde nicht schlau aus dir. Du bist sauer auf mich, willst aber nicht, dass ich gehe?«

Heftig schüttle ich mit dem Kopf. Herrje, ich muss wie ein Narr auf sie wirken. Ein verrückter Narr.

»Skye, ich will es dir erklären. Aber dafür brauche ich einen Moment. Bitte gib ihn mir. Lauf nicht weg. Lass uns in einer halben Stunde im Wohnzimmer zusammenfinden. Okay?«

Ich sehe Skye an, dass sie mit sich ringt. Schließlich nickt sie und geht langsam die Treppe zu ihrem Zimmer hoch. Oben am Treppenabsatz dreht sie sich noch einmal zu mir um.

»Du hast besser eine sehr gute Erklärung für dieses Verhalten, denn gerade bist du mir völlig fremd.«

31

SKYE

Etwas verloren stehe ich in meinem Zimmer auf Zeit und blicke mich um. Soll ich nun anfangen, meine Sachen zu packen oder einfach abwarten, was Kian mir zu sagen hat? Es ist nicht so, dass ich Stunden benötigen würde, um alles in meine Taschen zu stopfen, aber ich habe es mir wirklich nicht ausgemalt, an Weihnachten bei ihm wieder auszuziehen. Vor allem nicht, nachdem wir diese wunderbare Nacht miteinander verbracht haben und uns so nah waren.

Ich habe keine Ahnung, was in ihn gefahren ist. Und vor allem weiß ich nicht, was er mit diesem Satz bezüglich der normalen Welt gemeint hat.

Mit der Situation überfordert setzte ich mich auf die Bettkante und starre ins Leere. Im Haus ist es ruhig und Kian dürfte mir nicht nach oben gefolgt sein, denn ich kann nichts hören bis auf meinen unruhigen Atem. Immer und immer wieder lasse ich die letzten Stunden reflektieren, gehe die Ereignisse der Nacht durch, das Frühstück, die Minuten nach dem Aufwachen ... Und dann fällt es mir wie Schuppen von den Augen. Alles zwischen uns war entspannt. Bis heute Morgen. Bis wir darüber gescherzt haben, dass ich hoffe, ihn noch ein oder zweimal küssen zu dürfen, bevor wir wieder in die normale Welt zurückfahren. Die normale Welt. Halt. Nicht wir haben darüber gescherzt. Ich habe den Spruch gesagt. Und dann erinnere ich mich daran, wie kühl Kian für einen Moment war und ich mir das nicht erklären konnte. Der Satz muss ihn verletzt haben.

Ich stehe auf und laufe zum Kleiderschrank. Dort ziehe ich eine frische Leggings und einen warmen Pullover heraus; irgendwie habe ich das Bedürfnis, mich frisch zu machen. Ich laufe ins Bad, spritze mir frisches Wasser ins Gesicht und lege ein bisschen Parfum auf. Meine Haare binde ich zu einem Dutt zusammen. Ein Blick auf meine Uhr verrät mir, dass es Zeit ist, runterzugehen.

Ich trete zurück auf den Flur und lausche. Wenn Kian bereits im Wohnzimmer ist, verhält er sich ruhig, denn im ganzen Haus ist nichts zu hören. Langsam gehe ich die Treppe herunter und als ich vor der großen Wohnzimmertür stehe, atme ich dreimal tief ein und aus. Ich habe keine Ahnung, was auf mich zukommt, aber was auch immer es ist, ich hoffe, ich bekomme Antworten.

Langsam drücke ich die Tür auf und traue meinen Augen nicht.

Kian hat die Lichter am Weihnachtsbaum angeknipst und leise Weihnachtsmusik angemacht. Die Lichterketten im Fenster sind erleuchtet und da es draußen langsam dunkel wird, wirkt alles sehr gemütlich. Was mich aber noch viel mehr aus dem Konzept bringt, ist Kian, der sich umgezogen hat und wie gestern Abend einen Anzug trägt. Unwillkürlich muss ich an mir herunterschauen.

»Ähm«, entfährt es mir und ich streiche mir unsicher eine Haarsträhne aus dem Gesicht. »Ich wusste nicht, dass ich mich wieder in mein Abendkleid zwängen muss?«

Kian lächelt. »Musstest du auch nicht. Ich hatte nur das Bedürfnis, mir für diesen besonderen Moment etwas Passendes anzuziehen.«

Besonderer Moment?

Er tritt auf mich zu und streckt seine Hand nach mir aus. Als ich sie ergreife, zieht er mich näher zu sich und geht dann doch wieder einen kleinen Schritt zurück. Irritiert blicke ich ihn an. Dieser Mann ist gerade ein riesengroßes Rätsel für mich.

»Schön, dass du da bist, Skye«, sagt er, nachdem er sich scheinbar gesammelt hat, und als ich in seine Augen blicke, entdecke ich zum ersten Mal so etwas wie Unsicherheit.

Wortlos nicke ich und blicke mich im Raum um.

»Was ist das hier?«

»Ich will dir erklären, was in mich gefahren ist. Und was in mir vorgeht. Ich habe kurz überlegt, dass ich mir vorher Mut antrinke, aber ich glaube, ich bekomme das auch so hin.«

Ich lege den Kopf schräg.

»Als du heute Morgen von der Rückkehr in die normale Welt gesprochen hast, hat mich das eiskalt erwischt. In dem Moment ist mir klargeworden, dass das, was wir uns über zwei Wochen aufgebaut haben, heute vorbei sein könnte. Ja, ich weiß, dass ich dir angeboten habe, hier länger zu wohnen und ich habe keine Ahnung, ob du inzwischen eine andere Bleibe gefunden hast. Aber ich möchte nicht, dass du gehst. Weil ... «

Er bricht ab und scheint nach Worten zu suchen.

»Weil?«, hake ich nach und überquere die kleine Distanz zwischen uns, sodass ich direkt vor ihm stehe.

Sein betörender Duft dringt in meine Nase und automatisch lege ich ihm meine Hand auf die Brust.

Wie nah wir uns letzte Nacht waren. Wie wunderbar intensiv seine Küsse waren. Wie gut wir uns zusammen angefühlt haben. Ein kleiner Funke entfacht in mir. Was, wenn ich nicht die

Einzige bin, die all das zwischen uns gefühlt hat? Will er vielleicht auch mehr?

»In den letzten zwei Wochen bist du mir wahnsinnig ans Herz gewachsen und ich habe keine Ahnung, wie du das geschafft hast, aber dieses Haus hier, in dem wir leben, fühlt sich auf einmal wie mein Zuhause an. Und ich weiß, der Grund dafür bist du. Ich will nicht wieder nach Hause kommen und da ist niemand, dem ich von meinem Tag erzählen kann. Ich will mit jemandem zusammen am Tisch sitzen. Essen. Lachen und all die Dinge tun, die einem guttun.

Ich weiß, dass ich dir nie deine Familie ersetzen kann. Aber du hast mir gezeigt, was Familie eben auch bedeuten kann. Ich will, dass du meine Familie wirst. So, wie ich glaube, ich auch deine geworden bin. Zumindest hoffe ich das.«

Tränen sammeln sich in meinen Augen und ich muss sie kurz schließen. Während ich tief einatme, spüre ich einen sanften Kuss auf meiner Schläfe.

»Warte einen Augenblick«, sage ich leise und trete einen Schritt zurück.

Dann drehe ich mich um und laufe die Treppe zurück in mein Zimmer hoch.

Als ich zurück ins Wohnzimmer komme, steht Kian am Fenster und schaut nach draußen. Ich frage mich, ob er außer den Lichtern in den benachbarten Häusern überhaupt etwas sehen kann.

»Wo warst du?«, fragt er und dreht sich zu mir um. »Ich habe schon gedacht, du flüchtest.«

Hastig schüttle ich den Kopf.

»Ich musste etwas holen.«

»Das sehe ich«, antwortet er und blickt auf das kleine Päckchen in meinen Händen, das liebevoll in weihnachtliches Papier gewickelt ist. »Was ist das?«

»Nun«, stammle ich ein bisschen verlegen. »Wir haben doch gesagt, wir wichteln. Das ist mein Wichtelgeschenk an dich.«

»Oh!«

Kians Augen weiten sich, als er mir vorsichtig das kleine Päckchen aus den Händen nimmt.

»Und was ist da drin?«

»Das Konzept von Auspacken und Überraschung hast du aber schon verstanden, oder?«

Er lacht und öffnet langsam das Geschenkpapier. Behutsam, damit er bloß nichts kaputt macht, arbeitet er sich vor. Dann steht er da, blickt auf seine Hände und verstummt.

»Ich hoffe, sie gefällt dir?«

Er streicht behutsam über die schlichte weiße Weihnachtskugel, in die ich etwas habe eingravieren lassen:

Unser erstes gemeinsames Weihnachten - Kian & Skye.

»Jeder, den wir als Familie betrachteten, bekam seine eigene Kugel«, zitiert Kian meine Worte von vor ein paar Tagen und ich nicke.

»Heißt das ...?«

Wieder nicke ich.

»Du bist meine Familie«, antworte ich ihm leise.

Als wir uns in die Augen blicken, sehe ich, dass er das Gleiche fühlt.

»O Skye«, haucht er und zieht mich im nächsten Moment in eine feste Umarmung.

Seine Lippen legen sich sacht auf meine und fast ist es so, als bliebe die Welt für einen Augenblick stehen.

»Du hättest mir kein schöneres Geschenk machen können«, sagt Kian zwischen zwei Küssen und ich spüre, dass ich glücklich bin.

Zum ersten Mal seit Jahren empfinde ich wieder so. Auch

wenn ein großes Stück in meinem Herzen fehlt, hat Kian es dieses Jahr in der Weihnachtszeit geschafft, mir ein ganz kleines Bisschen des Schmerzes zu nehmen, der so schwer auf mir lastete.

Gemeinsam hängen wir die Kugel an den Weihnachtsbaum.

»Können wir diese wunderbare Tradition deiner Familie fortsetzen?«, fragt Kian mich und legt seinen Arm um meine Taille.

Er hat keine Ahnung, was mir dieses Wörtchen ›wir‹ bedeutet.

»Sehr gern«, antworte ich ihm und kuschle mich an ihn.

»Ich habe auch noch eine Kleinigkeit für dich«, sagt er dann und wirkt auf einmal schrecklich nervös.

»Ja?«

»Na, aber klar. Wir hatten doch ein Wichteldate.«

Jetzt muss ich lachen.

»Ist das so? Ein Wichteldate?«

»Mmh, ja.«

Kian grinst und gibt mir einen kleinen Kuss auf die Schläfe. Er geht zu einem der Wohnzimmerschränke und holt ebenfalls ein Päckchen heraus.

»Ich hoffe, es wird dir gefallen.«

Vorsichtig wickle ich mein Geschenk aus und erstarre.

Ungläubig starre ich auf das Buch in meiner Hand. Es ist in dunkles altes Leder eingebunden und mit goldenen Buchstaben steht *Charles Dickens, A Christmas Carol* auf dem Umschlag.

»Es ist eine Ausgabe von 1896.«

»Kian, das ist doch viel zu viel.«

Er schüttelt mit dem Kopf.

»Ich habe mir gedacht, dass die andere Tradition deiner Familie auch weitergeführt werden sollte. Und wer weiß, wem wir irgendwann aus diesem Buch vorlesen werden.«

Ich schließe die Augen und drücke das Buch an mein Herz.

Zärtlich lege ich meine Hand auf Kians Wange und ziehe ihn zu mir heran. Seine Lippen senken sich auf meine und binnen Sekunden geht seine Wärme auf mich über und erfüllt mich.

Danke, liebes Universum, dass du mir diesen Weihnachtswunsch erfüllt hast. Danke für diesen Mann. Danke für ein Zuhause.

EPILOG

»Das war's für heute. Wir sehen uns nächste Woche zur gleichen Zeit wieder. Bitte denken Sie dran, die beiden Aufsätze zu lesen, die Sie im Paper finden. Nächste Woche werden wir uns darüber unterhalten, welche Bedeutung *Middlemarch* von George Eliot für die zeitgenössische Leserschaft hatte. Ich gehe davon aus, wenn Sie es bisher noch nicht getan haben, werden Sie das Buch bis dahin lesen.«

Ein Raunen geht durch die Reihen, als sich die Studierenden erheben, ihre Sachen zusammenpacken und Richtung Ausgang trotten.

Ich sammle meine Unterlagen zusammen und schaue auf meine Uhr.

»Herr Professor, auch wenn Sie es vielleicht eilig haben, hätten Sie noch einen Moment?«

Ich blicke hoch und schaue in die bittenden Augen einer meiner Studentinnen.

»Natürlich«, erwidere ich freundlich. »Was kann ich für Sie tun?«

»Nun«, beginnt sie, scheint aber darauf zu warten, bis die

letzten Kommilitonen den Raum verlassen haben. »Meinen Sie, ich dürfte Ihnen meine bisherigen Aufzeichnungen einmal in Ruhe vorlegen? Ich möchte nichts Wichtiges vergessen haben.«

Daher weht also der Wind.

»Für so etwas gibt es Ihre Tutoren«, antworte ich und schiebe meinen Laptop in meine Tasche.

»Ich weiß, aber das ist nicht das Gleiche. Ich dachte, Sie hätten da vielleicht einen präziseren Blick?«

»Glauben Sie mir, die Tutoren, die Ihnen zugewiesen sind, arbeiten eng mit mir zusammen. Sie wissen, auf was es ankommt, damit Sie die Prüfungen am Ende des Semesters bestehen.«

»Ich verstehe«, antwortet sie und muss erkennen, dass ihr Plan nicht aufgeht.

»Im Reader sind alle Verweise auf die notwendige Literatur. Gleichen Sie Ihre Aufzeichnungen gern damit ab und nutzen Sie die Gruppenstunden mit Ihrem Tutor. Wenn Sie mich jetzt entschuldigen würden, ich habe es ein bisschen eilig.«

»Natürlich, Professor«, presst sie sichtlich enttäuscht heraus, scheint den kleinen Korb aber zu akzeptieren. »Ich wünsche Ihnen noch einen schönen Nachmittag.«

»Danke, das wünsche ich Ihnen auch«, erwidere ich und nicke.

Als sich die Studentin verabschiedet, breitet sich Stille im Raum aus.

»Ich hätte da auch noch eine Frage, Herr Professor.«

Ruckartig blicke ich in Richtung Tür und sofort schlägt mein Herz ein bisschen schneller.

»Ich weiß, Sie haben es eilig, aber vielleicht hätten Sie noch einen Moment für mich?«

Skye lächelt mich an und kommt dann auf mich zu.

»Das kommt drauf an«, erwidere ich, nehme sie in den Arm und küsse sie zur Begrüßung.

»Auf was?«

»Wie gut Sie küssen können.«

»Ach, da mache ich mir keine Sorgen. Dann haben Sie endlos Zeit für mich.«

Unwillkürlich muss ich lachen.

»Du bist unmöglich, Skye.«

»Ich weiß«, antwortet sie und ich sehe ihr an, dass sie aufgeregt ist.

»Was ist los?«

»Ich wollte dir etwas zeigen«, sagt sie und zieht etwas aus ihrer Tasche, die über ihre Schulter hängt.

»Ich bin fertig.«

Unsicher blickt sie mich an, doch ich könnte in diesem Moment nicht stolzer sein.

»Dein erstes fertiges Manuskript.«

Sie nickt.

»Totaler Schweinskram.«

»Es war nicht anders zu erwarten«, antworte ich ihr augenzwinkernd und streiche ihr eine Haarsträhne aus der Stirn. »Und du hast ihn wirklich einen Professor sein lassen?«

»Einen sexy Professor.«

»Natürlich. Wie konnte ich das vergessen? Ich bin stolz auf dich und ich hoffe, du bist es auch?«

Skye schließt kurz die Augen, doch dann bejaht sie meine Frage.

»Ohne dich hätte ich das nicht geschafft.«

»Natürlich hättest du das.«

»Vielleicht. Aber es hat gutgetan, dass da jemand ist, der an einen glaubt.«

»Ich werde immer an dich glauben, Skye«, erwidere ich und blicke ihr in die schönen blauen Augen, die vor Stolz strahlen.

»Wollen wir?«

Sie nickt.

»Gern. Ich kann immer noch nicht glauben, dass dein Vater jetzt regelmäßig nach Oxford kommt, um mit uns Essen zu gehen.«

»Ich auch nicht. Aber es fühlt sich gut an. Ich muss ihm heute sogar etwas mitbringen.«

»Echt? Was denn?«

»Er wollte eine Sammlung meiner Artikel haben, die ich in den letzten drei Jahren veröffentlicht habe.«

»Das ist toll.«

Skye schmiegt sich an mich, als wir gemeinsam aus dem Gebäude treten und den Weg in Richtung Restaurant einschlagen, in dem wir mit Vater verabredet sind.

»Du bist toll«, hauche ich und gebe ihr einen kleinen Kuss auf die Schläfe.

»Ich weiß«, antwortet sie und lacht.

»Und so bescheiden.«

»Du liebst mich trotzdem.«

»Jeden Tag ein bisschen mehr, Mrs Durnham.«

***

Hier endet die Geschichte von Skye und Kian.

Melde dich gern für meinen Newsletter an, denn dort gibt es regelmäßig Bonusgeschichten zu meinen Büchern. Auf meiner Homepage gibt es außerdem noch mehr über mich und meine Bücher zu entdecken.

WWW.ELLAMCQUEEN.DE

BÜCHER VON ELLA MCQUEEN

Don't let me drown

Learning to love Christmas again

Highland Love Affairs 1: The dreams we had

Highland Love Affairs 2: The nights we shared

Highland Love Affairs 3: The promises we made

Highland Love Affairs 4: The Christmas we needed

Leap into Love: Alles beginnt mit einem Plan

Good Morning, Miss Lexi

I'm sorry, Miss Pippa

Healing Mister London

ÜBER DIE AUTORIN

Ella McQueen schreibt moderne Liebesromane mit starken männlichen Hauptfiguren und Heldinnen, die über sich hinauswachsen. Emotional - witzig - knisternd - fürs Herz.

Mit ihrem Debütroman "Don't let me drown", der 2020 erschien, erfüllte sie sich einen großen Traum. Inzwischen kann sie sich ein Leben ohne das Schreiben nicht mehr vorstellen, und es vergehen selten Tage, an denen sie nicht an ihrem Laptop sitzt.

Neben ihrer Leidenschaft für romantische Bücher schlägt Ellas Herz für London, das Meer und leckeren Kaffee.